COLLEC

Raphaël Confiant

Grand café
Martinique

Mercure de France

Raphaël Confiant est né à la Martinique. Auteur de nombreux romans en créole, il a été révélé en France par *Le nègre et l'amiral* (Grasset, 1988). Il est également coauteur d'*Éloge de la créolité* avec Patrick Chamoiseau et Jean Bernabé (Gallimard, 1989). Ses romans *Le meurtre du Samedi-Gloria* (Mercure de France, 1997) et *L'Hôtel du Bon Plaisir* (Mercure de France, 2009) ont obtenu respectivement les prix RFO et de l'AFD. Ses dernières œuvres, *Le Bataillon créole* et *Madame St-Clair, reine de Harlem*, ont connu un beau succès.

À Lauriane

PREMIER CERCLE

Où il sera question des songeries, par-delà les siècles, d'un jeune Normand au temps du Roi-Soleil ; où l'on évoquera sa déraisonnable passion pour ce breuvage plus noir qu'une nuit sans lune (et même – assurent les mécréants – que la Kaaba), qui, depuis la terre d'Abyssinie, fit danser des chèvres, tint éveillés des moines savants, fit tournevirer les danseurs soufis, échauffa les esprits épris de justice tant à Alexandrie qu'à Paris, soulageant au passage migraines et chagrins éternels.

J'AI FAIT UN RÊVE D'AMÉRIQUE

(1702)

Il y a ceux qui, en grand arroi de guerre, ont bravé la mer des Ténèbres, résistant aux calmes plats des Sargasses, défiant les alizés chamailleurs et, dans leur sillage, ces ouragans surgis tout droit des Enfers.

Il y a ceux qui, après avoir longé la côte des Barbaresques, ont eu la folle audace de ne point s'arrêter aux frontières du monde connu, le cap Bojador, poursuivant jusqu'aux pays des Nègres où, de la Guinée au royaume du Congo, ils érigèrent des fortins afin de brocanter en toute tranquillité marchandises et pacotilles d'Europe, pierres précieuses et esclaves.

Il y a ceux qui décidèrent de trafiquer le bois d'ébène. Ce que désigne tout à la fois ce bois précieux dont sont faites les marqueteries des cours royales du Portugal, d'Espagne, de Hollande, de France et d'Angleterre et la chair vive de ceux à qui l'on a placé chaînes aux pieds et carcans au cou avant la Traversée du Milieu.

Il y a ceux qui se sont faits conquistadors jusqu'aux mines du Pérou et du Mexique et qui, depuis le port de la sublimissime Carthagène des Indes, ont transporté l'or et l'argent jusqu'à Lisbonne, Séville, Nantes et Southampton, massacrant à tour de bras ceux qu'ils nommèrent à tort « Indiens ».

Il y a ceux qui, de ruffians, malandrins, marauds, saute-ruisseau, faquins et autres bonshommes de sacs et de cordes, se sont métamorphosés en planteurs de canne à sucre, de café, de coton, de cacao, d'indigo ou en grands éleveurs aux haciendas plus vastes que des villes du Vieux Continent.

Nouvelle route des Indes. Mer des Ténèbres. Sargasses. Traversée du Milieu. Îles du Vent. Nouveau Monde. Bois d'ébène. Sauvages et sauvagesses caraïbes.

Longtemps ces parlures sonores m'ont tenu éveillé, moi, Gabriel-Mathieu D'Erchigny de Clieu, lorsque dans la demeure de mon père, le soir venu, ce dernier recevait ces personnages curieusement harnachés qui affectaient d'aspirer, tout en continuant à bavarder, des sortes de feuilles séchées et roulées dont le bout était curieusement incandescent. L'odeur qui en émanait bouleversait ma mère qui préférait se retirer dans ses appartements.

Mon père se risqua à goûter une fois, une seule, à ce tabac. Mal lui en prit car il faillit vomir et fut en proie à des maux de crâne pendant des jours. Il en conclut, péremptoire comme à son ordinaire (n'était-il pas écuyer et seigneur de Neufvillette de Derchigny, conseiller du Roy ?) :

— Cette plante d'au-delà des mers, au contraire de la délicieuse pomme de terre, n'a aucun avenir chez nous.

Tout ce que je sais de lui, je l'appris de la bouche de ma mère car, hélas, il décéda deux années après ma naissance soit en l'an de grâce 1689, année qui restera à jamais gravée dans la mémoire des miens car au même moment des jacqueries éclatèrent qui mirent à mal une partie de nos biens.

Ce fut pourtant le tabac qui nourrit mon tout premier rêve d'Amérique.

En cachette, je finis par m'acoquiner avec des garnements, ces queniauds, préférait-on dire dans notre parlure normande, qui hantaient les ruelles mal famées des alentours du port de Dieppe et me mis, moi aussi, à fumer. Au contraire de mon père, j'en ressentis une manière d'euphorie. Nous nous allongions des après-midi entiers dans quelque baraquement déserté et savourions l'herbe-à-rêver de Saint-Domingue, de Cuba, du Brésil ou de la Martinique.

Pomme de terre, maïs, cacao, tabac, canne à sucre : les plantes du Nouveau Monde supplantaient peu à peu celles de l'Ancien. Des fortunes s'érigeaient en un battement d'yeux. Armateurs, négociants, capitaines de bateau, mais aussi simples matelots parfois étalaient une aisance insolente à la face des vieux hobereaux qui, tels que mon père, ne s'étaient jamais éloignés de leurs fiefs que de quelques centaines de lieues. Son frère, qui avait désormais la charge de notre famille, prophétisa alors :

— Gabriel-Mathieu, votre avenir n'est plus ici. Quoique notre famille ait été anoblie par notre bon roi Charles VI – que Dieu bénisse son âme ! – il y a beau temps donc, ce que nous aurons à vous

léguer sera, pour votre malheur, de petite conséquence. Je ne saurais trop vous conseiller que de
gagner les Isles Françoises de l'Amérique comme
nombre de jeunes gens bien nés. Allez, mon
neveu !

Je me suis d'abord vu planteur de tabac.

Au goût, celui de Macouba, lieu-dit de la
Martinique, m'enchanta. On rapportait qu'à la cour
de Louis XIV, même les dames en réclamaient,
refusant celui, trop âpre à leur gré, des îles voisines.
Je m'étais procuré une carte auprès d'un marin et
avais pu distinguer l'étrange forme en ellipse de
cette terre que Christophe Colomb avait aperçue
lors de son deuxième voyage, en 1493, mais où il
lui avait été impossible d'accoster. Je l'avais lu dans
un livre qui ajoutait :

*« Appelée Matinino par les indigènes qui y vivent
depuis des siècles et des siècles, on la dit peuplée presque
entièrement de femmes féroces et cannibales. Il convient
de savoir que les Sauvages des Caraïbes, qui pour beaucoup ont la physionomie des Chinois, vénèrent la chair
humaine. Ils ont rangé celle de nous autres, Européens,
en cinq catégories : l'exécrable, celle des Hollandais ;
la mauvaise, celle des Anglais ; la passable, celle des
Espagnols ; la bonne, celle des Portugais ; l'excellente,
celle des François. »*

J'avais ressenti un frisson en découvrant ce
qui, à mes yeux, relevait de la pire des abominations. Longtemps, affirmait l'ouvrage, cette île
était demeurée hors de portée des Européens, des
Espagnols en tout cas qui furent, comme chacun
sait, les premiers à atteindre les Indes, jusqu'au
moment où, pour des raisons qui n'étaient pas

indiquées, ces Sauvages finirent par s'accommoder des Français et des Anglais, d'abord dans la petite île de Saint-Christophe, puis, assez rapidement, dans toutes celles du sud de l'archipel. Ainsi, un gentilhomme normand du nom de Pierre Belain d'Esnambuc prit-il possession de Matinoia, qu'il baptisa « Martinique », le 15 de septembre de l'an de grâce 1635. Un demi-siècle avant ma naissance donc.

Ma mère n'approuvait pas les vues de mon oncle quant à mon avenir. À l'entendre, même si nos terres étaient désormais d'un modeste rapport, elle ne se faisait point à l'idée que je puisse partir à l'aventure vers ces contrées dites nouvelles dont, d'ailleurs, elle ne croyait à l'existence qu'à moitié. Elle aimait à s'esbaudir de la sorte quand il lui arrivait de recevoir quelque hobereau de notre voisinage :

— Ces marins s'en reviennent de chez le Grand Turc ou de la côte de Barbarie avec toutes qualités de marchandises étranges et tentent, ces coquins, de nous faire accroire qu'ils les ont ramenées d'un pays situé au-delà du soleil couchant. Les Indes occidentales, prétendent-ils. Ha-ha-ha ! Pour ma part, je ne prête aucun crédit à pareilles fariboles.

C'est pourquoi elle conçut un fort chagrin, puis de l'inconsolation, lorsque j'émis le souhait, à l'âge de quatorze ans, de m'engager dans la marine royale. J'avais écouté tout un considérable de marins qui venaient s'encailler avec les ribaudes des tavernes dieppoises. J'avais bu leurs paroles, j'avais rêvé aux paysages qu'ils décrivaient, j'avais soupiré auprès des créatures féminines de rêve qui abondaient dans les contrées où ils accostaient, j'avais goûté au tabac, à la pomme de terre, au gingembre, à la farine de maïs et au chocolat. Le sucre de canne m'avait enchanté le palais.

J'ai eu très tôt le goût des Amériques.

Au désespoir de celle qui m'a donné la vie (qui, un temps, crut, à sa grande horreur, que je gagnerais La Rochelle, fief de la religion réformée), j'ai donc rejoint la Compagnie des Gardes-Marines de Rochefort après un bref séjour chez mon oncle en la ville du Havre. Cette école accueille nombre de fils de la petite et grande noblesse afin d'en faire des officiers. Mais, s'ils reçoivent des enseignements en géométrie, arithmétique, géographie, fortification, art de la guerre et surtout pilotage, ils demeurent de simples matelots, tout comme la majorité des équipages qui ne sait ni lire ni écrire. Durant deux ans, je fus ainsi un moussaillon appliqué qui fut pourtant sujet aux pires avanies : quartiers-maîtres qui sempiternellement vous lancent des malsonnances au visage ; vigies saoules au point de hurler à n'importe quel instant de la nuit « Navire ennemi à bâbord ! » dans l'unique but de saccager votre sommeil ; canonniers qui prennent un plaisir scélérat à vous faire déplacer les boulets et la mitraille du pont avant au pont arrière sans la moindre raison dès que le soleil se met à darder ; cuistots qui, pour pouvoir s'acagnarder, vous servent une tambouille à moitié cuite.

Le capitaine du navire-école où nous embarquions deux fois dans le mois afin de mettre en pratique nos connaissances, *L'Atalante*, n'avait de cesse de nous seriner les mêmes fortes paroles :

— Vous autres qui ne demeurerez point dans cette position votre vie durant et êtes appelés à commander, sachez, messieurs, qu'un vrai marin épouse certes la mer et doit en maîtriser les tours et détours car cette dernière donne carrière à ses fantaisies tout comme l'autre sexe. Mais vous devrez tout autant être versés dans l'astronomie, la science des climats, la médecine, l'art de la guerre et la diplomatie. Il vous faudra surtout, futurs officiers, faire honneur au grand homme, Son Éminence de Richelieu, qui a doté la France d'une flotte que même les Hollandais en sont venus à redouter.

Il n'en demeurait pas moins que les fils de bonne famille que nous étions se montraient rétifs à toute forme de discipline. Certains se moquaient de suivre les leçons qui nous étaient journellement dispensées et jouaient aux cartes ou dormassaient aux quatre coins du navire quand ils ne faisaient pas preuve d'arrogance lorsque des mariniers subalternes entreprenaient de les tancer, énonçant à très haute voix les titres de noblesse de leurs aïeux.

J'aimais certes la mer, mais je n'étais aucunement disposé à me lier avec elle pour la vie. La guerre de course, à bord de frégates rapides, qui faisait rage en Atlantique, enflammant l'imagination et la soif de gloire de mes compagnons d'école, m'attirait peu quoique je ne perdis aucune occasion d'entonner quelque chanson paillarde comme celle-ci qu'ils affectionnaient :

Du rhum, des femmes et d'la bière, nom de Dieu !
Un accordéon pour valser tant qu'on veut.
Du rhum, des femmes, c'est ça qui rend heureux
Que l'diable nous emporte, on n'a rien trouvé d'mieux !

Certes, je prenais plaisir à l'écoute des exploits de redoutables corsaires tels que Jean Bart, Duguay-Trouin ou Cassard, mais je n'enviais pas le sort de leurs équipages qui, lorsqu'ils s'en retournaient au royaume de France, exhibaient leur lot d'éborgnés, d'unijambistes, de manchots et d'estropiés de toutes espèces. Ou de bougres qui avaient sombré dans la déraisonnerie.

Mon ambition était de devenir planteur de tabac aux îles lointaines. Ne pas me contenter donc de celui que l'on nous distribuait à volonté après que nous avions affronté victorieusement quelque coup de chien, ces vents terribles qui peuvent chiquetailler une grand-voile solidement amarrée, ou bien celui que nous traficotions dans les ports où nous faisions escale. J'avais l'ardent désir d'admirer des champs de cette plante qui avait besoin de davantage de soleil que notre blé ou notre orge d'Europe. Commander à des Sauvages et à des Nègres dociles qui m'appelleraient « maître ». Faire sécher ses feuilles dans de vastes ateliers. Fabriquer des cigares odorants. Les exporter vers Nantes, Bordeaux, La Rochelle et Dieppe. Et pourquoi pas l'Europe entière ! Redorer le blason de la famille d'Erchigny de Clieu qui désormais aurait une branche de l'autre bord de l'océan Atlantique.

Mais je n'en disais rien à quiconque.

Il me fallait d'abord franchir pas à pas tous les grades et d'abord celui de garde de marine dans l'espoir de parvenir à celui d'enseigne de vaisseau.

[CHÈVRES ENIVRÉES
(IVᵉ siècle après Jésus-Christ)

Le berger rêvassait, les yeux rivés sur la ligne bleue de montagnes lointaines au-delà desquelles, assurait la légende, vivaient d'autres peuples qui usaient d'idiomes aux accents réputés étranges. Kaldi avait souvent été tenté de s'y aventurer mais l'unique fois où il avait franchi le fleuve, toujours à sec au cœur de la saison chaude, qui formait une manière de frontière, ce fut pour rebrousser chemin en toute hâte, des grognements d'animaux sauvages s'élevant des fourrés.

Son modeste troupeau gambadait entre les roches brûlantes du milieu de la journée, fouaillant sans trêve dans les épineux. Kaldi fermait alors les yeux et, avachi sous un arbre aux frondaisons d'un vert profond, il se laissait gagner par un assoupissement qui pouvait durer plus que de raison. Selon les anciens, Dieu l'avait conçu pour fournir de la nourriture aux oiseaux et non aux humains. Il offrait cependant une ombre apaisante que Kaldi appréciait plus que tout. Le jeune garçon n'ouvrirait les yeux qu'à la fin de l'après-midi, quand le soleil ne serait plus qu'une boule orangée sur la tapisserie du ciel où déjà des étoiles commençaient timidement à briller. Il se mettrait alors à compter ses chèvres pour pester lorsqu'il arrivait que quelques-unes manquassent à l'appel. Toujours les mêmes et cela sous la conduite d'une vieille rebelle qui ne donnait plus guère de lait mais qu'il ne se résolvait pas à faire abattre, sa chair, il est vrai, devant être aussi dure que du cuir. Plus dure même.

C'est qu'elle avait été sa première chèvre, offerte par

l'un de ses oncles qui était aussi son parrain. Kaldi lui avait choisi le nom de Dik-Dik dès qu'il fut en âge de parler, chose qui amusa les adultes. L'enfant et l'animal avaient depuis lors grandi ensemble, côte à côte même, puisque certains soirs, il arrivait qu'à l'insu de son père il introduise Dik-Dik dans la partie de la hutte où il étendait sa natte. Blottis l'un contre l'autre, ils se réchauffaient mutuellement, surtout à la saison froide. Au petit matin, le garçon se dépêchait de faire sortir sa compagne mais il lui arrivait de se faire surprendre par son père qui faisait ses ablutions dans la cour attenante à leur demeure. Ce dernier tombait dans une colère dévastatrice qui l'amenait parfois à corriger Kaldi avec un bâton taillé dans de l'acacia, insensible aux hurlements de celui qu'il considérait comme un garnement et aux supplications de son épouse.

Quand arriva le moment où Kaldi posséda d'autres chèvres, au fil des ans, et qu'il accéda au grade envié de berger, bien meilleur que celui de paysan, la relation fusionnelle entre la bête et lui en vint à se distendre quelque peu. Dik-Dik (il lui avait attribué le nom de l'antilope naine à cause de son agilité nonpareille) bénéficiait toutefois d'une liberté sans égale en comparaison de ses congénères, allant jusqu'à s'écarter de ces derniers, parfois très loin, chose qui contraignait le petit berger à le rechercher des heures durant. Ce crapahutage n'était pas sans risque à cause des loups, hyènes et vautours qui pullulaient sur les pentes boisées des hauts plateaux et surtout ce bouquetin sauvage aux cornes démesurées, le walia, qui semblait avoir été créé dans l'unique but de foncer tête baissée sur toute créature un tant soit peu animée.

Il y avait aussi le diable qui rôdait, empruntant mille formes trompeuses.

Un soir, Kaldi se rendit compte avec stupeur que nombre de ses chèvres avaient disparu. En général, cela indiquait que quelque chose de grave s'était produit. Il arrivait que des animaux glissent au fond de ravins et se rompent le cou. Sur ces hauts plateaux de Kaffa, battus par les vents, au cœur de l'Abyssinie, des crevasses peu visibles dès l'instant où la lumière du soleil diminue représentaient des dangers mortels. Il arrivait ainsi que quelqu'un du village disparaisse sans raison et que son cadavre, voire son squelette, soit retrouvé des semaines ou des mois plus tard. Parfois aussi, des maraudeurs, venus des confins de la région, volaient les chèvres en vadrouille afin de les revendre au marché de la ville de Jimma qui se tenait deux fois dans le mois. Ce soir-là, Kaldi était fort inquiet car il avait perdu plusieurs bêtes depuis le début de l'année à cause d'une maladie qu'aucun soigneur n'avait pu identifier. Son père l'avait grondé, persuadé que le garçon ne surveillait pas le troupeau comme il le fallait car les chèvres, dévorant tout ce qui se trouvait sur leur passage, s'attaquaient parfois à des feuilles ou à des fruits réputés vénéneux.

Kaldi avança prudemment dans la demi-obscurité, le cœur chamadant, car des fantômes rôdaient aussi en quête d'âmes errantes ou de voyageurs égarés. Il connaissait sur le bout des doigts les prières à la Vierge Marie qu'il fallait prononcer afin de les faire déguerpir mais sa mémoire lui jouait des tours. Seule lui vint, de manière hachée, une invocation à saint Michel :

— Très Glorieux Prince de l'Armée céleste, saint Michel Archange, défendez-nous dans le combat et la lutte qui est la nôtre contre les Principautés et les Puissances, contre les souverains de ce monde de ténèbres, contre les esprits de malice répandus dans les airs... Venez en aide aux hommes, que Dieu a créés incorruptibles, et faits à Son image et ressemblance, et rachetés à si haut prix de la tyrannie du démon... Combattez aujourd'hui, avec l'Armée des Anges bienheureux, les combats du Seigneur, comme vous avez combattu jadis contre le chef de l'orgueil, Lucifer, et ses anges rebelles...

La nuit tomba d'un coup.

Une nuit sans lune et remplie d'étoiles. Kaldi comprit qu'il n'avait d'autre choix que de rebrousser chemin en prenant soin de refaire exactement le même qu'il avait emprunté à l'aller car si jamais il s'égarait, cela reviendrait à livrer sa vie tant aux bêtes sauvages qu'au démon. Il redoutait l'algarade qu'il ne manquerait pas de subir de la part de son père qui pouvait fort bien l'ôter du jour au lendemain de son poste envié de berger pour l'envoyer aux champs. Perdre huit chèvres d'un coup était sans conteste une preuve de négligence proprement criminelle à une époque où la disette pouvait recommencer à frapper comme cela avait été le cas trois ans plus tôt, disette au cours de laquelle une palanquée de villageois, surtout les nourrissons et les vieillards, étaient morts de malefaim.

La nuit se fit inexplicablement silencieuse.

Soudain, à mi-chemin du retour, à ce qu'il lui sembla, son oreille fut attirée par une rumeur pour le moins étrange, mélange de bêlements étouffés et de ricanements. Il s'arrêta net, se refusant à croire qu'il s'agissait de cette incorrigible Dik-Dik et des autres chèvres qu'elle avait réussi à entraîner dans sa dérade. Des martèlements s'élevaient du même endroit, comme des coups de sabots portés au sol par des chevaux. Sans doute des maraudeurs qui bivouaquaient dans les environs après avoir pillé quelque village, peut-être même le sien, songea le garçon à qui des larmes montèrent aux yeux. Ces bandits de grand chemin étaient dépourvus de la moindre pitié : non contents de piller les récoltes et de voler le bétail, il leur arrivait de forcer les femmes et de trucider tout homme qui tentait de s'y opposer.

Kaldi décida de ramper entre les buissons pour éviter que la lune, qui semblait jouer à cache-cache avec les nuages, ne projette l'ombre de son corps chétif au-devant de lui. Sur ces hauts plateaux battus par les vents, celle que formait le soleil vous suivait tandis que celle de l'astre de la nuit vous devançait. Plus il approchait de l'endroit du tintamarre, plus ce dernier se faisait insistant, mais le jeune homme était toujours incapable de deviner de quoi il en retournait. Soudain, l'inimaginable d'un spectacle s'offrit à sa vue : ses chèvres dansaient. Oui, sous la conduite de la vieille Dik-Dik, elles semblaient prendre un intense plaisir à se dandiner pour certaines, à gigoter pour d'autres, à bêler de manière frénétique pour la plupart quand elles ne se mettaient pas soudainement à cabrioler en tous sens.

Le petit troupeau était devenu comme fou !

D'instinct, Kaldi empoigna le rouleau magique qu'il accrochait chaque matin au revers de son pagne et, fermant les yeux, récita une prière pour éloigner Satan. Mais rien n'y fit ! La folle sarabande dura l'entier de la nuit et le jeune homme, terrorisé, finit par s'assoupir contre un rocher. Quand les premières lueurs de l'aube caressèrent son visage et qu'il se réveilla ce fut pour voir ses chèvres brouter tranquillement dans la rocaille. Elles arboraient un air paisible, même Dik-Dik d'habitude primesautière. Avait-il rêvé ? Le diable avait-il tenté de s'emparer de sa personne en lui faisant contempler des mirages ? Il farfouilla prestement dans ses poches et fut rassuré quand il y trouva son rouleau magique. Dieu lui avait donc accordé sa protection !

— Où étais-tu passé ? Nous t'avons cherché jusqu'au petit matin ?

Ces interrogations brutales le firent sursauter. Kaldi reconnut la voix de son père. Ce dernier était accompagné d'une douzaine de villageois qui avaient l'air à la fois épuisés et encolérés. Ils étaient munis de bâtons, d'arcs et de flèches et pour certains de sabres que les marchands ramenaient de l'Arabie. Ils avaient tous l'air fort surpris de trouver le jeune berger sain et sauf.

— Dik-Dik a emmené les chèvres danser, père...

— Danser ? Mais quel mauvais génie s'est emparé de toi, Kaldi ? Tu t'es endormi et tu n'as pu revenir à la maison, voilà ! La nuit était trop noire hier soir. Que vais-je pouvoir faire d'un gamin aussi peu consciencieux, dis-le-moi ?

Sans mot dire car Kaldi savait qu'il était inutile de chercher à convaincre son père, il désigna, pris d'une soudaine intuition, un arbre aux fruits étranges, inconnus en tout cas puisqu'ils n'avaient pas de nom, et qui semblait se protéger du soleil grâce à des encensiers royaux, ces arbres dont l'écorce est réservée au clergé et qui, par la grâce de sa fumée, enchante les messes :

— Les chèvres les ont mangées et se sont mises à danser !

Partagé entre l'incrédulité et la colère, persuadé que son fils se moquait de lui, l'homme déroula le fouet qu'il portait attaché à sa ceinture lorsque l'un des villageois, au visage parcheminé à cause des ans, lui saisit le poignet :

— Vérifions les dires de cet enfant ! S'il ment, tu pourras le corriger à ta guise, voire le chasser à jamais.

Le père du berger s'approcha avec prudence de l'arbre que son fils leur avait désigné et demeura un long moment immobile, les yeux rivés sur ses baies dont la couleur variait du jaune au rouge en passant par l'orangé. Il hésita à les toucher lorsqu'un des villageois étendit son châle autour du tronc et entreprit d'en secouer les branches à l'aide d'une gaule. Avant de récupérer sa récolte, il s'agenouilla pour réciter des prières à Dieu le Père et à la Vierge Marie.

— Je les apporte au monastère, déclara-t-il.

Ce dernier était enterré afin d'échapper au regard des ennemis des chrétiens, non seulement ces féroces musulmans venus du nord qui organisaient des razzias et incendiaient tout sur leur passage, mais aussi les Oromos, peuple païen accouru des plaines de l'Ouest et du Sud qui peu à peu étendait son territoire. Le chef des moines ne fit pas bon accueil au père de Kaldi et à ses amis. Il s'empara du châle et ordonna à des moinillons de faire un feu dans la cour de terre battue du monastère.

— Ces fruits inconnus, s'ils ont fait danser vos chèvres, seront brûlés car ils ne peuvent qu'être l'œuvre du Malin. Il règne sur la terre tandis que Dieu, lui, règne dans les cieux. Nous sommes donc en permanence à sa merci et seule la prière peut nous aider à échapper à son emprise. Louons le Très-Haut, mes frères !

C'est alors qu'une odeur troublante s'éleva du brasier. À la fois délicieuse et entêtante. Une odeur qui sidéra moines et villageois. Kaldi cessa alors tout net d'en vouloir à sa vieille chère Dik-Dik qui n'avait de cesse de lui procurer des ennuis. Le chef du monastère fit éteindre les flammes et ramasser les baies qui n'avaient pas eu le temps de brûler.

— J'ignore le nom de ce fruit et de l'arbre qui le porte, sentencia-t-il, caressant sa longue barbe blanche, mais les effluves qu'ils dégagent n'ont rien de diabolique. Désormais, mon monastère veillera sur eux et je vous commande de m'en indiquer l'emplacement sans plus tarder.

Ce qui fut fait.

Le père de Kaldi, transporté d'aise, pardonna à son fils. Ce dernier cessa de tourner le dos à Dik-Dik. Cette vieille créature continua à y entraîner le troupeau et les chèvres recommencèrent à danser de plus belle. Toutes celles du village. Puis celles des hauts plateaux abyssins et quand la nouvelle en vint à se répandre, des plaines environnantes. Entre temps, les moines avaient tiré un délicieux breuvage noir des grains de l'arbre qu'ils décidèrent de baptiser du nom de la région, « Kaffa ». Il vous tenait éveillé, vous redonnait de l'énergie, apaisait les mauvaises grippes et son résidu avait le pouvoir de cicatriser les plaies rebelles aux bras et aux jambes. Un périmètre, interdit à la plèbe et aux gens de passage, fut tracé autour de l'arbre miraculeux dont l'accès ne fut autorisé qu'à Kaldi, à son père ainsi qu'aux moines. Des villageois, qui avaient émis l'idée sacrilège d'en prélever les rejetons qui poussaient à son pied pour les replanter ailleurs, furent bannis à vie. Dieu avait gratifié la région de Kaffa d'un arbre miraculeux et il aurait été sacrilège de chercher à imiter son geste si plein de magnanimité. La consommation du breuvage extrait de ses fruits ne renforçait-elle pas l'attention des moines lors des prières du soir ? C'était bien là la preuve irréfutable de leur origine divine.

Le fruit du café était aussi un signe de la part de Yahvé :

il montrait ainsi qu'il avait pardonné à notre mère Ève d'avoir osé goûter à celui du paradis.]

[BRÉVIAIRE DES AMÉRIQUES

Charles Fleury, capitaine de mer, ayant fait plusieurs voyages aux Indes, et ayant remarqué dans le Brésil qu'il y avait moyen d'y acquérir du bien et de l'honneur, forma dessein d'y faire un voyage et le publia après en avoir obtenu le congé de M. l'Amiral de France; beaucoup de gens s'engagèrent à lui pour l'accompagner et le servir de leur courage et de leur industrie. Tellement qu'il eut bientôt ramassé une bonne troupe, qu'il dirigea en trois bandes, et leur donna rendez-vous à Dieppe.

ANONYME DE CARPENTRAS (1618-1620)

On trouve dans l'île de la Tortue tous les fruits qui nous viennent des Antilles; on y fait d'excellent tabac, qui surpasse en bonté celui de toutes les autres îles.

ALEXANDRE OEXMELIN (1666-1672)]

AVANT-GOÛT
DES ISLES DE L'AMÉRIQUE

(1703)

Une fois mes galons d'enseigne de vaisseau acquis à l'École des gardes de la marine de Rochefort, j'émis le vœu d'être envoyé aux Indes occidentales, chose qui terrifia ma mère qui préférait me savoir au Ponant. Ou, à tout le moins, au Levant.

— Gabriel-Mathieu, les Barbaresques et les Turcs sont nos ennemis jurés depuis des lustres et leur religion mahométane est une pure grotesquerie, mais au moins ne mangent-ils point de la chair humaine. J'aurais préféré vous savoir en poste à Marseille ou à Toulon, cher fils, répétait-elle en égrenant frénétiquement son chapelet, les yeux embués de larmes.

Il s'était, en effet, fait grand bruit des mœurs des indigènes du Nouveau Monde par ceux qui l'avaient visité et qui, pour certains, surtout des religieux, en avaient rédigé des relations ou des chroniques. Tous, hommes d'épée et de robe, forbans, gougnafiers, femmes de mauvaise engeance, n'omettaient jamais d'évoquer ces cannibales qui n'avaient jamais entendu parler du Dieu chrétien

29

et qui même le rejetaient au contraire des Nègres. Pourtant, je n'en avais conçu nulle peur. Car s'ils étaient si redoutables qu'on le prétendait, comment expliquer qu'ils aient permis aux Français et aux Anglais, et même aux Hollandais, de partager leurs îles, celles du sud de l'archipel? Mieux: ils avaient laissé à ces derniers les eaux calmes de l'Ouest pour s'établir sur les côtes est que frappait l'Atlantique sans cesse déchaîné. Je l'avais lu dans ces ouvrages savants qui décrivaient leurs mœurs étranges. J'en recopiais des passages entiers dans un grand cahier sur la couverture duquel j'avais écrit, non sans effronterie: « Bréviaire des Amériques ».

À force de fréquenter ceux qui s'en revenaient de là-bas, j'avais fini par avoir une science certaine de ces contrées et avais grand hâte d'y poser le pied. J'eus toutefois un léger pincement au cœur lorsque l'on me nomma à la Guadeloupe et non à la Martinique avant que l'amirauté ne se ravise sans m'en bailler la raison. Ce que je n'avais pas appréhendé, c'était l'affreuseté de la traversée de la mer des Ténèbres qui, oui, méritait bel et bien son nom quoiqu'il commençât à tomber en désuétude en ce début du siècle, ce dix-huitième que d'aucuns, parmi les devins et les astrologues, avaient prédit être le plus brillant de tous les temps.

En notre école de Rochefort régnait malheureusement une rivalité tenace entre ceux de nos maîtres pour qui l'enseignement des mathématiques, des évolutions navales, du canonnage, du compas et des instruments astronomiques était indispensable à tout officier de marine digne de ce titre et les autres pour qui seule comptait l'expérience de la mer. Si l'art de la gnomonique qui sert à construire des cadrans solaires m'intéressa un temps, je fus vite happé par l'indiscipline et le goût prononcé pour la bamboche de mes condisciples.

— Grâce à Dieu, nous vivons dans une période de paix, maugréait notre professeur de géométrie, un vieillard chenu qui tentait de dissimuler sa bouche en partie édentée derrière une épaisse moustache, mais cela ne durera pas éternellement. La perfide Albion lorgne sur nos possessions d'Afrique et des Antilles ! L'Espagnol, lui, enrage de nous voir empiéter sur ce qu'il considère comme sa propriété.

De fait, nous sortions peu en mer, faute de navire disponible, et la plupart des aspirants gardes-marines en profitaient, moi le premier, pour se défaire de leur pesant pucelage. Le port de Rochefort, à la nuit close, regorgeait de demoiselles peu façonnières qui, contre quelques sols, vous ouvraient leur devant à l'étage des caboulots ou, pour les plus délurées, dans quelque ruelle mal éclairée où certains d'entre nous se faisaient parfois estourbir par des marauds qui les délestaient de leur bourse et de leur épée. Il arrivait aussi que ces jeunes gens bien nés, qui se voyaient déjà en tenue de grand amiral, s'amourachent de quelque catin au sourire faussement angélique et se les disputent en duel. Cela nous était formellement défendu. Ce qui fait que les blessés, revenant penauds à notre caserne, devaient soudoyer les chirurgiens pour qu'ils fassent passer leur état pour un accident. Nos maîtres n'étaient pas toujours dupes et renvoyaient du jour au lendemain ceux qui avaient enfreint la règle.

Mon premier commerce charnel ne fut pas des plus paisibles. J'allais sur mes quatorze ans et très tôt, dans la maison paternelle, j'avais eu l'occasion de surprendre des ébats entre nos serviteurs, surtout ceux, fort réguliers, entre l'une de nos cuisinières et un palefrenier qui lui susurrait du « ma tendre jument ». La brutalité de leurs gestes m'avait fort émotionné de même que les soupirs de plaisir de cette dernière qui, d'ailleurs, ne rechignait jamais quand son amant l'attrapait à l'improviste, aucun d'eux ne se souciant d'être vus. Dans les bouges de Rochefort, les demoiselles se livrant au commerce vénérien affichaient un air tout au contraire empreint de maussaderie. J'hésitai longtemps à m'approcher d'elles, ce qui faisait s'esclaffer mes compagnons, jusqu'au soir où un accent étrange me poussa à m'arrêter dans une venelle qui descendait en pente jusqu'au port.

— Niño, tu viens ? C'est trente sols pour toi...

Cette intonation n'était ni espagnole ni portugaise ni anglaise ni hollandaise et encore moins proche de celles de ces Barbaresques qui avaient rejoint les rangs des chrétiens et mettaient leur science de la navigation au service de notre roi. Ceux-ci aimaient déambuler et noctambuler surtout, dans leurs drôles de vêtements amples qui donnaient l'impression qu'ils flottaient dans le vent, et quand l'alcool, breuvage inconnu dans leur pays natal, leur était monté à la tête, on les entendait brailler des choses incompréhensibles dans leur langue bien trop rauque pour nos oreilles. Oui, cet accent m'était complètement inconnu quoique à force de traînailler sur les quais mes oreilles se fussent accoutumées aux plus insolites. Je m'arrêtai, puis dévirait de route, prudemment, quand j'aperçus, à la fenêtre d'une maison à étages violemment éclairée, un visage que je ressentis immédiatement comme féerique.

Sa peau avait la couleur du tabac, ses yeux, d'un noir intense, semblaient scintiller, sa bouche charnue à souhait donnait à voir une dentition parfaite, ses cheveux frisés dévalaient en cascades sur ses épaules dénudées. J'hésitai à m'arrêter et surtout à pénétrer dans ce lieu mal éclairé lorsque la créature descendit quatre à quatre un escalier en bois qui grinçait de désagréable manière, se jeta sur moi, m'enlaça et m'entraîna d'autorité à l'intérieur. Je n'eus point le temps de protester ni de me débattre que je me retrouvai allongé sur une paillasse et des mains expertes s'employaient avec fébrilité à me dénuder. En six-quatre-deux, je me retrouvai nu comme un ver mais curieusement, la ribaude avait conservé ses vêtements, se contentant de relever ses jupes jusqu'à la taille. Elle empestait le rhum et je compris qu'elle était saoule.

Et de s'empaler sur moi, puis de me chevaucher avec une sauvagerie qui m'abasourdit, mais pas mon braquemart qui, lui, semblait vivre sa propre vie, à ma grande stupéfaction. L'affaire ne dura qu'une poignée de minutes et la fille des îles se redressa, arrangea sa chevelure et ses vêtements avant de me lancer :

— Mon argent, niño !

Je me délestai de tout le contenu de ma bourse,

plusieurs pièces tombant avec fracas sur le sol, chose qui la fit rire. Elle déclara venir d'un endroit nommé Curaçao et, devinant que je n'avais jamais mis les pieds aux Amériques, me fit asseoir sur l'unique chaise de la pièce et, me tenant les mains, s'accroupit en face de moi. Nos visages étaient si proches que je sentais son souffle contre le mien, son souffle empreint de cet alcool violent tiré de la canne à sucre que marins et gens des ports préféraient de loin au vin et à la bière. Elle me retint en cette position un temps si démesuré que la cloche d'une église proche sonna les douze coups de minuit. L'école ne nous accordait la permission de sortie que jusqu'à dix heures du soir en semaine et huit heures le dimanche. Je n'avais donc pas vu passer le temps ! Ce tout premier commerce charnel, qui m'avait semblé d'une brièveté désarmante, avait sans doute duré plus que je ne l'avais pensé et la jouissance que j'en avais tirée plus profonde que celle qui avait fait se cabrer mes reins. Dans un mélange d'espagnol, de français et de baragouin des îles dont je n'avais point connaissance, la femme, se saisissant de ma main gauche et après en avoir examiné les lignes à la lueur faiblarde du lumignon qui éclairait son sordide refuge, me prédit un avenir grandiose. Elle était aussi plus enivrée que je l'avais imaginé. Je venais seulement de m'apercevoir que le sol était jonché de bouteilles et de fioles vides. Je me dégageai de toutes mes forces et pris la discampette tout en rattachant la ceinture de mon pantalon.

— *Vayate al diablo !* (Va au diable !) hurla-t-elle en tentant de s'agripper à mes basques.

L'École des gardes de la marine ne plaisantait pas quant à la discipline. Je fus placé à la geôle à mon arrivée et le lendemain, dès potron-minet, je fus convoqué par le directeur qui m'admonesta une belle volée de calottes avant de me menacer, en cas de récidive, de me renvoyer chez moi. « Dans votre campagne perdue, monsieur Gabriel-Mathieu de Clieu, la médiocrement renommée seigneurie de Derchigny », furent ses mots exacts. Il ajouta qu'il adresserait un courrier à mon tuteur (mon oncle donc) afin de l'informer de mes incartades. Ma cellule était une pièce toute en longueur, fort étroite, d'où la lumière du jour ne parvenait que par une lucarne placée trop haut pour que je puisse apercevoir le dehors. Une fois par jour, un garde au visage ravagé par la petite vérole m'apportait une maigre pitance et un pichet de vin qui avait un goût de vinaigre. Mais étrangement, je ne me sentais pas malheureux car j'avais goûté aux Amériques dans ce qu'elles avaient de plus intime et cela m'avait définitivement conforté dans mon choix de m'y établir. L'apprentissage du métier d'homme de mer n'était pour moi qu'un moyen de gagner le Nouveau Monde où je deviendrais planteur de tabac. Ce dernier me manqua d'ailleurs cruellement tout le temps que dura ma détention.

Tabac! Tabac! Les seules sonorités de ce mot me transportaient d'aise.

J'entrais dans la quinzième année de mon âge et fus au comble de la fierté lorsqu'au sortir de l'école, on me remit mes galons avec une cinquantaine d'autres jeunes gens de noble extraction mais bien peu sages. Certains vivaient à la ville, chez des bourgeois, parce que notre caserne ne disposait pas d'assez de chambres, et en profitaient pour mener une vie de débauche. Cela irritait au plus haut point les jésuites chargés de nous enseigner ce que ces derniers qualifiaient de « matières nobles » à savoir les mathématiques, l'hydrographie et l'astronomie nautique, cette dernière étant ma préférée. C'était auprès de ces jeunes gens rétifs à la discipline que nous apprenions les chansons de marin qu'il nous arrivait d'entonner à mi-voix, la nuit, quand le surveillant de garde s'était endormi. Ce jour-là, ce fameux jour entre tous au cours duquel nous fûmes consacrés gardes-marines, une fois la cérémonie achevée, assurés de ne plus pouvoir subir aucune punition puisque dès la semaine suivante, nous devions gagner le port où nous avions été affectés, nous nous rassemblâmes dans la grande cour pavée de l'école et après avoir lancé nos casquettes au ciel, nous nous mîmes à brailler, voire à beugler pour certains, *La Belle Barbière* :

> *À Trent'moult, la grande ville,*
> *Où c'qu'y a des maisons blanches*
> *On dit qu'il y a une barbière*
> *Qui est plus belle que le jour.*
> *Puisqu'on dit qu'elle est si belle*
> *Nous irons la voir un jour.*
> *Nous partirons sur les minuit*
> *Pour arriver au point du jour.*

Ma mère ne put retenir ses larmes lorsqu'elle me vit arriver, vêtu de mon uniforme flambant neuf, à

Neufvillette pour y passer mes jours de permission. Il veillera sur toi, déclara-t-elle en désignant le portrait de mon père qui ornait notre salon...

[L'ARCHANGE DJIBRIL
(*VIIᵉ siècle*)

Le breuvage, présenté dans une minuscule tasse argentée, a la couleur de la *Hajar al-Aswad*, la pierre noire qui sera enchâssée dans la Kaaba, ce que Muhammad ne sait pas encore. Il se sent mal, au plus mal, depuis des jours et aucune des potions que lui concocte sa chère Aïcha ne parvient à apaiser ses douleurs. Allongé tout au fond de sa tente, il entend le vent du désert souffler sans trêve et les chameaux blatérer d'irritation. Alors, égrenant son chapelet, il prie le Très-Haut, Allah le Miséricordieux, lui demandant de le maintenir en bonne santé afin qu'il puisse continuer à répandre sa foi et l'imposer à ces bédouins irrédentistes qui aiment à se prosterner devant des statuettes, adorateurs d'une multitude de divinités.

L'archange Djibril, qui l'a visité pour la première fois dans une grotte du mont Hira et lui a enseigné qu'il a été choisi par Allah pour devenir son messager, refuse de lui apparaître depuis quelques jours. Il l'a fait une première fois à cause d'un tapis persan, richement brodé de scènes bucoliques, qui sert de rideau dans sa tente lorsque le vent du désert se lève. Au désespoir, Muhammad se demande quelle faute il a bien pu commettre lorsqu'une voix descendue des cieux s'écrie :

— Celui qui dessinera une image dans ce monde sera mis en demeure au jour de la Résurrection de lui insuffler une âme, mais il ne pourra le faire.

Dès cet instant, le jeune messager bannit toute représentation humaine, animale et végétale autour de lui et l'archange Djibril revient pour continuer à lui dicter le Saint Coran. Il lui faut donc trouver ce qui a une nouvelle fois irrité le Très-Haut. Il questionne ses fidèles, ses plus

37

proches compagnons d'armes, ses serviteurs, ses esclaves, mais en vain. L'immense fatigue qui l'accable s'accompagne depuis peu de terribles maux de tête et de ventre, chose qui le contraint à demeurer allongé. Est-ce là le signe que la mort approche ? Cette mort qui lui a ravi son père avant qu'il voie le jour, puis terrassé sa mère peu de temps après l'accouchement et enfin son grand-père qui l'a recueilli.

Des guérisseurs, des rebouteux, des magiciens, des apothicaires et des médecins se succèdent au chevet de Muhammad, chacun proposant qui un onguent qui un philtre qui une invocation sans que rien ne vienne à bout du mal qui le gagne jusqu'à rendre sa parole lourde et peu compréhensible par moments. Le jeune homme, quant à lui, adresse des supplications à l'ange Djibril sans qu'aucun son ne sorte de sa bouche qui tremblote lorsqu'il sent une langue râpeuse lui lécher la plante des pieds. Il sursaute et d'un mouvement surhumain parvient à se redresser sur sa couche pour découvrir qu'un petit chien noir repose à ses côtés, l'animal favori d'une de ses servantes. Animal si insignifiant et si discret qu'on le remarque à peine d'ordinaire. Mû par une sourde colère, Muhammad parvient à héler Aïcha, exigeant qu'elle chasse la bête sur-le-champ, ordre que celle-ci s'empresse d'exécuter, non sans étonnement.

Soudain, l'archange Djibril fait son apparition.

— Tu m'avais fait la promesse de me visiter tous les jours, s'écrie Muhammad d'une voix chargée d'irritation.

— Nous n'entrons pas dans une maison dans laquelle se trouve un chien ou une image, rétorque l'archange.

Et de remettre au souffrant une gourde contenant un liquide chaud et fort odorant qu'il lui ordonne d'ingurgiter sur-le-champ. Dès la première gorgée, Muhammad est rétabli et peut continuer sa transcription de la parole d'Allah. Lorsqu'il veut interroger l'archange sur le mystérieux breuvage, celui-ci disparaît sans mot dire. Se levant pour la première fois de sa couche depuis plus de trois semaines, le jeune homme est aussitôt entouré par les membres de sa caravane qui lui font fête, en particulier les chameliers qui ont grand hâte de reprendre leur route, des vols de phaétons à l'air effrayé indiquant l'arrivée prochaine d'une tempête de sable.

— Allah le Miséricordieux – béni soit son nom ! – m'a accordé sa grâce, déclare Muhammad, le rayon de lumière qui émane de ses yeux éclipsant tout soudain celle du soleil, lequel est pourtant à son zénith.

Tous viennent lui prendre les mains à tour de rôle. Un ancien esclave, à la peau si noire qu'elle semble avoir été brûlée et qui a abjuré ses divinités païennes pour rejoindre Muhammad, glisse à l'oreille de ce dernier cette phrase qui lui est sur le moment sibylline :

— Maître, j'ai nettoyé la tasse dans laquelle tu as bu ce remède qui t'a remis sur pied. Au pays du Yémen où je fus ramené d'Afrique alors que je n'étais encore qu'un enfant, on boit beaucoup quelque chose qui a le même aspect et la même odeur.

Puis, il se tait, craignant d'avoir commis un sacrilège.

— Continue ! lui ordonne Muhammad.

— Ce... ce breuvage a pour... pour nom « kawa », mon maître.

Dès le lendemain, Muhammad ordonne une expédition contre une caravane mecquoise qu'une sentinelle a signalée au sud-est du campement. Les Quraychites persistent, en effet, à empêcher les musulmans d'accéder à la ville sainte. Au cours de la bataille, qui est rude, il désarçonne à lui tout seul, grâce aux effets quasi miraculeux du café, quarante cavaliers et, la même nuit, honore quarante femmes. Mais il n'en tire nulle gloire et déclare à ses fidèles :

— Le vrai combat ne se livre pas au sabre, mais dans l'âme de l'homme.

Puis, il rassemble quelques-uns des plus valeureux guerriers de sa troupe afin qu'ils gagnent le Sud sans délai. Ordre est d'en ramener, si l'esclave abyssin a dit vrai, ce avec quoi on fabrique ce breuvage miraculeux que lui a offert l'archange Djibril...]

[BRÉVIAIRE DES AMÉRIQUES

Article 2. Tous les esclaves qui seront dans nos îles seront baptisés et instruits dans la religion catholique, apostolique et romaine. Enjoignons aux habitants qui achèteront des Nègres nouvellement arrivés d'en avertir le gouverneur et intendant desdites îles dans huitaine au plus tard, à peine d'amende arbitraire ; lesquels donneront les ordres nécessaires pour les faire instruire et baptiser dans le temps convenable.

COLBERT,
Code noir, 1685

... et ce qui me parut meilleur était un troupeau de près de quatre cents Nègres grands ou petits, les plus beaux qui fussent dans le pays, avec des bestiaux de toute espèce en très grande quantité et en très bon état.

PÈRE LABAT,
Nouveau voyage aux Isles de l'Amérique, 1698]

DEUXIÈME CERCLE

Au devant-jour, les rêves ne s'évanouissent que chez les êtres pusillanimes.

Ils entravent nos gestes, transmuent nos voix, retiennent le fracas de nos rires et c'est ce qui a pour nom, dans le langage des Anciens, « heureuseté ».

Dans les veillées où règnent les détenteurs d'antiques racontages, dans la chaleur du rhum qui arrose bonnes nouvelles comme chagrins, les Maîtres de la Parole avaient coutume de sentencier ainsi :

— Aucun chemin n'est jamais long dès l'instant où on l'emprunte sans délai et sans détour.

Tout cet énigmatique vous troublait.

LE RÊVE INTERROMPU

(1710-1718)

Après l'obtention des grades d'enseigne de vaisseau, de lieutenant, puis de capitaine, galons qui, si j'en crois ses lettres, n'avaient point ravi ma chère mère, j'avais été fait chevalier de Saint-Louis, chose qui parvint tout de même à lui arracher un brin de compliments. Il est vrai que j'avais embelli la cérémonie d'octroi de cette récompense, lui faisant croire que j'avais été reçu dans les appartements de notre roi Louis XIV en personne, avec une dizaine d'autres officiers de marine, et que Sa Majesté avait frappé l'épaule droite et l'épaule gauche de chacun d'entre nous, alors que nous étions agenouillés devant lui, proclamant :

— Par Saint Louis, je vous fais chevalier.

En réalité, cette cérémonie ne s'était déroulée qu'une fois, une seule, et plus d'une vingtaine d'années en arrière, chose que l'on ignorait dans nos provinces. Ainsi donc de savoir que j'avais approché de si près notre roi changea l'opinion de ma mère sur le métier que je m'étais choisi. Ce qui fait que lorsque l'on me nomma en l'île de la Martinique et que je vins lui faire mes adieux à

Neufvillette, même si des larmes ruisselèrent sur ses joues, on pouvait lire une réelle fierté dans son regard. Quant à mon oncle, d'ordinaire si expéditif et grognon, il affectait désormais de la déférence à mon endroit.

— Jeune homme, je ne peux que vous souhaiter le plus bel avenir dans ces îles que l'on dit enchanteresses. Trois fois par an, je vous ferai tenir un rapport sur la marche de vos propriétés dont, permettez-moi de vous le rappeler, il ne demeure toutefois qu'une cinquantaine de toises carrées autour de la demeure de votre mère et deux champs présentement en jachère à cinq lieues d'ici.

Que m'importait les terres de mes ancêtres! Le cœur débordant d'enthousiasme, je me préparais, une fois parvenu à la Martinique, à rendre ma charge de marin pour m'établir comme planteur de tabac. Je me donnais quelques années, une dizaine pas davantage, pour devenir riche et ainsi pouvoir revenir à Derchigny et y rétablir la grandeur du nom de Clieu. Je n'en dis rien à ma mère au moment des adieux car je savais qu'à cause de sa santé fragile, elle ne pourrait m'attendre aussi longtemps. Elle me glissa dans la poche une bourse contenant deux mille livres tournois. À l'insu de mon oncle et tuteur auquel feu mon père avait confié la bonne marche de notre maison. Ce présent inattendu, inespéré en tout cas, eut un effet incommensurable sur ma destinée car la diligence à bord de laquelle j'avais pris place pour me rendre à Nantes rendit l'âme à mi-chemin, ce qui me contraignit à passer trois jours dans une auberge. Les réparations s'éternisant, je voyais

déjà mon bateau s'en aller sans moi et par conséquent ma mise aux arrêts lorsque enfin je par-
viendrais à gagner ce port. Sans doute risquais-je
même d'être dégradé! Notre bon roi, s'il avait, en
effet, ouvert l'ordre de Saint-Louis à tous, nobles
comme roturiers, contrairement à ce qui s'était
toujours fait jusque-là, avait donné des ordres
pour que la plus extrême sévérité y régnât. Fini
donc mon rêve d'Amérique avant même d'avoir
commencé! Je fus alors contraint de solliciter un
maître de manège de la région qui, contre la totalité de ma bourse, consentit à me faire parcourir la
deuxième moitié du trajet sur son meilleur cheval.

Nous galopâmes l'entier de la nuit.

J'arrivai endolori à Nantes car je n'avais jamais
eu l'âme d'un cavalier. J'apprendrais vite que je
n'avais point non plus celle d'un homme de mer car
ce à quoi nous avions été préparés, à savoir cabo-
ter le long des côtes de Bretagne ou plus rarement
de Gascogne, n'avait qu'un lointain rapport avec
la traversée de l'océan Atlantique. Je fus d'abord
fort étonné par la taille du navire à bord duquel
je devrais faire mes premières armes en tant que
capitaine en second. *Le Maintenon*, en effet, avait
un peu plus de trente mètres de long et jaugeait,
à vue d'œil, environ trois cents tonneaux. J'avais
imaginé que pour faire pareil voyage il fallait l'un
de ces impressionnants quatre-mâts qui, toutes
voiles déployées, se présentaient dans la rade de
Rochefort, souvent au petit matin, et que la popu-
lace, difficilement contenue par la maréchaussée,
venait admirer, trépignant déjà à l'idée de pouvoir
marchander quelque merveille des Amériques.

Ainsi l'un de mes compères de l'École des gardes de la marine s'était-il entiché de ce bel oiseau au plumage multicolore appelé « ara » que les marins rapportaient des Guyanes. Dix fois, il avait tenté d'en acheter un, mais s'était à chaque fois vu ravir l'objet de tous ses désirs par plus offrant jusqu'au jour où, enfin, il put en acquérir un spécimen qui était du plus bel effet. Malheureusement, le volatile fut saisi dès son retour à notre caserne, le règlement interdisant la possession d'animaux de compagnie. Mon compère en conçut un tel chagrin qu'il quitta l'école dès le surlendemain.

Le capitaine Lesteau m'accueillit à la passerelle conduisant au pont avant avec un tonitruant :

— Et nous voilà avec un puceau des mers, mes amis ! Ha-ha-ha ! Bienvenue à bord, gentilhomme dont j'oublie le nom et qui doit savoir que désormais il n'y aura, une fois les côtes de ce beau pays de France disparues de notre vue, ni nobles ni roturiers ni prêtres ni chirurgiens ni simples matelots ni femelles. Il y aura des morts en sursis. Ha-ha-ha !

J'avais espéré qu'on me rendrait les honneurs et qu'on me conduirait à une cabine pourvue de confort. N'arborais-je pas les galons d'enseigne de vaisseau et ne faisais-je pas office d'officier en second ? En fait, seul le commandant en disposait et un quartier-maître me conduisit sans enthousiasme à celle que je devrais partager avec deux autres marins et lui-même. Une cage ! Un taudis aussi car l'intérieur était un véritable capharnaüm où s'empilaient linge sale, restes de repas, cigares à moitié consumés et armes à feu.

— Le soir, on déroule son grabat, chevalier, me lança le quartier-maître qui déclara être originaire de Touraine, et le matin, on le range ici.

L'endroit qu'il désignait était un cagibi où des sortes de nattes crasseuses étaient roulées en boule. Je n'eus, cependant, pas le temps de m'apitoyer sur mon sort car il me fallait déjà me mettre à l'ouvrage. L'embarquement des provisions de bouche et des barriques d'eau était sous mon autorité et le commandant m'avait prévenu de faire montre de la plus grande attention, les commerçants qui nous livraient ces marchandises s'employant, ces grippeminauds, à gruger les gens de mer. Quant aux débardeurs, pauvres hères qui étaient payés au lance-pierre, ils profitaient de la moindre inattention pour dérober qui une dame-jeanne de vin qui une caisse de biscuits secs. À la fin de cette première journée à bord du *Maintenon*, je ne songeai même pas à me décrasser car aucun de ceux qui partageaient ma cabine ne le fit. Je compris que l'eau serait rationnée tout au long du voyage et qu'il serait vain de me comporter comme un petit marquis. Notre commandant avait raison : nous étions désormais tous sur un pied d'égalité dès que notre navire sortit de la rade de Nantes et se mit à appareiller.

Une fois la terre perdue de vue, l'immensité de la mer et la beauté du ciel, dégagé en ce mois de juin, m'insufflèrent un regain d'enthousiasme. Je partais enfin accomplir mon rêve le plus tenace. Mon rêve d'Amérique ! Je laissais derrière moi la vieille Europe et ses mœurs compassées, ses lois implacables, pour gagner un monde où tout était nouveau et surtout où je pourrais échapper au triste destin de la petite noblesse provinciale. Pour mon malheur, mon euphorie se dissipa très vite à cause d'un étrange bourdonnement que je ressentais au niveau des oreilles, puis des tempes. Bientôt, je me sentis bouleversé, si bouleversé que m'accrochant à la rambarde du pont avant, je me mis à vomir le déjeuner que j'avais pris à terre et, mon estomac s'étant vidé, une sorte de fiel verdâtre et malodorant qui souilla le devant de ma chemise.

— Mal de mer à bâbord! ricana le quartier-maître dont le bandeau noir qui couvrait son œil crevé lui baillait l'air d'un pirate. Et pourtant nous venons à peine de larguer les amarres. Ha-ha-ha!

Je m'aperçus que nombre de passagers se trouvaient dans le même triste état que moi, dévidant leurs boyaux, certains se tordant de douleur. L'Atlantique, l'océan plutôt, n'avait rien à voir avec les mers qui bordaient les côtes de France. Des vagues gigantesques, de plusieurs mètres de haut, s'y creusaient tout soudain, comme prêtes à avaler notre navire pour l'instant suivant, le faire dévaler leur pente à une vitesse si folle que je crus que *Le Maintenon* se briserait. Les quelques femmes présentes à bord poussaient des hurlements qui se perdaient dans le rugissement des vents, lesquels semblaient provenir des quatre points cardinaux. Au bout du deuxième jour de voyage, j'allais un peu mieux mais j'avais acquis la ferme conviction que je n'étais point fait pour la navigation en haute mer. La nourriture, il est vrai, contribua définitivement à m'en dégoûter.

Sous le gaillard d'avant, nous avions rangé, outre six chevaux de race, des cochons, des moutons et des poules qui nous serviraient de garde-manger pendant les quelque deux mois que durerait la traversée. Une puanteur atroce commença à se dégager de cet endroit qui avait le malheur d'être tout contre les cuisines. Cela amusait grandement notre cuistot en chef, notre maître-coq comme le dérisionnait l'équipage, un bougre rondouillard, toujours dépenaillé et mal rasé, qui, à l'heure des repas, s'en allait braillant sur le pont arrière :

— La tambouille est prête ! Gentes dames et messieurs parfumés, approchez-approchez ! Aujourd'hui, je vous ai cuisiné des crottes de cochon aux lentilles arrosées de fientes de volaille sur un lit de biscuits aux asticots.

Il disait vrai : au bout d'une dizaine de jours, notre cargaison de biscuits commença à développer ces horribles bestioles sans que cela émeuve quiconque. Elles s'incrustaient d'ailleurs partout comme j'en viendrais à le découvrir. Dans le beurre, la morue séchée, les salaisons et même l'eau. Quoique protégée par d'énormes tonneaux en bois de chêne, cette dernière prit une vilaine couleur ocre et se mit à dégager une odeur fétide. Cela non plus ne provoquait aucun haut-le-cœur chez les marins du *Maintenon* qui se gaussaient des passagers, lesquels avaient le choix entre fermer les yeux, se pincer le nez et avaler ce breuvage indéfinissable ou bien crever de soif. En fait, personne n'avait le choix. La première terre habitée, loin devant nous, aux Amériques, se trouvait à des milliers de miles nautiques et profiter d'une escale

49

pour s'échapper, comme cela était commun en Méditerranée, relevait de la pure rêverie. Quant à moi, mon seul soulagement consistait à mettre en œuvre mes connaissances en matière de navigation apprises à l'École des gardes de la marine et à concentrer mon esprit sur mon compas, ma règle et mes cartes. À la grande satisfaction de notre commandant, vieux loup de mer qui avait gravi les échelons à la force du poignet et avançait au jugé ou plus exactement au flair. Et chez lui, ce dernier était grand, étonnamment grand. Il lui suffisait de renifler le vent pour deviner qu'une tempête était en préparation et qu'il nous faudrait dévier plus au nord ou plus au sud de notre route. À l'éclat du soleil, il prévoyait les calmes plats si redoutables parce qu'ils prolongeaient le voyage et exigeaient que l'on rationnât davantage l'eau douce et les vivres.

— Ça, aucun éminent savant d'aucune grande école ne te l'enseignera, Gabriel-Mathieu! me ressassait-il. Ils peuvent se livrer à tous les grands calculs arithmétiques, géométriques, algébriques ou astronomiques qu'ils veulent!

Mais ce qui me détourna pour toujours du métier de marin fut l'ennui. En effet, il arrivait que durant plusieurs jours, rien ne se passe. Notre navire voguait sur des eaux étales grâce à des vents doux mais constants et nous n'avions plus rien à faire que nous tourner les pouces. Du moins nous, les officiers, car les marins, eux, en profitaient pour musiquer à l'aide d'harmonicas ou de flûtes ou s'adonner à de bruyantes parties de jeux de dés ou de cartes qui, souventes fois, finissaient par des échauffourées que nous avions le plus grand mal à maîtriser. Ils brocantaient les pires insultes adressées aux gens de mer : « Marin d'eau douce ! », « Gibier de potence ! » ou encore « Bois d'ébène ! » L'une de ces gourmades se termina par un couteau planté dans la gorge d'un moussaillon accusé de coquinerie qui, pour son malheur, décéda en dépit des soins que lui prodigua notre chirurgien. Je priais pour ne jamais tomber malade au cours de la traversée car ce dernier semblait, lui aussi, travailler au flair. Il n'examinait pas vraiment ses patients et se contentait, après les avoir dévisagés un bref instant, d'établir un diagnostic et de leur préparer quelque potion qu'ils devaient ingurgiter séance tenante.

— Remède miracle, mon brave ! braillait-il tout en s'esbaudissant. Ou alors si tu préfères une saignée, ce sera du pareil au même.

Cette médecine, pour le moins expéditive, marchait une fois sur deux, peut-être un peu plus, mais je n'avais, pour ma part, aucune envie de m'en remettre aux bons soins de notre cher chirurgien qui pourtant était un homme de bien. Il était le seul homme à bord à posséder des livres et dans les moments où tout roulait à l'aise, on le voyait s'installer dans un hamac, sous le pont avant, et se plonger des heures durant dans la lecture de quelque gros livre à couverture dorée. Je ne mis guère de temps à fraterniser avec lui car j'avais placé dans ma malle une bible ainsi que deux ouvrages relatant l'arrivée des Français aux îles d'Amérique. M'accompagnait aussi un grand cahier sur lequel, dès avant mon inscription à l'École des gardes de la marine, j'avais consigné toute information susceptible de me familiariser avec cet univers entièrement nouveau qui m'attendait. Dans ce « Bréviaire des Amériques », la première que j'y avais notée et que j'avais si souvent lue et relue qu'elle s'était comme imprimée dans mon esprit, émanait d'un natif de Normandie tout comme moi : Pierre Belain d'Esnambuc. Tout comme la mienne, sa famille avait dû aliéner la plus grande partie de ses biens et il n'avait pu se faire à l'idée d'avoir à mener une existence dépourvue de relief. Une vie à l'ombre des donjons et des tours à créneaux des manoirs de notre province avec pour seul horizon ses hautes futaies que l'hiver dénudait sans pitié. Le premier, il avait posé le pied en l'île de la Martinique et y avait planté la croix, malgré l'hostilité des naturels de l'île, ces Sauvages au corps peinturé de roucou, et pour l'en remercier Sa Majesté Louis XIII ainsi que le cardinal Richelieu l'autorisèrent à créer la Compagnie des Isles de l'Amérique, cela en l'an 1626. Un peu plus d'un demi-siècle avant ma naissance donc.

J'avais recopié avec soin l'acte de prise de possession de la Martinique dans mon « Bréviaire des Amériques » :

Nous, Pierre de Blain, escuyer, sieur d'Esnambuc, capitaine entretenu de la marine et gouverneur pour le Roy en l'isle de Saint-Christophe des Indes occidentales, ce jour d'huy 15 de septembre 1635, je suis arrivé en l'isle de la Martinique par la grâce de Dieu, accompagné d'honorable homme Jean Dupont, lieutenant de la compagnie colonelle en ladite isle de Saint-Christophe, des sieurs de La Garenne, La Chesnaye, Levesque, Morin et autres en nombre, en présence desquels et du capitaine Drouain, le sieur Allard et autres de son équipage, j'ay pris pleine et entière possession de ladite isle de la Martinique, fait planter la croix et arborer le pavillon de France, le tout pour l'augmentation de la foy catholique, apostolique et romaine, et pour faire profit de ladite isle au Roy et à nos Seigneurs, suivant les commissions à nous octroyées et ai laissé le dict Dupont pour gouverneur et autres officiers, qui y seront reconnus, selon l'ordre que je luy ai laissé. Fait au lieu de la Martinique, l'an et jour que dessus, signé à l'original Belain, Louis Drouain, Dupont, Jacob Allart, Guillaume Lefort et Morin.

Je n'avais cependant pas pour ambition d'égaler ce vaillant découvreur et conquérant des Isles de l'Amérique, mais, tout comme lui, d'y asseoir un peu plus la grandipotence de notre roi, Sa Majesté Louis XIV, déjà reconnue dans les pays des Barbaresques, au Levant et jusqu'en Chine...

[LE TRÉSOR DES MAMELOUKS
(XVIe siècle)

Qui aurait pu imaginer que les baies d'un arbre inconnu qui avaient plongé dans l'ivresse les chèvres d'un petit berger des hauts plateaux éthiopiens dans la région de Kaffa auraient traversé la mer Rouge pour grimper jusqu'à ceux du Yémen ? Puis, siècle après siècle, se répandraient à travers l'Arabie avec la bénédiction du prophète Muhammad avant d'atteindre les palais des mamelouks dans la ville du Caire. Cette pérégrination se fit à dos de chameau, à travers d'impitoyables déserts, au milieu de tempêtes de

53

sable qu'on aurait juré l'œuvre de Sheitane, l'ange maudit par le Très-Haut, à la merci de tribus hostiles indéfectiblement attachées à leurs divinités païennes et sous l'œil d'un soleil qui ne laissait aucun répit aux humains et aux bêtes, asséchant les oueds et semant des mirages tout au long de la route.

Devant les caravansérails où sont entreposés les sacs de la précieuse marchandise, on fait bonne garde. C'est que jour après jour, des ulémas y viennent pour proférer des malédictions, assurant que tout comme l'alcool et l'opium, le café procure des hallucinations. Allah – que son nom soit béni ! – en interdit la consommation. La potion que l'archange Djibril avait donnée à Muhammad et qui lui avait procuré une guérison miraculeuse provenait de la main de Dieu, pas de celle des hommes. Rien dans le Saint Coran, d'ailleurs, ne prouvait que ce liquide noirâtre, que l'on servait brûlant dans les maisons de café qui pullulaient désormais dans la ville du Caire et même dans celle d'Alexandrie, était de même nature. Il était par conséquent *haram* !

— Nous le vendons surtout aux infidèles, tentèrent de parlementer les riches marchands cairotes. Voyez tous ces navires qui le transportent jusqu'à Venise et à Marseille !

L'autorité mamelouke s'en trouva embarrassée. Elle s'en ouvrit à la Sublime Porte, mais ses missives demeurèrent sans réponse. Interdire ce commerce revenait non seulement à se priver d'importantes taxes douanières, mais aussi à créer des zizanies avec les chrétiens. Leurs consuls au Caire ne cessaient d'émettre des récriminations dès que des émeutes en empêchaient le transport. C'est que nombre d'ulémas avaient réussi à convaincre le petit peuple du caractère diabolique du café, chose qui provoquait, à intervalles réguliers, l'incendie de caravansérails. Des foules se répandaient dans la vieille ville, hurlant :

— *Al-qahwa haram ! Harq al-kafirin !* (Le café est interdit par Dieu ! Brûlez les mécréants !)

Puis, à leur tour, des maisons de café, où l'on se

réunissait pour jouer aux échecs et bavarder, furent la proie des flammes. Enfin, les émeutiers s'en prirent aux pileries, ces fabriques où il était torréfié avant d'être broyé. La petite cerise rouge, découverte par hasard, six siècles plus tôt, grâce aux chèvres du berger abyssin Kaldi, menaçait de mettre la terre d'Égypte à feu et à sang. Les mamelouks durent se résoudre à trancher après que l'affaire eut été maintes fois portée devant les tribunaux musulmans par des ulémas enragés. Furent amenés à la barre des médecins perses de grande réputation qui exerçaient leur art de Chiraz à Damas et de La Mecque au Caire et dont tous les puissants chantaient les louanges. Ces doctes personnages confirmèrent que le café provoquait un état d'ébriété proche de celui de l'alcool, quoique avec une promptitude moindre, chez toute personne qui en humait simplement l'odeur. Les cadis exultèrent, exigeant la fermeture des lieux de débauche où il était servi à foison.

Les mamelouks, après moult tergiversations, décisions contradictoires, revirements, atermoiements, finirent par émettre une décision définitive au grand dam des ulémas et de leurs fidèles :

— Le café est agréable à Allah et bon pour la santé !

L'eau noire turque, comme la surnommaient les voyageurs européens qui en goûtaient pour la première fois, enchanta de plus belle la langue et le gosier des citadins égyptiens jusqu'à conquérir ceux des bédouins au fin fond du désert, là où les pyramides barraient l'horizon. Elle tenait éveillé, facilitait la digestion et réduisait l'obstruction des viscères, assuraient apothicaires et médecins.]

PREMIÈRE TRAVERSÉE

(1710)

Au vingt-huitième jour de voyage, une violente bagarre éclata entre un passager, pourtant plutôt bien mis et ne s'exprimant pas en patois, et les gardes des pucelles, comme les désignait, rigolard, le quartier-maître. Il s'agissait d'une douzaine de très jeunes femmes qui avaient été capturées dans les hôpitaux généraux, lesquels s'occupaient, entre autres missions, d'accueillir les orphelines. Pour développer les établissements de la Martinique et de la Guadeloupe et empêcher que les engagés ne reviennent en France après leurs trente-six mois de contrat, Colbert, suite à des demandes pressantes de la Compagnie des Isles d'Amérique, n'avait eu d'autre solution que de leur envoyer des compagnes, m'expliqua le commandant du *Maintenon* :

— Les mariages de raison durent plus longtemps que les mariages d'amour, mon cher Gabriel-Mathieu. Je suis payé pour le savoir. Ces donzelles ne savent pas encore qui sera leur époux, mais il leur suffira de comparer leur ancienne existence à la nouvelle pour bénir tous les jours celui qui leur a procuré cette dernière. Croyez-m'en !

Apparemment, le passager à l'aspect soigné – un riche marchand d'épices – était tombé en pâmoison devant l'une d'entre elles un jour que ces « Filles du Roy », comme on les appelait, non sans une certaine ironie, entreprenaient de se laver, pourtant en toute discrétion, dans un recoin du pont arrière. Dès cet instant, il avait tout mis en œuvre pour essayer d'approcher la jeune fille, allant jusqu'à tenter de soudoyer les gardes, et, n'y parvenant pas, finit par perdre la raison. Il se mit à parcourir le navire de long en large en criant :

— Elle est ma dulcinée ! Je la veux pour moi et personne, ni le bon Dieu ni le diable, ne réussira à m'en dissuader.

Lorsque le commandant du *Maintenon* donna l'ordre de le mettre aux fers où croupissaient déjà deux marins qui avaient abusé de ce mauvais vin que l'on nous servait pendant les repas, le marchand se rebella. Il fallut pas moins de trois hommes pour réussir à le maîtriser. Cet incident me fit songer que je n'avais jusqu'à ce jour aucunement songé à prendre femme, m'étant contenté, de temps à autre, des ribaudes du port de Nantes. Il faut dire que depuis mon premier commerce charnel avec cette troublante et mystérieuse fille des îles à la chevelure de jais, je ne rêvais que de me procurer une créature semblable à elle et le sort de ces orphelines expédiées de force aux Antilles m'indifféra. Je commençais, en outre, à ne plus pouvoir supporter les éternels repas composés de semoule d'avoine ou de seigle, agrémentés d'un soupçon d'huile d'olive, que notre cuistot nous servait chaque jour, hormis le jour du Seigneur.

Ce jour-là, il se vêtait de propre, se posait une toque immaculée sur la tête et nous lançait :

— Approchez-approchez, mes petiots ! Aujourd'hui, vous allez faire bombance, vous vous lécherez les babines, je vous le promets.

À la vérité, quelques tranches de lard ou d'un poisson pêché par miracle (un marsouin le plus souvent) agrémentaient notre tambouille quotidienne. Du cidre, distribué avec parcimonie pour ne pas échauffer les esprits, égayait également nos journées dominicales. Le capitaine du *Maintenon*, qui s'était rendu compte du profond ennui qui m'assaillait dès l'aube, m'avait mis en garde au vingt-deuxième jour de notre traversée :

— Gabriel de Clieu, voici venir le moment de vérité pour vous ! Nous approchons des mers chaudes et là, des tempêtes peuvent éclater sans crier gare. J'ai déjà survécu à pas moins de cinq naufrages et au cours du dernier, mon équipage et moi avons failli y laisser la vie. On vous a enseigné cela à l'école des gardes de marine ?

— Oui, capitaine.

— Et vous a-t-on appris ce qu'il convient de faire ?

— On nous a dit qu'il n'y avait rien à faire. Simplement descendre les voiles, se calfeutrer et attendre que la colère des éléments s'apaise, capitaine.

Il partit d'un rire sonore qui fit sursauter un groupe de matelots qui s'adonnaient à une partie de cartes apparemment fort animée. Mes instructeurs n'étaient que de fieffés imbéciles ! Non, il ne fallait surtout pas se croiser les bras en cas de mauvais temps, mais implorer le diable. Oui, Satan en personne! Car sachez, jeune gandin, qu'au beau mitan de l'Atlantique, il s'entoure de mille diablotins qui tournevirent autour de votre bateau et le font tressauter comme un fétu de paille. Le vent devient la voix du diable! Les gros nuages noirs ne sont autres que ses paupières! Les flots déchaînés son ventre affamé. Même les religieux qui se trouvent à bord se défont de leur attirail chrétien et se mettent à l'implorer. Sinon il démantibule votre navire en un battement d'yeux et voilà vos corps livrés aux requins qui déjà rôdaillent dans le sillage de celui-ci. Je ne savais pas s'il était sérieux ou s'il voulait plaisanter mais il abritait un chat noir dans sa cabine, au dire du marin chargé de nettoyer cette dernière, qui lui servait à prévoir le temps. Si l'animal ondulait de la queue, cela signifiait qu'on affronterait un coup de tabac sous peu (expression que je n'aimais guère car à mes yeux, cette feuille odorante ferait de moi un grand planteur). Notre commandant aimait en tout cas à nous effrayer car si nous croisions quelque bateau de nuit, il hurlait :

— Hé, vigie, éteins ton fanal et descends vite de ton mât! C'est *Le Hollandais volant*. Si jamais il nous repère, on est bons pour les Enfers.

À l'École des gardes de la marine de Rochefort, nos maîtres nous racontaient les naufrages devenus célèbres, détaillant les erreurs commises par les équipages et ceux qui les dirigeaient, mais ils évitaient de faire la moindre allusion à cet étrange navire qui avait eu l'audace de doubler le cap de Bonne-Espérance en pleine tempête à cause d'un capitaine entêté et complètement en brindezingue. Ce dernier s'était permis de défier tout à la fois le bon Dieu et le diable, si bien qu'il avait été condamné à errer perpétuellement sur toutes les mers du globe. De *Hollandais volant*, nous n'en croisâmes aucun et nous parvînmes enfin au-devant de la ville de Saint-Pierre de la Martinique après cinquante-quatre jours d'un voyage que j'espérais n'avoir à refaire que rarement au cours de ma vie. Le mal de mer, l'ennui, la nourriture infecte, l'eau croupie, les poux et la gale, le scorbut qui fit passer trois passagers de vie à trépas (en dépit des réels efforts du chirurgien de bord), la rustauderie de l'équipage, les décisions fantasques du commandant du *Maintenon*, tout cela m'avait dégoûté à jamais de la vie d'homme de mer. Une fois à terre, je présenterais ma démission au gouverneur et me dépêcherais d'acquérir une propriété afin de m'installer en planteur de tabac qu'aux îles françaises de l'Amérique on préfère appeler « pétun ».

Lorsque la pointe effilée d'une imposante montagne se profila dans le lointain, je sus qu'il s'agissait de la terrible Pelée que les Sauvages, au dire des chroniqueurs, surnommaient la Montagne de feu. Ceux-ci prétendaient qu'avant l'arrivée des hommes blancs, elle s'était déjà plusieurs fois réveillée et avait tout détruit à son entour. Ils ajoutaient qu'elle les vengerait un jour de ces derniers ! Cette imprécation en forme de présage m'avait fait sourire, mais une fois que je me trouvai face à elle et que je vis des fumerolles s'échapper de son cratère, des frissons m'étreignirent. L'équipage du *Maintenon*, par contre, fit preuve d'une totale indifférence, s'occupant de préparer notre arrivée dans le port de cette ville étirée en arc de cercle le long de sa baie dont l'aspect ne me disait rien qui vaille.

— T'es un vrai capon, toi, jeune homme ! me lança un matelot qui s'employait à enrouler des cordages. Y a pas de quoi s'accouardir car dans toutes les îles, les volcans fument. À la Guadeloupe, tout au nord, comme à Sainte-Lucie, tout au sud. Mais aucun d'eux n'est jamais entré en éruption. Pourtant, ça fait douze ans que je navigue dans leurs parages. Crois-moi, les flibustiers sont mille fois plus dangereux que ce vieux grand-père qui tire sur sa pipe ! Ha-ha-ha !...

La ville de Saint-Pierre m'avait grandement étonné avec ses rues pavées à la perfection et ses hautes demeures construites dans un bois qui m'était inconnu et m'avait l'air fort résistant. Une eau un peu glacée dévalait dans ses dalots, baignant l'air torride jusqu'à tard dans la nuit d'une fraîcheur bienvenue. Pourtant, une vague de déception s'était emparée de moi pour la raison qu'hormis la chaleur étouffante et les nuées de moustiques qui harcelaient les nouvellement débarqués tels que moi, j'avais l'impression de me retrouver dans un village quelconque de notre bon royaume de France. Rien qui correspondît à ce que mon imagination, que d'aucuns affirmaient débordante, avaient prévu, hormis tout ce considérable de visages couleur de charbon qui arpentaient les quais sous la conduite de leur maître. J'avais déjà aperçu quelques Nègres d'Afrique

61

dans les ports de Rochefort, de Dieppe et surtout de Nantes, mais hommes libres, ils n'arboraient point cette mine défaite, presque hagarde, de ceux qui, à Saint-Pierre, s'employaient à décharger les navires et à transporter les marchandises que leurs maîtres avaient commandées en France. Esclaves! Ils étaient donc des esclaves. J'avais, certes, entendu parler de cette institution mais n'y avais guère prêté attention jusque-là, persuadé que leur condition était assez semblable à celle de nos serfs. Je me trompais! Ces derniers n'étaient pas affligés de chaînes aux pieds ni ne se faisaient fouetter en public, spectacle auquel j'assistai au lendemain de mon arrivée à Saint-Pierre.

— Celui-là est un rétif! m'expliqua-t-on à la capitainerie du port où j'avais été affecté sous la houlette d'un ancien amiral qui boitait si fortement d'une jambe qu'il devait s'aider d'une canne pour marcher.

Taraudé par une colère qui ne tarissait jamais, d'abord contre les Barbaresques qu'il avait jadis combattus et qui l'avaient retenu prisonnier à Alger durant quelques années, il vitupérait contre les Sauvages, les Nègres, les Mulâtres et même les Blancs de basse engeance, comme il disait, c'est-à-dire ceux qui étaient nés à la Martinique et n'étaient donc plus tout à fait de vrais Européens à ses yeux.

— Enfin, on m'envoie quelqu'un qui a la science de la mer! Enseigne de Chieu, apprenez d'abord que votre titre de noblesse ne signifie rien dans ce trou du diable de pays! Le premier manant venu, fût-il originaire de Basse-Normandie ou de

Basse-Bretagne, s'empresse d'accoler un « de » à son patronyme en soudoyant quelque officier d'état civil. Si bien qu'ici tout le monde est noble et personne ne l'est. Ha! Ha! Ha! Sauf les cadets de famille dont, je suppose, vous faites partie, n'est-ce pas?

L'Amiral, comme il était abusivement désigné, fut étonné de savoir que je ne faisais point partie de ces jeunes hommes qui, victimes du droit d'aînesse qui les privait de tout héritage, n'avaient d'autre choix que de partir aux îles d'Amérique. Moi, j'avais décidé mon voyage de mon propre chef parce que j'avais très tôt rêvé du Nouveau Monde et que l'odeur ainsi que le goût du tabac m'avaient définitivement conquis. Lorsque je m'en ouvris pour lui faire part de mon désir de quitter la marine en vue de m'établir comme planteur, il se mit aussitôt à rugir :

— Jamais! Jamais, vous m'entendez, jeune homme! J'ai besoin de vous pour pouvoir combattre les Sauvages qui se sont tous acoquinés en l'île de la Dominique. On ne la voit pas depuis Saint-Pierre, mais si on va tout au nord on aperçoit distinctement sa forme arrondie. Elle est presque dépourvue de plages et nos navires ont les plus grandes difficultés pour y accoster, ce qui fait qu'elle constitue un refuge assuré pour ces Sauvages de toutes les îles de l'archipel. Cette engeance ne cesse de nous harceler! Je me suis juré de la détruire.

Je n'avais, par contre, jamais vu de Caraïbe, mais je savais, par mes lectures et les dessins figurant dans certains ouvrages, qu'ils ressemblaient beaucoup à des Chinois. C'est pourquoi je ne reconnus pas le tout premier que je vis. Il était le rescapé d'une offensive que les siens avaient lancée contre un établissement isolé de la paroisse du Prêcheur, à quelques lieues de Saint-Pierre. D'habitude, leurs pirogues rapides, taillées à même le tronc d'un arbre, qu'on m'apprit être le « gommier », filaient à la vitesse du vent et étaient très difficiles à arraisonner, il l'était encore plus de capturer leurs occupants, mais cette fois les habitants avaient riposté à coups de fusil avant même que les Sauvages aient eu le temps de mettre pied à terre. L'un d'entre eux avait réussi à gagner le rivage où il avait été fait prisonnier. Quand il nous fut amené, je ne découvris point un Chinois, mais un homme rouge ! Un homme d'une éblouissante beauté, au regard farouche, qui ne cessait de grommeler en créole, idiome que j'entendais pour la toute première fois :

— *Tè Kalinago pas tè Blanc !* (La terre des Kalinagos n'appartient pas aux Blancs !)

Par la suite, ces indigènes du Nouveau Monde, qu'on les appelât Sauvages, Caraïbes ou Kalinagos, ne cessèrent jamais de m'impressionner et de m'imposer même une certaine estime quoiqu'ils fussent nos farouches ennemis. Ce rouge si magnifique de leur peau provenait d'une plante, le roucou, dont ils s'enduisaient le corps pour se protéger du soleil et des moustiques ou pour se mettre en belleté. C'est dire que l'envie ou même la seule idée d'avoir à les combattre me révulsait et je m'employai à dissuader l'Amiral de me confier cette mission. Je faisais ainsi mine de ne pas comprendre ses ordres ou de les mésinterpréter, chose qui le plongeait dans une colère sans nom. Jusqu'au jour où il déclara qu'il en avait assez :

— Capitaine de vaisseau ou capitaine d'infanterie, c'est du pareil au même. J'ai donc, monsieur de Clieu, demandé que vous soyez versé dans le corps des culs-terreux puisque vous semblez tant les apprécier.

Je ne me fis pas prier pour accepter sa décision. Au contraire, je la vis comme une bénédiction du ciel ! Au lendemain de ma débarquée à la Martinique, j'avais aussitôt voulu contempler des champs de tabac. En effet, il n'était pas interdit aux officiers d'infanterie d'acheter des propriétés et la plupart d'entre eux ne s'en privaient pas quoique, comme je m'en rendis vite compte, ils en laissaient la bonne marche à des gens de naissance peu considérable venus chercher fortune aux îles ou alors à des Mulâtres, curieuse engeance, que j'approchais aussi pour la première fois, qui affichait sa fierté d'avoir des géniteurs blancs et sa honte des Négresses qui l'avaient mise au monde. J'étais bien tombé, au cours de mes lectures ayant précédé mon arrivée à la Martinique, sur l'expression « hommes de couleur libre », mais elle n'avait pas retenu mon attention. Dans mon « Bréviaire des Amériques », j'avais noté ceci, relevé dans *L'Histoire des aventuriers qui se sont aventurés dans les Indes* du célébrissime flibustier Alexandre Oexmelin :

Lorsqu'un homme blanc s'allie à une femme noire, les enfants qui en proviennent sont demi-noirs ; les

Espagnols les nomment mulatos, et les Français mulâtres. Ils ont le fond des yeux jaunes, sont hideux à voir, de mauvaise humeur, traîtres et capables des plus grands crimes.

Je les découvris donc et compris qu'il me serait difficile, voire impossible, de me passer de leur concours dès l'instant où j'aurais fait l'acquisition d'une propriété. Est-ce le hasard ou le destin qui me fit rencontrer ce cultivateur de la paroisse du Prêcheur à qui il arrivait de se rendre à celle de Saint-Pierre pour acheter des outils? Il sortait d'un magasin de toileries et quincaille, deux coutelas et un paquet de faucilles sous le bras, une grosse boîte de clous entre les mains, lorsque nous butâmes l'un contre l'autre. Les clous se répandirent sur la chaussée pavée, certains aussitôt emportés par cette eau qui dévalait sans discontinuer de la montagne Pelée. Confus, je me précipitai pour les ramasser lorsque le Mulâtre me lança, aucunement fâché :

— Hé, Blanc manant! Tu viens de débarquer à ce que je vois. Tu as la couleur d'un linge! Ha-ha-ha!... Allez, ne t'interbolise pas pour si peu, Ti-Ménard va s'en occuper.

Je n'avais pas remarqué qu'un grand Nègre longiligne au visage triste le suivait, lequel, en effet, posa les deux sacs en toile qu'il transportait sur le dos et s'accroupit prestement afin de réparer le désastre que j'avais causé. Celui qui m'apprit, dans la taverne mal famée où il m'entraîna pour fêter ce qu'il nomma notre « compérage », se prénommer Théramène et se nommer Claudius – farcesque patronyme –, n'avait l'air ni grec ni romain, mais plutôt l'aspect de ces Barbaresques qui avaient rejoint le camp des chrétiens et que l'on voyait déambuler dans les rues bordant le port de Nantes. Il possédait, m'affirma-t-il, huit esclaves qui l'aidaient à faire prospérer sa petite plantation de canne à sucre au quartier Sainte-Philomène situé à égale distance entre les paroisses de Saint-Pierre et du Prêcheur. Théramène m'avait confondu avec ces aventuriers sans foi ni loi qui débarquaient aux îles avec l'idée qu'il suffisait de se baisser pour ramasser à pleines mains or et pierres précieuses. C'est que ce jour-là, je ne portais pas mon uniforme de capitaine d'infanterie. J'avoue avoir nourri, dès mon arrivée à la Martinique, de solides préventions contre ces personnes qui, parce que leur père était blanc, jouissaient de la liberté, mais sans toutefois bénéficier de l'entièreté des droits réservés à notre classe. Tous les récits de voyage et autres chroniques des Indes les décrivaient comme sournois, emberlificoteurs, menteurs, rusés dans l'âme et surtout revanchards. Du reste, avant ma rencontre inopinée avec ce Claudius Théramène, je n'avais jamais eu l'occasion d'échanger avec l'un d'entre eux. Hormis qu'un beau matin, me rendant au nouveau quartier du Fort, sur les hauteurs nord de la ville, qui était en pleine construction, j'aperçus au bord de la rivière Roxelane un groupe de lavandières noires occupées à battre du linge et à le mettre à sécher sur les énormes rochers qui encombraient par endroits le lit de celle-ci. Elles chantaient à tue-tête dans ce langage créole que tous les Blancs nés dans l'île employaient tout naturellement quoiqu'ils le qualifiassent de jargon des Nègres. À la vérité, ce dernier, à mes oreilles en tout cas, présentait peu de différences avec les patois de ma Normandie natale puisqu'il mangeait les « r » et transformait les terminaisons en « isme » exactement à la manière de chez nous c'est-à-dire en « isse ». Très tôt, je m'essayai d'ailleurs à le parler car il me serait indispensable dès l'instant où je m'établirais comme planteur de tabac.

Parmi les lavandières, une créature aux longs cheveux de jais qu'elle trempait dans l'eau avant de les secouer d'un brusque geste de la tête, voltigeant de petits nuages d'écume irisée, me fit halter mon cheval. J'avais tiré si fort sur son licou qu'il se cabra avant de hennir, ce qui attira l'attention des lavandières. La créature – une Mulâtresse devais-je apprendre plus tard – posa alors sur moi un regard que j'interprétai comme hostile quoiqu'elle fût parfaitement immobile et reflétât une totale indifférence. Elle était tout le portrait de la péripatéticienne qui, dix années plus tôt, dans un bouge du port de Rochefort, m'avait ôté mon pucelage. Je me ressaisis car les lavandières noires, ayant remarqué mon trouble, se gaussaient de ma personne de la plus vulgaire des manières. Hélas, je ne devais plus jamais croiser la Mulâtresse de la rivière Roxelane et Théramène Claudius fut mon premier vrai contact avec cette race.

— Attention, compère, notre rhum monte vite à la tête des nouveaux arrivés ! s'esclaffa-t-il en me baillant une bourrade de l'épaule et m'invitant à l'appeler « Théra » qui était son surnom.

Les Nègres étaient, en effet, bien trop fainéants

pour le prononcer en entier. D'ailleurs, il n'y avait qu'à voir celui qui l'avait accompagné à Saint-Pierre ce jour-là. À peine étions-nous installés sur nos tabourets qu'il s'assit à même le trottoir et, dos appuyé contre le mur de la maison d'en face, se mit à dormir, son chapeau en paille rabaissé sur son visage. Théramène était un vrai moulin à paroles qui, en outre, passait d'un sujet à un autre avec une célérité stupéfiante. En un brin de temps, tout y passa : les grands planteurs blancs qui achetaient sa canne à sucre au prix le plus bas possible ; les Sauvages qui organisaient de temps à autre des razzias depuis leur île-forteresse de la Dominique ; les Nègres marrons en rupture de plantation et réfugiés sur les contreforts de la montagne Pelée qui terrorisaient nuitamment les honnêtes gens en déclenchant des incendies un peu partout ; les Blancs manants qui étaient inutiles à la colonie et que Colbert, et avant lui Richelieu, aurait dû faire rapatrier *manu militari* en France. Après quatre verres de rhum, sa faconde s'atténua et j'en profitai pour l'interroger sur le tabac, chose qui parut le surprendre.

— Ne me dis pas que tu veux quitter l'armée pour t'embarrasser avec pareille chose ! Si tu veux, on peut brocanter nos places. Ha-ha-ha !... Ton bel uniforme m'irait bien, j'en suis sûr, par contre mes hardes en grosse toile te bailleraient l'air d'un épouvantail. Le pétun ? Ici, on ne dit guère tabac, compère. Bon, ça rapporte gros, c'est vrai, mais c'est une plante fragile. Il suffit d'une avalasse de pluies pendant une semaine ou une chaleur trop persistante pour que des mois et des mois de labeur

69

soient effacés. Et toi, tu te retrouves le bec à l'eau ! Non, monsieur de Clieu, je te conseille plutôt le cacaoyer ou la canne à sucre. Dix-sept ans que je m'esquinte dans les champs et même si c'est raide, passablement raide même, eh bien tu me vois quand même là devant toi gros-gras-vaillant.

Nous nous retrouvâmes désormais, Théramène et moi, dans cette même taverne, chaque vendredi soir. Pour boissonner, jouer aux dés ou aux cartes, parfois nous livrer aux plaisirs vénériens avec quelque donzelle de petite vertu, toutes noires ou de couleur, hormis, de loin en loin, des Espagnoles, en route vers le sud de l'Amérique continentale, qui débarquaient sans crier gare et repartaient de semblable manière. Il ne cessa jamais de me dissuader de me lancer dans la culture du tabac et ce qu'il m'en disait n'était guère différent de ce que j'entendais dans les salons des Blancs créoles où il m'arrivait d'être invité à l'occasion de quelque anniversaire ou baptême. Tout le monde n'avait qu'un mot et un seul à la bouche : sucre de canne. L'Europe avait grand appétit pour ce produit nouveau et aux îles, des fortunes avaient ainsi pu se constituer en l'espace de quelques années. Pourtant, après avoir parcouru quelques cannaies, sur les hauteurs de Saint-Pierre, et assisté à la récolte, qui était sur le point de s'achever au moment de mon arrivée, je ressentis peu d'appétence pour ce « roseau sucré » quoiqu'il arborât une écorce joliment colorée où le jaune, le vert et le marron se mariaient à merveille. J'y avais même goûté à pleines dents, imitant ainsi les Nègres qui, s'en retournant à leurs cases sur les quatre heures de l'après-midi sous l'étroite surveillance d'un commandeur de plantation, s'en baillaient à cœur joie, se délectant de son jus.

Je désirais plus que tout m'installer comme planteur de tabac.

Mon obstination, bientôt connue de la plupart des personnes importantes de la ville, me valait des invitations régulières. Je compris vite que nombre de familles blanches créoles voyaient en moi un beau parti, non point parce que j'avais une physionomie avenante ou qu'on me croyait riche, mais parce qu'originaire du royaume de France, j'apportais du sang neuf. Je ne compris le véritable sens de cette expression qu'une fois tombé en pâmoison devant une gente demoiselle du nom de Marie-Colombe de Mallevault. Notre rencontre se passa devant l'église du Mouillage, à la sortie d'une messe dominicale, quand tout un chacun fait étalage de linge prestancieux et que les riches planteurs, en quête d'époux pour leurs filles, lorgnent les jeunes hommes bien nés aux parents desquels ils feront quelque proposition de fiançailles, ces derniers pouvant mettre des semaines, voire parfois des mois, avant de se décider. Aux isles de l'Amérique, tout s'achète, tout se vend, tout se négocie, y compris l'amour ou ce qui en tient lieu. Par bonheur, je n'eus point à me livrer à de ténébreuses tractations car dès que mon regard croisa celui de cette créature, je ressentis au plus profond de mon être une sensation inconnue, dérangeante quoique point du tout désagréable. Je ne pouvais plus détacher mes yeux de la jeune femme brune, aux cheveux très noirs et aux yeux couleur de ciel,

71

qui devisait, toute guillerette, avec d'autres personnes de son âge à côté d'une calèche. Alors que le cocher nègre avait du mal à réfréner son cheval à cause de la chaleur qui s'abattait déjà en ce début de matinée, Marie-Colombe (j'en viendrais à entendre son nom en m'approchant au plus près du petit groupe de manière subreptice) semblait tout à son article. Son visage ne ruisselait pas de sueur comme le mien et elle ne clignait pas des yeux sans arrêt comme c'était mon cas. En native du pays, elle s'y mouvait à sa guise et semblait baigner dans l'heureuseté.

— À tantôt, mes bonnes amies ! l'entendis-je lancer gaillardement à un groupe de mamzelles, quand elle grimpa, relevant ses jupes avec élégance, dans la calèche.

À l'instant d'en refermer la portière, son visage se tourna vers moi qui, immobile, un mouchoir à la main, m'essuyais sans arrêt le front et les joues. Ce spectacle lui arracha un sourire. Nouvelle chance pour moi : à cause de la cohue, paroissiens, serviteurs nègres et calèches mêlés, son véhicule n'avança que de quelques pas. Elle continua à jouer de la prunelle et moi, horriblement embarrassé, je voulus tourner la tête et ne le pus. Soudain, son beau front se plissa et son sourire s'évanouit. Peu à peu, la foule dominicale se dispersa et le véhicule de celle qui m'avait foudroyé le cœur put se déplacer. Je regagnai mon habitation du Prêcheur au trot alors que mon cheval créole, quoique de petite taille, adorait galoper. Je pensai m'en ouvrir à mon voisin Théramène Claudius, ce Mulâtre bagoulard et vantard que j'en étais venu à apprécier de plus en plus, même si certaines de ses remarques me déplaisaient au plus haut point.

— Tu ne corriges pas suffisamment tes Nègres! m'apostrophait-il lorsqu'il accourait au secours de ma plantation quand quelque incendie s'y était déclaré. Bon, tu es nouveau dans le métier, je comprends... On ne devient pas planteur en quelques mois, surtout quand on a été marin.

Accompagné de trois ou quatre de ses esclaves munis de boquittes en bois, il s'employait à les faire charroyer de l'eau depuis une riviérette, pourtant presque à sec à la saison du carême, qui longeait notre quartier, les houspillant sans arrêt jusqu'à ce que la dernière étincelle ait disparu de mes champs de canne. Je considérais son attitude, comme celle d'ailleurs des planteurs blancs, quelque peu dénuée de raison. En effet, nous achetions parfois fort cher, quand il s'agissait d'adolescents, nos esclaves et les épuiser à la tâche jusqu'à ce qu'ils tombent malades ou même parfois décèdent revenait à débourser à nouveau à seule fin de les remplacer. Si ceux qui étaient à mon service ne m'aimaient pas ou en tout cas ne laissaient transparaître aucune marque d'affection envers moi, se contentant de répondre « *oui, missié* » ou « *non, missié* » à mes questions, ils ne manifestaient pas non plus d'hostilité à mon endroit. Le bruit commun allait disant que Gabriel-Mathieu était un bon maître. Chose qui aux yeux des planteurs et donc de Théramène, tout Mulâtre et donc fils d'une Négresse qu'il fût, était loin d'être un compliment. À la vérité, je traitais mes esclaves exactement comme j'avais vu ma mère le faire avec nos paysans de Derchigny.

73

Je ne parlai donc point à Théramène de ma rencontre avec la belle brune aux yeux bleus sur le parvis de l'église du Mouillage, me disant qu'un jour ou l'autre, Saint-Pierre n'ayant guère que quelques milliers d'habitants, je finirais bien par croiser sa route. Mon travail m'accaparait car j'avais, à cette époque, encore presque tout à apprendre puisque si je m'étais employé à étudier la culture du tabac avant mon départ de France et tout au long du voyage vers la Martinique, j'avais négligé celle de la canne à sucre et du cacaoyer. Ma chance fut que j'avais racheté une plantation dont le propriétaire était tombé en faillite à cause d'extravagantes dettes de jeu (les Blancs créoles, outre le libertinage qui est leur passion dominante, sont des fous de jacquet, de dés, de bonneteau, de cartes, toutes choses qui m'indiffèrent) et non parce que celle-ci était d'un mauvais rendement. Il s'agissait d'une terre de bonne amitié, comme on dit dans ma province, et le sucre rapportait beaucoup comme partout ailleurs à la Martinique, ce qui, soit dit en passant, explique que le roi de France eût racheté les Isles de l'Amérique à la compagnie qui les possédait. Mon commandeur et mes esclaves travaillaient d'arrache-pied et je ne dus me séparer que de mon économe, un fieffé gredin, natif de Rouen, qui ne s'exprimait qu'en patois de sa région natale que j'avais parfois du mal à saisir et dans ce jargon des Nègres qu'est le créole. Le bougre n'avait de cesse de me gruger dans le but de satisfaire, me vint aux oreilles, son insatiable appétit vénérien.

Les jours s'écoulaient donc dans une grande tranquillité pour ma personne et ma plantation lorsqu'un homme toqua à la porte de ma maison à potron-minet, chose qui, à moins de quelque nouvelle grave comme une attaque des Anglais ou des Hollandais ou encore une incursion des Sauvages caraïbes depuis l'île de la Dominique, était pour le moins inconvenant. À moins qu'il ne s'agît d'une énième convocation à participer aux corvées pour fortifications et chemins qui s'appliquaient aux Blancs créoles de moins de cinquante ans, du moins ceux qui n'arboraient pas de particule à leur patronyme, et à tous les Blancs venus d'ailleurs comme c'était mon cas. J'avais réussi à m'y soustraire jusque-là, prétextant être malade, ce qui parfois était la vérité, ce travail de forçat ne me disant rien qui vaille.

Il était, en fait, quatre heures du matin et le ciel s'orangeait déjà à l'est des premiers rayons du soleil. Ce pays était d'une splendeur qui ne cessait de me surprendre quoiqu'il y fît trop chaud et l'air qu'on y respirait trop humide. On distinguait d'ailleurs au premier coup d'œil, outre leur peau tannée par le soleil, les Blancs créoles des Blancs nés en France au fait que les premiers transpiraient peu. Sortir de chez moi en oubliant de me munir d'un mouchoir était une épreuve! Même mes vêtements, pourtant en fine cotonnade des îles, se tachaient de sueur dès que je marchais ou me trouvais à cheval.

Bonjour la maisonnée! claironna l'homme dont je distinguais maintenant les traits. Un message de M. de Mallevault pour le sieur de Clieu!

Il me tendit une enveloppe fleurdelisée, cachetée avec de la cire, puis me demanda de signer un papier indiquant que je l'avais bien réceptionnée avant de tourner les talons. Grimpant prestement sur un mulet que je n'avais d'abord pas vu à cause de la demi-pénombre, il encouragea sa monture avec une exclamation en créole que je ne saisis point. J'avais encore énormément à apprendre dans ce pays nouveau où, certes, flottait le drapeau du royaume de France mais où tout était si différent. Ma cuisinière me fit sursauter :

— *Missié, ça qui passé ?* (Monsieur, que se passe-t-il ?)

Finotte, une Négresse toujours joviale qui allait sur la cinquantaine, avait ce comportement à la fois bourru et soumis des esclaves de maison qui, parce qu'ils ne s'échinaient pas dans les champs de canne à sucre et vivaient à côté de leurs maîtres, ne craignaient pas ces derniers. Ils ne baissaient pas le regard, au contraire de ceux-ci, se permettant même parfois de morguer leurs congénères moins chanceux. Elle menait ma maison d'une main ferme : ma lessivière, ma repasseuse et deux négrillonnes chargées de les aider lui obéissaient au doigt et à l'œil. Il lui arrivait parfois de ronchonner derrière mon dos chaque fois que je partais en bordée, comme elle disait, expression par laquelle elle désignait les beuveries dans les tavernes de Saint-Pierre auxquelles il m'arrivait de m'adonner avec mon compère Théramène Claudius. Une fois, je l'entendis distinctement se récrier :

— *Gabriel pas save Milâte çé pas an bon race! I ké ouè !* (Gabriel ne sait pas que les Mulâtres ne sont pas une bonne race ! Il verra !)

Elle ne se gênait pas pour flanquer une roustance

à Théramène quand il arrivait à l'improviste, chose qui ne me gênait point puisque nos propriétés étaient mitoyennes. Celui-ci ripostait en la traitant de Négresse plus noire que minuit et autres gracieusetés qui ne cessaient de m'effarer. Ce fameux matin où on m'avait fait tenir une missive, elle s'était plantée devant moi, poings sur les hanches, et avait éructé :

— Si c'est ce chien galeux de Théramène qui te cherche encore bisbille, je vais m'occuper de ses fesses, tonnerre du sort!

En fait, un seul et unique différend m'avait opposé à celui-ci, vite réglé et tout aussi vite oublié : mal attachés, mes bœufs avaient pénétré sur ses terres et y avaient brouté des plants de canne à sucre mis en terre de fraîche date. Une fois mon enclos renforcé, Théra et moi étions redevenus les meilleurs amis du monde. Au grand dam de ma cuisinière! Cette dernière fut donc éminemment surprise de constater que l'intrus qui avait cogné de si bon matin à ma porte était un jeune Blanc d'une vingtaine d'années. Je le fus tout autant et me demandai s'il ne s'agissait pas de quelque courrier d'un huissier de justice. J'avais, en effet, racheté certaines dettes de l'ancien propriétaire de ma plantation et n'avais pas encore été en mesure de les solder toutes. Un négociant du nom de Belleville-Duchaumont, qui lui avait accordé un important crédit, se montrait particulièrement vindicatif depuis quelques semaines, probablement persuadé que je ne tiendrais pas parole. Il était fréquent que l'on saisisse des biens dans la colonie et cela avec une promptitude qui eût étonné au royaume de France. Les fortunes s'y faisaient et s'y défaisaient à un rythme déconcertant. Il n'y avait guère qu'une poignée de Grands Blancs à pouvoir dormir sur leurs deux oreilles.

C'est donc avec circonspection que je décachetai l'enveloppe. J'hésitai un instant à y poser les yeux, habité que j'étais par une crainte irrépressible. Le jour se levait enfin avec cette soudaineté qui m'ébahissait encore quoique le spectacle de la nature tropicale m'enchantât. Surtout les quelques pieds de tabac que je faisais lever non loin de ma maison, sur une petite parcelle mise en jachère, et que je pouvais observer depuis la fenêtre de ma chambre. Je n'abandonnerais jamais l'idée de me consacrer à cette plante même si, par nécessité, je l'avais délaissée pour le cacaoyer et la canne à sucre. Je respirai! Il ne s'agissait pas d'une lettre officielle, mais d'une missive rédigée d'une écriture malhabile, presque enfantine, qui me surprit, lorsque cherchant le nom du signataire, je tombai sur celui de « Messire François-Marie de Mallevault ». Ce hobereau créole aux façons réputées rudes ne m'était pas inconnu même si nous n'avions jamais eu l'occasion de nous entretenir. Les Grands Blancs tenaient déjà en piètre estime leurs congénères moins fortunés, allez voir ceux qui comme moi avaient débarqué de France!

Je parcourus fébrilement la lettre. Puis la relus, interloqué. Elle disait ceci :

Monsieur de Clieu,
Il m'est revenu par ma fille aînée, Marie-Colombe,
que vous auriez des vues sur sa personne. Elle m'assure

partager à votre endroit les mêmes sentiments. Si tel est bien le cas, sachez que je tiens à vous connaître avant de décider de la suite de votre relation et c'est pourquoi je vous convie à déjeuner ce samedi sur le coup de midi en mon habitation du Morne Parnasse.

Notre famille, les Mallevault, a ses racines en terre de Vendée où nous possédons encore un manoir où il m'est déjà arrivé de séjourner trois fois. Notre ancêtre est arrivé à la Martinique le 12 novembre 1647 avec d'autres nobliaux chargés d'accomplir les desseins de l'Amiral de France et depuis, nous n'avons cessé d'agrandir nos biens en nous prémunissant contre toute mésalliance.

Je crois savoir que vous êtes d'une ascendance qui convient à la nôtre et souhaiterais donc que vous me le confirmiez de vive voix.

Recevez, chevalier de Clieu, l'expression de mes sentiments les meilleurs.

FRANÇOIS-MARIE DE MALLEVAULT

Habitation Le Parnasse
Saint-Pierre de la Martinique
Le huitième de mars 1711

Cette nuit-là, je dormis peu.

Ou plutôt le sommeil me fuyait comme par exprès. Dès que je sentais son ombre apaisante commencer à m'envelopper, cette fichue lettre me revenait à l'esprit et le chassait. Je n'avais jamais conversé avec Marie-Colombe de Mallevault ! Je ne l'avais d'ailleurs vue de près qu'une seule et unique fois, à la sortie d'une messe dominicale à

79

l'église du Mouillage. Par la suite, je l'avais croisée lors de réceptions officielles ou celles qu'organisait l'aristocratie créole, mais entourée d'une nuée de jeunes femmes qui se tenaient soigneusement à l'écart des hommes. Elle s'y était d'ailleurs montrée complètement indifférente à ma personne! C'est en ces occasions que je découvris vraiment à quoi elle ressemblait. Plus grande taille et plus potelée que je ne l'avais imaginé, je devais m'avouer qu'elle était fort à mon goût.

— To-to-to! Debout, maître Gabriel! To-to-to!

C'était Finotte qui s'en revenait et cognait sans ménagement à ma porte comme à son habitude, m'apportant un bol de chocolat et un morceau de cassave. Si le breuvage était délicieux, j'avais grand-peine à mâcher, puis à digérer le pain de manioc qui l'accompagnait. Dans ce pays, ceux qui y sont nés se réveillaient aux aurores, avant le devant-jour en tout cas, même quand il n'y avait aucune tâche urgente à accomplir. On s'y couchait également à l'heure des poules. J'avais dû me faire à ce ballant, chose qui m'avait pris un temps certain et qui parfois m'insupportait. Ce matin-là, je n'étais pas d'humeur à cause de cette insolite missive.

— Finotte, m'écriai-je, je vais t'envoyer dans les champs si tu continues à me tarabuster ainsi.

Il ne s'agissait pas d'une vaine menace, même si concernant celle à qui, par la force des choses, j'en étais venu à accorder le rang de gouvernante, elle avait peu de chance d'être mise à exécution. En effet, il m'était arrivé de punir deux de mes esclaves : un garçon turbulent, chargé de bouchonner mon cheval et de l'emmener brouter dans la savane, que mon commandeur avait surpris à le chevaucher ; une lessivière qui faisait mine de se rendre à la rivière mais qui passait le plus clair de son temps à cultiver son minuscule jardin créole. Ces deux insolents avaient subi le pire des châtiments : devoir désormais travailler dans les champs de canne à sucre.

— Voici, maître Gabriel ! dit Finotte d'un ton autoritaire en poussant ma porte.

Et de poser le bol de chocolat ainsi que le morceau de cassave sur ma table de nuit avant de tourner les talons. Inexplicablement, cela me dérida. M'asseyant sur mon lit après y avoir enlevé la moustiquaire, je hélai Finotte qui s'activait déjà au salon avec un balai.

— Oui, maître ?

— Tu connais la famille de Mallevault ?

— Ha-ha-ha ! Marie-Colombe, la pimbêche a bien de la chance. Elle va bientôt épouser maître Gabriel-Mathieu de Clieu.

Abasourdi, je la vis entrer à nouveau dans ma chambre et y ouvrir toutes grandes les fenêtres. Sa jovialité m'empêcha de lui faire la moindre remontrance. Dès ma débarquée à la Martinique, j'avais pourtant été prévenu : les esclaves observent les faits et gestes de leurs maîtres blancs. Ils les espionnent, écoutent aux portes et surtout échangent des potins d'une plantation à l'autre puisque de nuit, il leur arrive de se rendre visite à notre insu quoique la Milice eût interdit cet aller-venir et enfermât à la geôle les contrevenants. Finotte savait donc tout de moi alors que moi, son maître, j'ignorais presque tout d'elle! Avait-elle eu vent de ce que tramait le père de Marie-Colombe par quelque esclave de la plantation de ce riche Béké? Sans nul doute...

Si le café naît en Abyssinie et s'il s'en va conquérir à grand train la péninsule arabique, c'est à la table du Grand Turc que l'art de servir ce breuvage insolite se forgea. Comment avec pareille couleur, un goût si âcre et des senteurs si fauves il parvint à charmer le palais de la noblesse ottomane est un mystère. À moins d'accepter l'hypothèse avancée par maints savants selon laquelle il bénéficia de l'interdiction de l'alcool par l'islam. Le Saint Coran proclame en effet :

Ô vous qui croyez! Les boissons alcoolisées, les jeux de hasard, les bétyles et les flèches divinatoires ne sont autre chose qu'une souillure diabolique. Fuyez-les! Vous n'en serez que plus heureux! Le démon n'a d'autre but que de semer, par le vin et le jeu de hasard, la haine et la discorde parmi vous, et de vous éloigner du souvenir de Dieu et de la salât.

À Constantinople, ville considérable où régnait Sélim II, fils de Soliman le Magnifique, tout le sérail se pressait dans les centaines de maisons à « kahveh » pour y entendre des poèmes ou écouter les voix troublantes de chanteuses qui se dissimulaient derrière des paravents. Riches marchands, magistrats, généraux d'Empire, pachas et seigneurs de la cour dégustaient le divin nectar agrémenté de toutes sortes d'épices. Cardamome! Poivre! Safran! Et pour les plus audacieux, cette substance en provenance de la mystérieuse Chine que les caravaniers troquaient sous le boisseau, sachant qu'ils risquaient, si jamais ils étaient pris sur le fait, la pure et simple décapitation : l'opium. Le fameux poète Belighi y déclamait ces vers que tout un chacun finit par connaître et réciter à son tour :

> *À Damas, à Alep, au Grand Caire,*
> *Il s'est promené tour à tour*
> *Ce doux fruit qui fournit une boisson si chère*
> *Avant de venir triompher à la cour*

Mais par le passé, passé de sinistre mémoire, il en avait été tout autrement comme sous le règne de ce fou furieux de Sultan Murad IV qui aimait à se déguiser en simple quidam et à hanter les maisons à « kahveh » dans le but d'espionner ses sujets. Ce qu'il y entendait n'était pas pour lui plaire : de virulentes critiques contre sa personne et sa façon de gouverner. D'aucuns se gaussaient de son fort penchant pour l'alcool et racontaient qu'on le retrouvait parfois ivre mort au petit matin dans quelque couloir de son immense palais. De rage, Murad IV ordonna la destruction de tous les établissements qui vendaient le « kahveh » et fit arrêter des milliers de consommateurs qu'il fit enfermer dans des sacs de cuir et jeter dans le Bosphore !

Les soufis, tournant et tournant, lentement, très lentement d'abord, puis de plus en plus vite, dans leurs grands manteaux noirs qui cachent leur robe de laine blanche, chantant la gloire de Muhammad dans leur quête de l'extase spirituelle, sauvèrent le kahveh. Et leurs chants se fredonnent à voix feutrée ! Et leurs danses, qui les font tourner à la fois sur eux-mêmes et autour de la salle de la mosquée, sont à l'image du mouvement des astres ! Et le tambour, la cithare et le luth conjuguent leurs harmoniques pour atteindre au divin ! Les derviches tourneurs ne se mêlent pas aux affaires du monde. Ils ne cabalent pas contre le sultan. Grâce au kahveh qui les tient éveillés pendant des jours et des nuits, ils s'efforcent de se rapprocher de Dieu, l'Unique, l'Éternel.

Le kahveh hâte le ravissement mystique !]

Les Sauvages n'ont aucun degré de consanguinité prohibé parmi eux et il s'est trouvé des pères qui ont épousé leurs propres filles et des mères qui se sont mariées avec leurs fils. C'est une chose assez commune que de voir à un même homme les deux sœurs, et quelques fois la mère et la fille.

PÈRE DUTERTRE,
Histoire générale des îles Saint-Christophe,
de la Guadeloupe, de la Martinique
et autres de l'Amérique, 1654

Quelques Sauvages nous ont aussi voulu persuader que non seulement dans la Guadeloupe, mais presque dans toutes les autres îles où ils habitent, il y a une autre nation de Sauvages errans dans les lieux les plus reculés et moins fréquentés des Isles, mais en bien petit nombre. Ils sont blancs et ont la barbe comme les Chrestiens, ils les appellent Igneris, ils asseurent en avoir veu, pris et mangé plusieurs fois.

PÈRE RAYMOND BRETON,
Relation de l'Établissement des Français
depuis l'an 1635 en l'Isle de la Martinique,
l'une des Antilles de l'Amérique,
des mœurs des Sauvages de la situation
et des autres singularités de l'Isle, 1648]

TROISIÈME CERCLE

Nul ne choisit sa route. C'est le destin qui est le Maître.

Ainsi radotent les vieux Nègres de plantation qui n'ont plus guère que leur pipe en terre cuite pour compagnon. Leurs maîtres blancs en sourient à l'ombre de leurs vérandas, dans la touffeur des après-midi d'hivernage quand les bougainvillées perdent soudain leur éclat.

LE JARDIN DES PLANTES

(1718)

À mon retour au royaume de France, après quelques années passées à la Martinique, je m'empressai de regagner les terres de ma famille car j'avais grand hâte d'embrasser ma mère qui, devenue vieille, avait presque perdu la vue et n'entendait plus que d'une oreille, si je devais en croire les missives que mon oncle me faisait parvenir tous les quatre mois environ. Je fus atterré par le spectacle que je découvris. Nos champs étaient pour la plupart laissés à l'abandon et des paysans n'y travaillaient le jour de mon arrivée que sur une seule et unique parcelle. Aucun d'eux ne me reconnut mais tous ôtèrent leurs chapeaux de paille d'un seul geste à la vue de mon uniforme, sauf un bougre à la bedondaine prononcée, ce qui faisait qu'il sautillait plus qu'il ne marchait, qui s'écria, lâchant sa fourche et se précipitant à ma rencontre :

— Messire Gabriel-Mathieu, bienvenue à Neufvillette ! Je suis tellement heureux de vous revoir. Vous nous avez manqué durant toutes ces années. Combien déjà ? Sept ou huit ans, je ne sais plus... Il paraît que vous avez fait fortune aux Isles de l'Amérique. Oui-oui! Les nouvelles nous parviennent tardivement par ici, mais nous...

Je dus interrompre d'un geste un peu brusque l'intarissable bonhomme dont le nom m'échappait à mon grand dam. J'avais oublié à quel point il égayait nos longues soirées d'hiver quand ma mère organisait quelque fête dans la grande cour de notre demeure pour ceux qu'elle dénommait, sans mépris aucun, « les gens de peu ». Se rendant à la messe chaque matin, l'église du village ne se trouvant qu'à une demi-lieue de chez nous, elle entendait suivre le message du Christ à la lettre et faisait preuve d'une générosité qui insupportait mon oncle (pourtant homme d'Église), lequel se devait de lui rappeler qu'il avait la charge de veiller sur les propriétés de son défunt frère et donc l'avenir du seul fils de ce dernier, moi, Gabriel.

— Votre mère nous a parlé de vous tout le temps! continua quand même Octave dont le surnom, Tatave, m'était d'abord revenu. Elle nous a tous prévenus de votre retour mais sans nous préciser la date. Mon Dieu! Qu'est-ce qu'elle va être contente, monsieur Gabriel!

Ma mère m'attendait dans notre salon, assise dans une berceuse, noyée dans une semi-pénombre car elle avait fait fermer les persiennes comme à son habitude. Elle s'était mise en beauté ce jour-là, elle qui, d'ordinaire, détestait se fanfrelucher lorsqu'elle était à la maison. Rien dans sa vêture, en effet, ne la distinguait de nos trois servantes, en particulier de Germaine, la plus ancienne, qui était au service de notre famille bien avant ma naissance.

— Je n'y vois plus très clair, mon cher fils, mais à votre pas, je vous ai reconnu. Venez m'embrasser, je vous en prie !

Elle m'invita à m'asseoir tout à côté d'elle et me prit les deux mains entre les siennes, mains qui, quoique fanées, étaient d'une douceur extrême. Refusant que je lui raconte mon séjour à la Martinique – elle tenait toujours le Nouveau Monde pour une contrée du diable –, elle désira savoir ce que je comptais faire pour reprendre en main nos propriétés.

— Votre cher oncle s'en désintéresse de jour en jour, maugréa-t-elle. D'ailleurs, cela doit bien faire deux mois qu'il n'a pas daigné mettre les pieds chez nous. Cette maison a besoin d'un homme et nos terres de quelqu'un qui sache commander car, vous l'ignorez sans doute, les paysans se livrent à des jacqueries à la moindre contrariété et les nôtres ne barguignent jamais à se joindre à eux. La gabelle leur est insupportable, affirment-ils !

Je ne voulais point peiner ma vieille mère. Surtout pas en cet instant où nous étions, l'un et l'autre, si émus de nous retrouver. Mais je n'avais aucune intention de me réinstaller durablement dans l'Ancien Monde car j'avais plus que jamais le goût de l'Amérique. Tant et si bien que l'idiome créole en usage tant chez les Nègres que chez les Blancs m'était ainsi devenu familier, me trouvant dans l'impérieuse obligation de l'apprendre pour me faire entendre et surtout obéir. J'avais un ami d'enfance qui vivait à Paris où il exerçait la profession de perruquier et je lui avais demandé de m'héberger pendant quelque temps, ce qu'il avait

89

accepté de bon gré, étant un célibataire endurci selon ses propres dires. Je ne comptais donc pas m'éterniser à Neufvillette, même si revoir ma mère m'avait rempli d'aise. Jamais d'ailleurs elle ne me sollicita pour contribuer financièrement ni au fonctionnement de notre maison ni à la reprise des cultures sur nos propriétés alors que chacun savait que ceux qui s'en revenaient d'Amérique avaient les poches débordant d'or et d'argent. Évidemment, j'étais fort loin d'être impécunieux, mais les sommes que j'avais ramenées devaient me servir à accomplir mon nouveau rêve.

Mon deuxième grand rêve.

Je m'étais tout d'abord voulu planteur de tabac, ce que le langage des îles appelle pétun, et étais d'ailleurs devenu un fumeur impénitent, mais d'autres m'avaient précédé et il m'aurait été difficile de faire fortune dans ce commerce. J'avais alors jeté mon dévolu sur une autre plante : le caféier. Ce dernier, inconnu aux îles, y était de plus en plus apprécié, les Grands Blancs de la Martinique en achetant les cerises des mains des Espagnols qui eux-mêmes les importaient d'Afrique. Mais nul n'avait jamais eu l'idée de la planter car la canne à sucre suffisait à assurer la richesse des uns et des autres, y compris de ces « trente-six mois », ces marmiteux de nos régions de Vendée, du Poitou ou de Normandie qui signaient un engagement de cette durée pour venir travailler dans les champs aux côtés des esclaves nègres et qui, au terme dudit engagement, se voyaient octroyer quelques arpents de terre. À la vérité, ils étaient assez peu nombreux à atteindre ce cap car beaucoup décédaient bien avant à cause des maladies propres aux Tropiques comme la fièvre jaune, du tétanos, de la vérole ou tout simplement de l'effroyable chaleur qui règne en plein air dans cette région du monde. À l'ombre, c'est-à-dire à l'abri d'un toit bien ventilé, le Blanc pouvait résister jusqu'à un âge avancé, mais couper la canne à sucre était un véritable enfer quand bien même on s'y adonnait aux heures les moins chaudes de la journée. Seuls les Nègres d'Afrique étaient capables de s'atteler sans difficulté apparente à ce travail de forçat, encore qu'un trop grand nombre d'entre eux dépérissaient à cause des mêmes maladies. Les Antilles n'étaient pas le paradis terrestre qu'imaginaient les Européens qui n'avaient jamais traversé la mer des Ténèbres.

Par affection pour ma chère mère, je m'employai tout de même à faire réfectionner le toit de notre grange et à remettre en culture les quelques terres d'un bon rapport qui nous restaient. Mon oncle, dans ses lettres, à vrai dire bien laconiques, s'était, lui, bien gardé de me dire qu'une partie de nos propriétés avaient été saisies et vendues à l'encan à cause du trop-plein de dettes accumulées depuis mon départ aux îles. Je ne le rencontrai d'ailleurs qu'une quinzaine de jours après mon arrivée. Il n'exprima pas une joie débordante à ma vue. On sentait que cette tâche de tuteur de notre famille, qu'il avait acceptée sur l'insistance de mon père alors que ce dernier était sur son lit de mort, lui pesait, voire l'importunait, quoiqu'il fût ecclésiastique.

— Vous voici donc, monsieur l'Amériquain !

me lança-t-il sur un ton faussement jovial. Que nous avez-vous rapporté de bon ? J'ai toujours rêvé de posséder un perroquet au plumage multicolore.

Il cessa de me dérisionner lorsqu'il me vit engager des travaux et osa même m'emprunter de l'argent alors que j'ignorais tout de ses affaires. C'est qu'en plus d'être dans les ordres, il ne se gênait point pour se mêler au monde comme on nous le signala à maintes reprises. Je savais qu'il vivait à la ville dès avant ma naissance et qu'il manifestait du dédain pour les choses campagnardes. Ma mère, me semblait-il, n'était pas mieux renseignée que moi et une femme, surtout une veuve, n'était pas en position de questionner un homme sur le sujet. Au bout de quelques mois, je compris que si jamais je demeurais à Neufvillette, les sommes que j'avais ramenées de mon séjour fructueux à la Martinique fondraient plus vite que neige au soleil. Ce qui fait que je pris la décision de partir. De gagner Paris. La mort dans l'âme. Ma vieille mère supporterait-elle cette nouvelle séparation d'avec son unique rejeton ? J'en doutais fort. C'est que j'avais alors dans l'idée de rédiger une pétition auprès du Roy de France, aussi audacieuse que fût pareille démarche. Notre bien-aimé Louis XV était réputé avoir des idées larges, mais de quel poids pèserait la requête d'un simple gentilhomme de province parti en Amérique et revenu sans avoir réussi à devenir riche comme Crésus ? Car les gazettes se plaisaient à souligner que sa cour était remplie de ces propriétaires qui avaient laissé leurs plantations de canne à sucre, leurs « habitations » comme le dit le langage créole, aux bons soins d'un régisseur que, toujours dans la parlure de là-bas, on désignait sous le nom de « géreur ». Ces Amériquains étaient même la coqueluche de la cour, s'il fallait en croire les gazettes, et leur accent créole, qui effaçait les « r », y faisait fureur. Cela devint même une mode, les petits marquis et marquises s'appelant drôlement « les inc'oyables » et « les me'veilleuses ». Au grand plaisir du Roy, disait-on. N'ayant pas le pouvoir de m'introduire à la cour, une pétition était le seul moyen de pouvoir peut-être attirer l'attention de celui qui avait fait construire un magnifique château en la ville de Versailles, lequel rivalisait avec ceux des grands royaumes d'Europe et même d'Orient. On racontait que le Grand Turc en était jaloux !

« *Pétition du chevalier Gabriel-Mathieu de Clieu, capitaine d'infanterie à la Martinique et planteur, à Sa Majesté Louis XV* », tel était le titre que j'envisageais...

[ET MARSEILLE ET PARIS,
APRÈS GÊNES, VINRENT

D'Éthiopie au Yémen, du Yémen à l'Égypte, de l'Égypte à la Turquie et de la Turquie à l'Italie, le café se parait du manteau de grand voyageur, ne cessant de conquérir les palais. Dans les deux sens du terme : celui de l'auguste bouche des familles royales et celui de leurs somptueuses demeures. Dans chacun de ces pays, il s'adaptait au goût local, s'habillant à l'arabe, à l'ottomane ou à la vénitienne, acceptant sans façons qu'on lui ajoute ici quelque épice, là un fifrelin de miel. Ce périple s'étala sur plusieurs siècles, si bien que le souvenir du berger Kaldi et de ses chèvres qui dansaient comme des folles finit par s'estomper.

Hormis la lointaine Asie et la toute nouvelle Amérique,

le café s'était installé dans tout l'univers connu, y prenant ses aises avec une majesté qui jurait avec ses très humbles origines. Au royaume de France, il investit la plèbe en la bonne ville de Marseille, puis la cour de Louis XIV à Paris. Dans la première, c'est le grand voyageur vénitien Pietro della Valle, revenu de mondes inconnus – l'Inde, la Perse, l'Empire ottoman et l'Égypte –, qui le fit goûter à des marchands accoutumés à commercer avec le Levant. Enchantés, ils se mirent à en importer par balles entières depuis Alexandrie et dans les tavernes, l'obscur breuvage se fit peu à peu une place parmi les alcools forts qu'appréciaient les marins. Au début, ils le mélangèrent avec le vin pour vite se détourner de ce tord-boyaux qui effaçait la sublime odeur du café.

À la cour du Roy, en la ville de Paris, il ensorcela les courtisans les plus en vue, notamment ceux qui avaient l'honneur d'être invités à la table de l'ambassadeur de la Sublime Porte, Soliman Aga. Dans ses appartements, ce dernier avait recréé les fastes de l'Orient. Riches tentures brodées d'or, cassolettes d'encens, danseuses du ventre, flûtes et tambourins, mais surtout minuscules tasses artistement décorées, posées sur des plateaux d'argent, dans lesquels des serviteurs empressés, vêtus à la turque, versaient avec précaution un liquide à l'apparence noirâtre et gluante qui révulsait d'abord, puis enchantait l'instant d'après dès lors que l'on consentait à y goûter, quitte à fermer les yeux. Les dames de la cour ne jurèrent plus que par lui, délaissant les liqueurs un peu mièvres dévolues à leur sexe. Ce faisant, certaines n'en devinrent que plus jacassières au grand dam de certains courtisans pour qui leur place se trouvait dans les boudoirs et nulle part ailleurs. Toute cette folie joyeuse poussa Molière à se gausser de l'ambassadeur du Grand Turc et l'on se pressa pour voir et revoir *Le Bourgeois gentilhomme*.

Bientôt, il devint insupportable de dépendre tous à la fois des marchands vénitiens et marseillais qui n'hésitaient point à augmenter quand cela leur chantait le prix de la balle de café, invoquant moult raisons tantôt vraies, le plus souvent fallacieuses : naufrages en Méditerranée, révoltes populaires en Égypte, soudain et inexpliqué raidissement des mahométans envers les chrétiens qu'ils traitaient d'infidèles et tutti quanti. De Hollande vint ou plutôt sembla provenir la solution car dans leurs Indes orientales, du côté de la mer de Java, ils avaient commencé à planter des caféiers importés d'Arabie, lesquels, selon les sources les plus fiables, s'étaient mis à prospérer. Le Roy Louis XIV se vit ainsi en offrir un plant par le bourgmestre d'Amsterdam afin d'enrichir son Jardin d'Acclimatation. En plein Paris, ce dernier accueillait toutes sortes de plantes exotiques dont les jardiniers du Roy s'occupaient avec un soin extraordinaire, tentant d'en faire pousser les plus rares dans la terre de France. Malheureusement, si elles tigeaient dès le milieu du printemps et semblaient prendre leur élan l'été venu, dès les premiers frimas de l'autonome, leurs feuilles se repliaient, puis se froissaient avant d'exhiber une vilaine teinte brunâtre, signe annonciateur de leur dépérissement prochain. Aucune n'atteignait l'hiver ! Le miracle de la pomme de terre qui avait conquis le nord du royaume ne se reproduisit jamais plus. Bananiers, manguiers, tamariniers et fleurs tropicales ne survivaient que dans la douce et artificielle tiédeur du Jardin du Roy.

Or donc, si le plant offert par la Hollande s'y reproduisit à merveille, il ne vint à l'idée de personne de tenter de l'acclimater. Le caféier demeurerait à jamais cet arbre d'apparence timide qui arborait de magnifiques cerises une fois l'an dès l'instant où il se trouvait sous serre. Quand il arrivait à Louis XIV et à sa cour de visiter le jardin, ils ne manquaient jamais de s'extasier devant lui, d'autant que ses rejetons promettaient de devenir à leur tour des arbres vigoureux. Qui souffla à Son Altesse l'idée de les faire planter aux Isles de l'Amérique ? Selon toute vraisemblance l'un de ces riches planteurs de canne à sucre qui avaient laissé la conduite de leurs propriétés à des régisseurs pour mener grand train à Paris. Au début, d'aucuns avaient troussé le nez sur leurs noms à double particule et leurs plus que douteux titres de noblesse, ou encore sur leur dégaine peu raffinée ainsi que leur français patoisant, mais ils étalèrent tant et tellement d'argent que cela réussit à faire reculer, puis disparaître, les plus solides préventions. Les Amériquains devinrent même à la mode et des courtisans se piquèrent d'imiter leur parlure que l'on trouvait désormais charmante.

Mais peut-être que la décision d'envoyer des plants de caféiers à la Martinique provenait-elle du Roi-Soleil et de lui seul. Il avait des projets grandioses pour ces îles lointaines, murmuraient ses maîtresses, qu'il rêvait à haute voix de visiter tout en sachant fort bien que c'était là chose impossible. La longueur du voyage qui pouvait durer jusqu'à deux mois, les tempêtes, les flibustiers, les maladies inconnues, tout cela représentait des obstacles si insurmontables qu'à les entendre, cela plongeait souventes fois le roi dans une profonde morosité. Il n'acceptait pas que la papauté eût partagé ces nouvelles terres qu'étaient les Amériques entre les seuls Espagnols et Portugais et projetait de bâtir un empire français au-delà des îles antillaises, c'est-à-dire sur la terre ferme où la profusion d'or et d'argent était loin d'être pure menterie. Mais il s'est avéré, bien plus tard, que l'envoi desdits plants ne devait rien au Roi-Soleil...]

[BRÉVIAIRE DES AMÉRIQUES

Je commence et dis d'abord que les Nègres sont épouvantablement difformes, car premièrement leurs yeux sont étincelants comme des charbons allumés, ce sont les plats de la lubricité ; la hure d'un sanglier n'est pas si rude que leurs cheveux, quoiqu'ils les aient raides et cotonnés naturellement, et fort courts, tant les hommes que les femmes, leur nez camard et évasé pend sur de grosses lèvres et le reste de leur visage est si effroyable qu'il est presque impossible de les regarder sans horreur et étonnement; même de les ouïr, parce que leur voix est semblable au mugissement des taureaux, laissant à part que leurs mains sont plus rudes que les enclumes et les marteaux des cyclopes, leur gloire gît en partie à se scarifier la peau à coups de rasoir.

GUILLAUME COPPIER,
*Histoire et voyage des Indes occidentales
et de plusieurs autres régions
maritimes esloignées*, 1645]

LARCIN AU JARDIN
D'ACCLIMATATION DU ROY

(1720)

Afin de pouvoir rédiger au mieux ma pétition, j'avais attentivement examiné celle que les marmiteux de la capitale du royaume avaient adressée à Sa Majesté Louis XIV, espérant y trouver la meilleure façon de s'adresser à une altesse royale. À force de la relire, je pouvais la réciter de tête, du moins son début :

Pétition des pauvres de Paris au Roy
Sire, les pauvres de Paris sont en très-grand nombre et très-grande nécessité. Ils supplient Votre Majesté d'avoir pitié d'eux. Leur misère est parvenue à son comble. Ils ont souffert mille mots avant de recourir à Votre Majesté.
Leurs mestiers leur sont devenus inutiles par la notable diminution du commerce et toutes sortes d'ouvrages. Ils ont vendu jusqu'à leurs habits. La honte et la crainte de faire paroistre leurs misères augmentent leur langueur qui les retient, où les femmes et les enfants redoublent leurs douleurs par leurs cris et leurs gémissements de nuict et de jour, ce qui les réduit au désespoir.

La charitez des paroisses, Sire, ne peut plus les assis-
ter, estant surchargées de malades, d'invalides et d'or-
phelins. Les hospitaux sont si pleins qu'ils ne peuvent
plus recevoir. Les maisons particulières, quoyque puis-
santes, retranchent leur dépense, et ne font plus gaigner
la vie à quantité de manœuvres et d'artisans...

Les dénantis n'avaient d'autre choix que de supplier le roi de leur venir en aide, chose que je comprenais fort bien car au cours de mon voyage en diligence jusqu'à Neufvillette, nous, les passagers, avions été harcelés, à chaque arrêt dans les malles-poste, par des hordes d'impécunieux et de guenilleux qui se jetaient à nos pieds pour quémander qui une miche de pain qui une petite pièce (de la cliquaille, comme ils disaient). Je n'avais pas souvenir, en quittant quelques années plus tôt le royaume de France pour les îles, que tant de misère, de pouillerie même, régnât dans le peuple. Mais sans doute étais-je trop jeune et surtout trop occupé par mes rêves d'aventure pour m'en être rendu compte. Toujours est-il que ladite pétition ne me fut d'aucun secours. De toute façon, elle devrait être appuyée par des gens de haut parage pour avoir une chance de parvenir jusqu'à Sa Majesté. Elle ne serait ni une requête personnelle ni une très humble supplique comme il y en avait tant et tellement de nos jours, toutes missives qui réclamaient la plus haute protection contre les arbitraires d'un noble ou de quelque administration.

Je me mis en quête d'autres qui pourraient entretenir quelque rapport avec celle que j'avais à l'esprit, fouinant, de manière nocturne et journelle, dans la bibliothèque de mon père. À sa mort, la porte en avait été fermée sur ordre de mon tuteur qui, en homme de chiffres qu'il se vantait d'être, abhorrait les belles-lettres, chose pour le moins étonnante s'agissant d'un ecclésiastique. Aucune de nos servantes n'avait jamais voulu m'ouvrir ce lieu, arguant, à tort ou à raison, qu'elles n'en disposaient point des clefs. En fait, je n'avais pu y accéder que quelques mois avant mon départ pour les Antilles, lorsque des huissiers de justice avaient réclamé à ma mère les titres de propriété d'un champ plutôt éloigné de notre demeure et que mon père avait toujours fait cultiver. Il avait laissé entendre qu'il était une donation de son grand-père paternel, ce que ma mère avait été sommée de prouver. D'immenses toiles d'araignée dessinaient des arabesques sur les étagères contenant les centaines d'ouvrages que mon père avait accumulés au cours de sa vie. J'avais aidé ma mère à rechercher l'acte qu'on lui réclamait et avais été stupéfait de la diversité des centres d'intérêt de cet homme que je n'avais pas connu et qui pourtant semblait m'habiter chaque jour que Dieu faisait. Il m'arrivait de rêver de lui et chaque fois que je m'étais trouvé dans quelque difficulté au cours de mon séjour en l'île de la Martinique, il m'était apparu pour m'indiquer la voie à suivre et ainsi m'en sortir. Lorsque ma mère s'aperçut de l'intérêt que je portais à ses livres, elle tomba dans un vif courroux :

— Gabriel-Mathieu, ne touchez point à ces choses qui n'ont jamais rien apporté à notre existence, je vous prie ! Il n'existe qu'un seul vrai livre, la Bible, et il faudrait plus que toute une vie pour le lire et le bien comprendre.

J'avais tout de même pu mettre la main sur certains qui traitaient de l'histoire de France et étais d'abord tombé sur une supplique des captifs français à Tunis daté de 1631 qui demandait au roi Louis XIII de les sortir des griffes des Barbaresques. Ensuite sur une supplique des huguenots d'Auxerre au roi Charles IX, en date du 30 mars 1554, sollicitant sa très humble permission afin de pouvoir aménager leur temple dans les faubourgs de cette ville et la création d'un cimetière qui leur soit propre ainsi que le recrutement d'un instituteur de leur confession. Rien là encore qui pût m'être d'un quelconque secours. Je n'étais point dans le besoin, n'avais souffert d'aucune grave injustice et ne souhaitais que réclamer l'autorisation d'obtenir du Jardin d'Acclimatation du Roy quelques plants de caféiers afin de les transporter aux îles de l'Amérique où je comptais en faire une culture qui serait bénéfique non seulement à celles-ci mais à la France elle-même puisque les richesses produites là-bas revenaient pour une grande part à notre chère patrie.

Je pris donc ma plus belle plume d'oie, le papier le plus précieux et l'encre la plus fine pour adresser la missive ci-après à Sa Majesté Louis XV en son palais de Versailles :

An de grâce 1720
Royaume de France, gardienne de la Chrétienté
Humble requête du sieur Gabriel de Clieu d'Erchigny,

natif de Dieppe, capitaine de marine aux Isles de
l'Amérique

À notre Seigneur et Roy Louis XV, lumière de
l'univers

Sire,
Votre renommée a atteint les rives de ce Nouveau
Monde qu'est l'Amérique, longtemps chasse gardée des
Espagnols et des Portugais, pour le plus grand bien
de notre cher pays qui, désormais, a planté le dra-
peau à fleurs de lys sur un chapelet d'isles portant les
noms de Martinique, Guadeloupe, Marie-Galante,
Dominique, Sainte-Lucie et Grenade. Elles ont
l'avantage de se trouver sur la droite ligne des vents
en partant de nos côtes du Ponant et d'être demeu-
rées vierges de toute occupation, hormis quelques
peuplades indigènes, appelées Caraïbes, qui tantôt
nous accueillent avec bienveillance tantôt se montrent
belliqueuses.
Nous avons commencé à y planter ce roseau sucré
qu'est la canne, laquelle semble être d'un excellent
rapport tant pour nos planteurs des Antilles que
pour les ports de France, mais cette culture demande
beaucoup de bras et est fort pénible pour ceux qui
s'y adonnent. En ces isles, le soleil darde avec une
insistance rare quoiqu'il y pleuve souvent, chose qui
fait le lit de tout un considérable de maladies dont la
fièvre jaune n'est que la plus scélérate. C'est dire que
les paysans venus de France peinent à s'y adonner et
que l'on doit acheter des esclaves d'Afrique aux mains
des Espagnols ou des Portugais. Ces Nègres sont faits
pour un tel climat mais non seulement ils coûtent cher,
mais ils rechignent à obéir à leurs maîtres, se révoltant

maintes fois ou s'alliant aux indigènes caraïbes réfugiés en l'île de la Dominique demeurée hors de portée des Européens.

Je n'aurai point l'audace d'affirmer que la canne à sucre n'a pas d'avenir dans nos îles, mais je pense que nous devrions songer à d'autres cultures, ce qui est déjà le cas pour le tabac et le cacao. Mais le premier a pris son essor dans les grandes îles espagnoles du nord de l'archipel des Antilles où il est cultivé sur des propriétés sans commune mesure avec celles de la Martinique ou de la Guadeloupe. Quant au second, il a failli être décimé par un mal que personne n'a encore réussi à dompter et il s'en relève à peine. C'est pourquoi, Sire, j'ai pensé qu'il serait profitable au royaume de France d'introduire cette plante nouvelle qu'est le caféier, dont je suis convaincu qu'en peu de temps il fera la richesse de nos isles.

J'ai ouï-dire que Son Excellence le bourgmestre d'Amsterdam en a offert quelques plants à Votre Majesté qui les a fait installer au Jardin de Marly et au Jardin des Plantes où il se dit qu'ils prospèrent. Je me permets donc très humblement d'en solliciter deux, seulement deux, afin de les transporter dans nos isles françaises du Nouveau Monde.

Votre Altesse, tout le royaume de France mesure votre immense bonté et je ne doute pas que vous saurez entendre la présente supplique. Ce qui m'anime, ce n'est aucunement le seul désir d'offrir une quelconque renommée à ma famille ni même d'accroître mes biens personnels, mais bien le souci de la grandeur et de la puissance de notre pays dans une région qui, dans peu de décennies, dépassera toutes celles du Vieux Monde.

Je vous prie, Sire, d'accepter mes plus vifs hommages, ceux d'un serviteur de Votre Majesté et de notre royaume de France.

CHEVALIER GABRIEL-MATHIEU DE CLIEU
Derchigny (Dieppe)

J'espérai un mois, deux mois, bientôt six, une réponse à cette lettre que j'avais confiée, par le truchement d'un importateur de tabac de Paris, à un riche « Amériquain », M. Granier de Cassagnac, planteur de Saint-Pierre de la Martinique, qui fréquentait assidûment la cour depuis qu'ayant fait fortune, il avait confié le soin de ses propriétés à des régisseurs. Il n'y retournait qu'une fois l'an pour vérifier que ses employés s'acquittaient de leur tâche, ne cessant de pester contre la chaleur, les ouragans, les tremblements de terre, les moustiques, les maladies des Tropiques, les Nègres, les Mulâtres, les gouverneurs. Seule la majestueuse montagne Pelée, au dire de l'importateur, trouvait grâce à ses yeux, du moins les rares fois où son cône ne se trouvait pas encapuchonné de nuages. Avait-il, ce Béké, vraiment remis ma missive à notre Roy? Ou l'avait-il décachetée, lue, puis déchirée, n'y voyant que billevesées? Je n'en sus jamais rien car non seulement je ne reçus aucune réponse, mais ce riche planteur décéda d'une crise d'apoplexie avant que je décide de me rendre à Paris pour reprendre son attache.

Le destin semblait s'échiner à contrarier mes plans. D'abord, il n'avait point voulu que je m'établisse comme planteur de tabac et voici que maintenant, il semblait s'opposer à ce que je devienne planteur de café. Il connaissait donc fort mal Gabriel-Mathieu de Clieu! Je pris la décision de me rendre à Paris car me morfondre à Neufvillette ne me servait à rien, d'autant que ma mère se mit à s'inquiéter de mon état. Elle me harcelait de questions :

— Gabriel-Mathieu, n'auriez-vous pas contracté quelque affreuse maladie dans ces îles où, dit-on, il fait chaud du Jour de l'An à la Noël?

Malgré les quelques preuves de l'existence de ces contrées lointaines que j'avais pris soin de lui ramener comme ce mainate qui, lui par contre, semblait en piètre état, refusant les grains d'orge et de blé que l'un de nos serviteurs s'entêtait à lui faire avaler, elle conservait de sérieux doutes quant à ce monde nouveau découvert de l'autre côté de l'océan Atlantique. Je la trouvais certains après-midi, assise en face de la cage de l'oiseau, les yeux rivés sur son plumage jaune et bleuté, attentive à ses moindres gestes et surtout aux mots qu'il lui arrivait de répéter. Il semblait avoir une prédilection pour « gredine », à la grande hilarité de nos servantes qui n'ignoraient point que c'était là le terme dont ma pourtant tendre mère se servait pour les qualifier dès qu'elles avaient le dos tourné.

— Ces îles que vous affectionnez si fort, Gabriel-Mathieu, recèlent de bien étranges créatures, maugréait-elle. Ce volatile du diable ne cesse de me faire sursauter. Il a la voix d'un être humain!

C'est de ma mère que devait pourtant provenir l'embellie qui me permit de sortir de l'état d'hébétude dans lequel je menaçais de sombrer au bout de quelques mois. Notre plus proche voisinage se trouvait, en effet, à pas moins de quatre lieues et après mon départ pour l'Amérique, elle avait cessé toute relation avec lui. Vivant en recluse, elle n'avait pour toute visite que celles, à la vérité peu fréquentes, de son beau-frère, mon tuteur. Un soir, après le dîner, alors que je m'apprêtais à gagner ma chambre pour me plonger dans la lecture de l'*Histoire générale des Antilles habitées par les François* du Père Dutertre, ouvrage qui était devenu mon livre de chevet, ma mère me convia au salon. Nous n'utilisions cette pièce que lorsqu'un étranger de marque nous visitait, ce qui se raréfia au fil du temps pour autant que je m'en souvins. Ma mère était encore rongée par le chagrin de la disparition de mon père et ne voulait plus fréquenter le monde.

— Gabriel-Mathieu, je ne sais quels sont vos projets dans les semaines à venir, me lança-t-elle avec la voix de tête qu'elle employait chaque fois qu'elle avait quelque chose d'important à dire. J'aimerais que vous vous rendiez auprès de ma tante, Euphrasie, la sœur de ma mère, qui se meurt depuis quelque temps à Paris. Son âge approche les cent ans... Elle n'a jamais supporté l'air de la province et c'est pourquoi vous ne l'avez jamais rencontrée. Dans mon enfance, elle nous avait choyés, nous ses neveux et nièces, et là, j'ai reçu un courrier d'elle évoquant ma part d'héritage. Elle a eu le temps de vous voir enfant. Vous est-il possible, mon cher fils, d'aller la visiter? Je

ne jouis plus quant à moi des forces qui me permettraient de me déplacer si loin de Derchigny...

Je ne me fis pas prier pour accepter. C'était
– étais-je persuadé – le Destin qui frappait à ma
porte. Comment ne pas lui ouvrir? Le surlendemain, j'étais déjà sur les routes, tout guilleret,
sautant d'une diligence à l'autre, dormant dans
la première hostellerie disposant d'une chambre
munie d'un minimum de confort. Aux alentours
de Paris, nous fûmes l'objet d'un guet-apens de
maraudeurs qui, pour notre bonheur, fut mis en
déroute par l'arrivée inopinée d'un détachement
de la garde. Alors que les autres passagers avaient
poussé des cris d'effroi, surtout les trois femmes
assez jeunes qui s'étaient par la suite enfermées
dans un mutisme buté, j'étais demeuré calme.
C'est qu'à la Martinique, j'avais eu à combattre,
sur les hauteurs de la ville de Saint-Pierre, des
bandes de Nègres marrons qui semaient la terreur
dans les plantations de canne à sucre et, en deux
occasions, des indigènes caraïbes qui avaient tenté
de débarquer, depuis leur île inexpugnable de la
Dominique, pour razzier tout ce qui leur tombait
sous la main, de la simple casserole en fer-blanc
jusqu'au mousquet.

— Vous... vous avez combattu les Barbaresques?
m'avait questionné avec déférence un vieil homme
fort élégamment vêtu qui avait bien cru sa dernière heure arrivée.

— Point du tout! J'ai voyagé aux Indes... aux
Indes occidentales.

— Ah oui? Est-il vrai qu'il y vit des hommes à
deux têtes?

Je me contentai de sourire.

Cette fable avait, en effet, été racontée dans maintes relations de voyage, souvent par des personnes qui n'avaient jamais mis les pieds dans le Nouveau Monde. Je la démentis de toutes mes forces. Nous nous apprêtions à franchir la porte Saint-Honoré. L'agitation des rues me saisit aussitôt à la gorge. J'avais déjà visité ou vécu dans des villes d'une certaine importance telles que Rochefort, La Rochelle ou Nantes, mais jamais dans ce que j'en vins à considérer comme une fourmilière humaine. Je m'aubergeai au plus vite car la nuit tombait et je craignais ces aigrefins dont la rumeur assurait qu'ils pullulaient à Paris, n'éprouvant guère de crainte de la maréchaussée. Me trouvant pour la toute première fois de ma vie dans une grande ville, je ne pus m'endormir à cause du charivari des rues avoisinantes : chants d'ivrognes, courses-poursuites entre marauds qui se menaçaient de mort, passages incessants de calèches ou de charrettes. Au matin, l'aubergiste déclara qu'il n'avait à offrir pour tout déjeuner qu'une tranche de jambon cuit et une miche de pain par client. Le lait manquait cruellement à Paris à cette époque pour des raisons qui m'échappaient et que d'ailleurs je ne cherchai pas à savoir. L'homme au visage maussade avait tout de suite vu en moi un provincial et avait souri de mon accent normand, révélant une bouche à moitié édentée.

— Je vous aurais bien régalé de cette nouvelle boisson dont raffolent les gens de haut parage, nous lança-t-il, nous, les quelques clients rassemblés dans la salle à manger de l'auberge, mais elle nous vient de Marseille et le trajet est long. Très long!

Je venais par le plus grand des hasards de découvrir que même dans les estaminets les plus vermineux, on connaissait l'existence du café quand bien même, curieusement, on n'en prononçait pas le nom. Je me dépêchai de gagner le quartier de la place Maubert où habitait Euphrasie, ma grand-tante, dont je n'avais gardé aucun souvenir. Muni d'une carte de Paris peu précise, je m'égarai plusieurs fois et faillis me décourager avant de me résoudre à prendre d'abord l'attache de mon ami perruquier. Olive Darmont m'accueillit à bras ouverts alors que nous ne nous étions pas vus depuis des lustres. Son père avait été l'ami du mien en la ville de Dieppe et même après son décès, celui-ci continua à fréquenter notre demeure de Neufvillette avec son épouse et ses quatre enfants. C'est ainsi qu'Olive devint pour longtemps mon meilleur compagnon de jeu, jusqu'à nos onze ans en tout cas. Ensuite, nos destins s'étaient séparés : j'avais rejoint l'École des gardes de la marine de Rochefort et lui, Paris, où il était devenu apprenti chez un perruquier de renom. Nous finîmes par nous perdre de vue, mon départ pour l'île de la Martinique m'ayant encore davantage éloigné de lui. Il avait maintenant acquis la façon de parler des Parisiens et se gobergea gentiment de mon accent créole ou qu'il estimait être tel.

— Que me vaut la visite de mon bien cher chevalier, Gabriel-Mathieu de Clieu, seigneur de Neufvillette à Derchigny? Ha-ha-ha...

Je compris qu'il n'avait point reçu la lettre que

je lui avais adressée dans laquelle je lui faisais part de mes projets. Se pouvait-il que les malles-poste à l'intérieur du royaume de France fussent moins sûres que les navires qui traversaient l'Atlantique et qui apportaient lettres privées, missives officielles et ordres royaux ? Pour ma part, même s'ils prenaient trois mois, parfois un peu plus, les courriers que j'avais échangés avec ma mère m'étaient et lui étaient toujours parvenus.

— J'ai absolument besoin de ton aide, Olive...

— Oh là ! Je ne suis qu'un très modeste fabricant de perruques qui n'a pas les poches remplies d'or et d'argent comme ces messieurs des Isles de l'Amérique.

— Combien tu veux ?

— Je plaisante, Gabriel-Mathieu ! Tu comptes rester combien de temps à Paris ? Si je peux faire quoi que ce soit pour te venir en aide, sache que je n'hésiterai pas à le faire, mon très cher ami. Mais d'abord, tu me raconteras l'Amérique, n'est-ce pas ?

Quoique fréquentant le grand monde au sein duquel il avait des clients réguliers et ayant eu la chance d'avoir été convié par deux fois à la cour, Olive faisait partie de toutes celles et tous ceux qui, à l'instar de ma mère, avaient des doutes sur l'existence d'un continent situé par-delà l'océan Atlantique. L'étalage de richesses dont faisaient montre les « Amériquains », ces riches planteurs qui passaient l'essentiel de leur vie en terre civilisée, c'est-à-dire en France, l'avait comme tout un chacun d'abord interloqué. Puis, il s'était dit que ces affabulateurs s'en revenaient de quelque contrée africaine ou alors du Levant et que pour se bailler de l'importance, ils avaient inventé un prétendu « Nouveau Monde ». Je dus m'y reprendre à dix fois pour parvenir à le dépersuader.

— Par contre, il fait si chaud aux îles que s'affubler d'une perruque serait, cher Olive, un vrai supplice.

Cela l'avait laissé songeur, puis il se souvint d'un voyage à Toulouse, l'unique qu'il ait accompli dans le Midi, et presque triomphalement déclara que là-bas, toutes les personnes de qualité en portaient une bien qu'il y fît considérablement plus chaud qu'à Paris. Il me fallut alors lui expliquer qu'à la chaleur s'ajoutait l'humidité et que cette dernière était bien pire que la première.

— Comment tout un pays peut-il être une étuve ? soliloquait-il, en reprenant une image que j'avais employée.

Quand je lui eus exposé le but de mon voyage dans la capitale, il ouvrit des yeux effarés. Le soleil des îles, là-bas, si ces dernières existaient réellement, avait dû me ramollir le cerveau. Personne, y compris les plus faquins d'entre les faquins, n'aurait songé un seul instant à s'en prendre à ce qui, après le château de Versailles, était la prunelle des yeux de notre bon roi Louis XV : son Jardin d'Acclimatation. La visite n'y était, du reste, autorisée qu'à une poignée de nobles et autres courtisans, ou alors aux ambassadeurs des nations étrangères. Quant aux botanistes et jardiniers royaux, ils encouraient des peines sévères si jamais ils s'avisaient d'y faire pénétrer quelqu'un à l'insu du directeur du jardin.

— J'ai goûté quelques fois, par pure obligation, à ce café qui semble te tourner la tête, mon cher Gabriel-Mathieu, et je dois t'avouer que son goût âcre m'a d'abord déplu. Depuis, j'y ai pris goût moi aussi...

Il arrivait que les personnages importants qui fréquentaient sa perruquerie ne pussent se déplacer, soit que le temps fût brouillardeux, soit que des troubles agitassent divers quartiers parisiens. Olive se rendait alors à leur domicile pour effectuer les essayages et ce fut en de telles occasions qu'il découvrit qu'on s'y délectait de ce nouveau breuvage qu'avait mis, semble-t-il, à la mode l'ambassadeur du Grand Turc. Par politesse, il avait donc été forcé d'y tremper ses lèvres et la sensation qu'il en avait tirée était finalement loin d'être agréable.

— Tel qu'on le prépare au Levant, le café a, en effet, un goût fort différent de celui que nous buvons ordinairement en Martinique, Olive. Le nôtre est plus léger, moins épais...

— Si vous en disposez, pourquoi cherches-tu à obtenir des plants du Jardin du Roy ?

— Nous ne le plantons pas nous-mêmes. Nous l'achetons des mains des Hollandais ou des Espagnols. Parfois, des Anglais. Ils les ramènent d'Afrique noire.

Olive resta perplexe. Puis, triturant sa moustache, sorte de tic qui accroissait son charme naturel – il était bel homme ! Cent fois plus que moi en tout cas –, il avait du mal à comprendre pourquoi, si le sucre de canne était d'un si bon rapport comme je le prétendais, je m'enquiquinais à vouloir planter du café. N'étais-je pas déjà un planteur accompli ? Certes, pas le plus riche de la Martinique, mais ayant tout de même réussi à y accroître ma fortune de manière enviable.

— Le royaume de France y gagnera en puissance, répondis-je presque sans réfléchir.

— Mon bon monsieur, vous êtes sacrément altruiste !

— Point du tout ! J'aime mon pays et mon roi. Nous ne disposons pour l'heure que de quelques territoires exigus alors que si davantage de moyens nous étaient attribués, nous pourrions étendre notre emprise dans ces parages qui sont très prometteurs. Sur la terre ferme on trouve de l'or, de l'argent, des pierres précieuses, mais il est vrai qu'il faut y combattre les Indiens alors que dans nos îles, ils ont battu en retraite depuis longtemps.

Quoique peu convaincu par ce qu'il percevait comme une idée déraisonnable, Olive interrogea habilement les plus expansifs d'entre ses clients, ceux qui étaient les plus proches de la cour ou à qui il arrivait d'avoir l'insigne honneur de la fréquenter. Si presque tous avaient entendu parler du Jardin d'Acclimatation du Roy, peu s'y intéressaient et d'ailleurs son accès, comme ils le lui confirmèrent, n'était autorisé qu'à un nombre très restreint de gens. Gabriel-Mathieu fut sur le point de désespérer lorsque, se trouvant dans la perruquerie un après-midi pluvieux et alors qu'il se rongeait les sangs, se demandant s'il ne ferait pas mieux de tout abandonner et de rentrer à la Martinique, un homme de haute taille, au visage glabre, l'œil vif et marchant avec une canne à pommeau d'argent, fit son entrée. Il était accompagné d'une demoiselle qui était sa fille ou quelque parente tant la ressemblance était frappante entre eux. Le perruquier s'empressa au-devant de son client en lui faisant des courbettes, puis un baisemain obséquieux à celle à qui il donna du « très chère mademoiselle Hortense ». Indifférent à la présence de Gabriel-Mathieu, l'homme essaya plusieurs perruques, s'observant dans le grand miroir du fond de l'atelier, marchant de long en large pour juger de son allure. Son choix se porta finalement sur deux perruques, dont l'une de couleur châtain, qu'il paya sans sourciller en dépit de leur prix que le Dieppois jugea mirobolant. En franchissant le seuil du magasin, son regard se posa sur celui-ci, mais ne s'y attarda pas. La jeune fille, par contre, lui sourit discrètement. Dehors, la pluie redoublait de violence et le cheval qui tirait la calèche dans laquelle s'embarqua le couple se cabra et hennit de désagréable façon.

— C'est le fameux Dr de Chirac, dit Olive une fois la porte de la perruquerie refermée.

— Qui est-il ?

— Mon cher Gabriel-Mathieu, sache que tu as eu l'honneur de rencontrer le médecin personnel de Sa Majesté Louis XV !

— Je suppose que tu veux rire...

— Point du tout ! Et la friquenelle qui a eu l'air de fort apprécier ta face de babouin est sa nièce. Ha-ha-ha !

C'était la première fois que Gabriel-Mathieu avait affaire à quelqu'un qui fréquentait d'aussi près le souverain. Les clients de la perruquerie étaient pour la plupart des courtisans qui n'avaient jamais échangé un seul mot avec ce dernier quoique certains s'en vantassent. Le Dr Pierre de Chirac, lui, était déjà client du père d'Olive et lorsque le jeune homme prit la succession de celui-là, il avait continué à lui faire confiance. Sa Majesté disposait de force médecins, mais il était le plus réputé et occupait depuis quelques années le poste envié de médecin personnel du roi. On glosait sur une prétendue potion de jouvence qu'il lui aurait concoctée à partir justement de plantes rares du Jardin royal des plantes médicinales dont il était également le surintendant. Plantes qui provenaient de chez les Barbaresques, d'Afrique noire, du Levant, des Amériques et même d'Extrême-Orient.

— Ce qui explique pourquoi notre bon roi est si attaché à cet endroit qui est placé sous bonne garde, précisa Olive. Son aïeul, notre Roi-Soleil, en avait été le fondateur. Une véritable forteresse, mon cher Gabriel-Mathieu! Je devine que ton cerveau de forban des îles doit échafauder toutes sortes de stratagèmes pour pouvoir y pénétrer, mais c'est peine perdue... Sinon, comme tu ne peux pas avoir tes plants de café, tu peux tout de même tenter d'aguicher la fille. Ha-ha-ha!

Elle prenait des leçons de piano chez un professeur de musique qui était le client et l'ami d'Olive. Pianiste et violoncelliste émérite, il avait accepté d'enseigner la harpe à Hortense quoiqu'il n'eût guère d'affection pour cet instrument. Il fit bon accueil à celui qui devint d'emblée « Notre ami d'Amérique », curieux qu'il était des merveilles du Nouveau Monde où, déclara-t-il, il rêvait de se rendre. Quand Olive lui fit comprendre que Gabriel-Mathieu portait de l'intérêt à la jeune fille, il n'en fut aucunement surpris. Elle possédait un charme qui le subjuguait lui-même, mais il s'était bien gardé de s'en ouvrir à elle, craignant les foudres de son oncle et tuteur. Quoique orpheline, Hortense ne couvait aucun chagrin et était d'un tempérament primesautier qui lui attirait toutes les attentions de la gent masculine.

— Elle sera ravie de faire la connaissance d'un homme tel que vous qui a vécu parmi les canni-bales et qui peut-être a goûté lui-même à la chair humaine, plaisanta à moitié le professeur de musique.

Il arrangea peu de temps après une entrevue entre les deux futurs amoureux, selon son expres-sion, dans son cabinet de musique. Puis, plusieurs autres au fur et à mesure que l'amitié grandis-sait entre Gabriel-Mathieu et cette Parisienne jusqu'au bout des ongles qui l'intimidait quoiqu'il s'efforçât de n'en rien laisser paraître. Ni Olive ni le professeur de musique ne surent de quoi étaient faits leurs apartés. S'ils l'avaient su, ils auraient écarquillé les yeux car la jeune femme avait exigé qu'un seul et même sujet soit abordé : celui des étoiles. Hortense vouait une passion à Vénus et voulait comprendre pourquoi on ne la voyait pas au même endroit du ciel aux différentes périodes de l'année.

— Mon cher oncle me l'a maintes fois expli-qué, mais je ne suis pas très sûre d'avoir compris ses propos. Il est si savant ! Même Sa Majesté bée

116

d'admiration devant lui quand il lui explique les remèdes qu'il fabrique avec les plantes.

Gabriel-Mathieu entreprit d'éclairer à nouveau la jeune femme tout en songeant à la meilleure façon d'aborder avec elle la possibilité de faire une visite au Jardin des plantes médicinales du Roy. Il évoqua alors les maladies propres aux Tropiques, les sorciers caraïbes et nègres qui enseignaient aux apothicaires européens les vertus du gommier, du manglier, du corossolier ou encore du mancenillier dont les seuls noms avaient le don d'enchanter la jeune femme. Petit à petit, elle se laissa charmer et tomba dans les bras du séducteur dieppois quoique l'accent normand de ce dernier, se plaignait-elle, l'importunât quelque peu. Comment réussit-elle à obtenir de son oncle si sévère et si imbu de sa fonction de médecin personnel de Louis XV l'autorisation d'effectuer une visite nocturne au fameux jardin est resté un mystère pour Gabriel-Mathieu, lequel, trop heureux de sa bonne fortune, ne voulait pas gâcher cette dernière en posant trop de questions. Il n'en dit rien ni à son ami Olive, le perruquier, ni au professeur de musique, se promettant toutefois d'en faire part au premier une fois la visite accomplie.

En guise de remerciement, du moins le vécut-il comme tel, il enlaça Hortense la veille de la visite et lui bailla un baiser prolongé qu'elle sembla apprécier. Le couple se voyait, en effet, quasiment chaque jour désormais, ne fût-ce que pour une petite heure, chose qui finit par inquiéter sa chaperonne, une vieille Bretonne à haute coiffe et robe noire qui dégoisait à peine trois mots de français mais savait lui pincer fortement le bras ou la tirer vers elle avec brusquerie quand elle estimait qu'Hortense s'écartait du droit chemin. Le professeur de musique l'installait dans une pièce attenante à son cabinet d'où elle avait une vue sur une rue très animée avec un bol de lait et des biscuits secs. Jamais, avant ce qu'il fallait bien appeler l'intrusion de Gabriel-Mathieu dans la vie de sa protégée, la chaperonne n'avait eu à se fâcher. Maintenant, elle trouvait que les leçons de musique s'éternisaient et que ce monsieur au visage couleur de pain trop cuit qui raccompagnait Hortense ne lui disait rien qui vaille. Un cigare dissipa ses inquiétudes même si le couple l'entendait se débattre avec des quintes de toux, puis un deuxième, jusqu'à ce qu'à chaque venue chez le professeur de musique, elle finisse par tendre la main pour obtenir ce qu'elle considérait comme un dû.

Le soir de la visite au Jardin des plantes médicinales, Gabriel-Mathieu quitta son auberge quand l'église du quartier sonna six heures. Il songea à la mission que lui avait confiée sa mère et en eut un pincement au cœur : retrouver sa grand-tante Euphrasie s'était complètement effacé de son esprit Le va-et-vient des calèches s'était fortement ralenti et la badaudaille, moins nombreuse, se hâtait de regagner ses pénates, le temps étant couvert. C'était le moment où aigrefins et maroufles étaient de sortie en quête de gens de bien à dépouiller. C'est pourquoi le Dieppois avait revêtu un pantalon de mauvaise toile et une chemise chiffonnée qui, avec le vieux chapeau qui lui couvrait le chef, lui baillait l'air d'un quidam quelconque. Il se hâta, se perdant deux fois dans le dédale des rues avant de retrouver son chemin. Une calèche se tenait à quelque distance des hautes grilles du Jardin du Roy dont l'entrée, éclairée par des lanternes, était gardée par trois hommes en tenue militaire qui semblaient deviser à voix basse. Gabriel-Mathieu, comme convenu, dépassa la calèche à petits pas, puis l'entrée, et derrière lui, Hortense, qui en était descendue, s'était dépêchée d'accourir. Il entendit ses pas résonner sur les pavés qui commençaient à être mouillés. Elle remit quelque chose aux gardes, sans doute une bourse, et ces derniers ouvrirent lentement la porte du jardin tandis que, toujours comme convenu, Gabriel-Mathieu rebroussa chemin et y pénétra prestement.

Des lampions disséminés ici et là, certains au pied d'arbustes exotiques que Gabriel-Mathieu reconnut, créaient un spectacle si féerique qu'il n'aperçut d'abord pas l'homme de haute taille qui leur fit signe dans une allée. Hortense marchait sur la pointe des pieds pour ne pas salir le bas de sa robe. C'était le directeur du Jardin d'Acclimatation.

— Je n'en ai pas le droit mademoiselle, marmonna-t-il, vous le savez! Par chance, les plants que le bourgmestre d'Amsterdam a offerts à notre bon roi se sont bien reproduits.

L'homme les mena jusqu'à une sorte de serre toute en verre qu'il ouvrit avec un trousseau de clés, ce qui lui prit presque une dizaine de minutes. En cet endroit, l'obscurité était plus épaisse et la lanterne qu'il tenait de la main gauche était bien trop petite pour que Gabriel-Mathieu puisse distinguer l'objet de son désir. Hortense se tenait un peu en arrière, silencieuse et peut-être inquiète, ce qui se devinait à sa démarche moins assurée que d'habitude. Soudain, le Dieppois les vit! De ses propres yeux, oui! S'il avait souvent goûté au café à la Martinique, tout comme les habitants de l'île, il ignorait à quoi pouvait bien ressembler l'arbre qui le produisait. Certes, tout un chacun avait pu consulter de jolies planches botaniques, mais c'était tout autre chose de le voir en vrai. À la vérité, ceux qui lui avaient été réservés n'étaient que des arbrisseaux. Au nombre de deux. Pas un de plus! Hortense l'avait prévenu qu'il serait vain, voire périlleux, d'essayer de convaincre le directeur d'en céder davantage. Il prenait déjà d'énormes risques en soustrayant ceux-ci, d'autant qu'il arrivait au Dr de Chirac de venir prélever des morceaux d'écorce ou des feuilles sur les caféiers qui avaient atteint une certaine taille. Le Jardin du Roy était son laboratoire, le lieu où il concoctait ces médicaments extraordinaires qui pouvaient guérir ou, à tout le moins, soulager la bronchite, la pleurésie, la gale, la grattelle, le lâchement de corps, le flux de poitrine, la diarrhée ou encore la goutte.

L'homme s'accroupit et, à l'aide d'une faucille, déterra avec une habileté étonnante les deux arbrisseaux qu'il plaça dans un sac dans lequel il avait fait des trous.

— Eau, soleil! déclara-t-il d'un ton docte à l'adresse de Gabriel-Mathieu. Oui, eau et soleil tous les jours sinon vous aurez perdu votre temps et vous m'aurez fait courir des risques inutiles... Ah là là! Que n'aurais-je pas fait pour Mlle Hortense qui a veillé ma mère au cours des derniers mois de sa vie? Allez, dépêchons-nous, jeunes gens!

Affectueusement, l'homme prit Hortense par le bras et la guida dans les allées mal éclairées, s'assurant de temps à autre que Gabriel-Mathieu les suivait. Dehors, il faisait nuit noire et pleuvait des hallebardes...

RÊVE DE PLEIN JOUR

Gabriel-Mathieu de Clieu avait gagné l'Isle de la Martinique non point par hasard ni contraint et forcé comme ces cadets de famille que le droit d'aînesse privait de tout héritage, mais par goût de l'insolite. Les mots « Amérique » et « Antilles » l'avaient longtemps fait rêver et il les imaginait comme des contrées enchanteresses alors même que tous ceux qui en revenaient les décrivaient comme plus détestables que celles du sud de la Méditerranée et leurs habitants, les Indiens caraïbes, plus obtus et féroces que les Barbaresques.

Il s'était établi planteur de canne à sucre et de cacaoyer sur les contreforts de la montagne Pelée, du côté de la paroisse du Prêcheur, quoique l'endroit se trouvât exposé à la menace permanente d'attaques des Sauvages qui désormais n'occupaient plus qu'une seule et unique île de l'archipel des Antilles, la Dominique. Son rêve de tabac était parti en fumée mais il n'en avait nourri nulle amertume. L'adolescent qu'il était à l'École des gardes de la marine de Rochefort était désormais un homme qui savait composer avec les aléas de

122

l'existence. Aux îles, ces derniers étaient de tous ordres, à commencer par la mort dont l'omniprésence l'avait frappé. Ici, on passait de vie à trépas pour avoir bu de l'eau croupie, avalé des aliments avariés, attrapé une fièvre maligne comme la variole ou le mal de Siam, reçu une balle lors des rixes qui éclataient dans les caboulots dès que le rhum avait échauffé les esprits ou, plus terrifiant, parce qu'un scélérat vous avait empoisonné. Théramène, le Mulâtre planteur de canne et propriétaire d'esclaves, qui avait épaulé Gabriel-Mathieu dans ses premiers pas en matière de culture de la canne à sucre, n'avait de cesse de le mettre en garde :

— Il faut que ça rentre dans ta caboche, Gabriel-Mathieu, et une fois pour toutes : le Nègre n'a qu'une arme et une seule contre nous. Il connaît, ou en tout cas ceux d'entre eux qui sont des sorciers maîtrisent, toutes qualités de poisons. Il y en a deux en particulier qui vous tuent à petit feu : la racine du manioc et le lait du mancenillier. Ce dernier, ce sont les Caraïbes qui le leur ont enseigné...

Le Dieppois avait souri avant de rétorquer qu'il ferait comme tous les rois de France et de l'univers entier d'ailleurs. Il aurait un goûteur ! À savoir un esclave chargé d'ingurgiter tout ce que lui préparerait sa valetaille. Théramène était parti d'un éclat de rire. Décidément ce Blanc-France était vraiment ignorant des mœurs insulaires pour faire preuve de tant d'assurance. D'arrogance même. Il changerait promptement d'avis lorsqu'il en viendrait à constater que même les Grands Blancs, les très riches planteurs, vivaient dans la hantise du poison.

— Chevalier de Clieu, sachez que vos serviteurs vont vous détruire, insistait Théramène, par
petites pincées, jour après jour jusqu'à ce que vous
et les vôtres finissiez par tomber malades et ne
puissiez plus vous lever de votre lit. Aucun médecin ne pourra se prononcer sur le mal qui vous
frappe et tous le mettront sur la mélancolie, ce
comportement étrange qui consiste à être rongé
par le mal du pays. Du pays natal. De l'Europe,
quoi !... Quant à votre fameux goûteur, le sorcier
se sera arrangé pour lui fournir un contrepoison
et c'est en vous regardant droit dans les yeux, le
coquin, qu'il enfournera la toute première bou-
chée de la mangeaille qui vous est destinée.

Théramène se disait protégé tout en demeurant sur ses gardes. Il avait, en effet, affranchi une
jeune et belle Négresse, africaine et pas créole,
avec laquelle il concubinait. Bien que le couple ne
disposât d'aucune langue dans laquelle il eût pu
brocanter des mots d'amour, il mit trois enfants
au monde. Ces derniers, dès leur plus jeune âge,
devinrent les goûteurs de Théramène. Non que
la chose fût expressément énoncée, mais à chaque
repas, il ordonnait que l'Africaine et des enfants le
goûtent avant lui, chose qui, dans son esprit, dis-
suaderait les Nègres sorciers de l'empoisonner. La
meilleure preuve en était qu'il était à quarante-six
ans en parfaite santé, hormis des accès de goutte
qui le faisaient souffrir de temps à autre. Gabriel-
Mathieu fut tenté de l'imiter en affranchissant
l'une des jolies Mulâtresses, âgée d'une quinzaine
d'années, qu'il avait acquises le jour où il avait
racheté une propriété en faillite. Mais entretemps,

il était entré en intrigue avec Marie-Colombe de Mallevault qu'il épousa en grande pompe, regrettant que sa mère ne fût pas présente pour assister à l'événement. Naturalisé créole (enfin, à moitié), le capitaine de la Milice de Saint-Pierre jugea bon de le solliciter car on ne parvenait jamais à rassembler suffisamment de bras pour défendre la colonie contre ses ennemis qui étaient en nombre. Espagnols, Anglais, pirates de toutes nationalités, Sauvages, tout ce monde ne rêvait que de détruire ce qu'avait si patiemment construit la Compagnie des Indes occidentales et qui depuis peu était devenu Domaine du Roy. Quoiqu'il ne fût pas davantage marin que soldat, Gabriel-Mathieu accepta ce qui en fait était un honneur.

En peu d'années, le Dieppois, de par son union avec une dame créole surtout, la bellissime fille aînée d'un des plus riches planteurs de canne à sucre, était désormais un personnage à la Martinique. Il n'était, en effet, pas si fréquent que les officiers et autres administrateurs coloniaux convolassent en justes noces avec une native du pays, la plus solide méfiance régnant entre Blancs du cru et Blancs de France. Les premiers, les Békés comme le langage créole les désignait, à commencer par le beau-père de Gabriel-Mathieu, pestaient continûment contre les mesures restrictives prises par le pouvoir royal, notamment celle prohibant tout commerce avec les îles voisines, propriétés des Espagnols et des Anglais. Mais il rageait aussi contre les négociants et armateurs qui s'occupaient de vendre le fruit de leur dur labeur dans les grands ports de France.

— J'aimerais bien, moi, que le Roy et sa cour daignent traverser les mers et s'installent chez nous, ne serait-ce qu'un petit mois. Tout ce beau monde verrait dans quel affreux déconfort nous vivons, grommelait-il lors du repas dominical auquel Gabriel-Mathieu, quoiqu'il n'appréciât guère la rudesse des Blancs créoles, se trouvait obligé d'assister. Déjà que nous sommes contraints d'utiliser la piastre espagnole !

Propriétaire lui-même d'une plantation de canne à sucre, certes modeste en comparaison de celle de François-Marie de Mallevault, à laquelle s'ajoutaient quelques parcelles où le cacaoyer tentait difficultueusement de résister à une maladie qui ravageait le nord de l'île, Gabriel-Mathieu ne pouvait pas lui donner tort. Il lui arrivait d'attendre durant des mois le navire en provenance de France qui apporterait scies, marteaux, coutelas, faucilles, toutes choses indispensables au bon fonctionnement du moulin à bêtes qui servait à broyer la canne, des chaudières et de l'alambic de sa vinaigrerie. Et surtout les salaisons qui constituaient l'ordinaire des Nègres. Morue séchée de Terre-Neuve, viande et queue de cochon salé, hareng sauré agrémentaient, en effet, les sempiternels fruits à pain et ignames dont ces derniers faisaient grande consommation. Au point que plus d'une fois son commandeur, Ti-Fanfan, un chabin colérique aux yeux étrangement bleus, l'avait réveillé au devant-jour pour la simple raison qu'il ne parvenait pas à rassembler coupeurs de canne et amarreuses.

— Maître de Clieu, nos gens ont faim ! Ils n'ont

pas vu une seule aile de morue depuis février et nous sommes au début de juin. J'ai bien mis ces fortes têtes de Ti-Jules et de Filo au cachot, mais ça n'a pas calmé les autres. Si tu veux, je peux les faire fouetter, mais...

— Pas de ces atrocités chez moi, Ti-Fanfan! Je te l'ai déjà dit et répété.

— Le fruit à pain remplit l'estomac mais il ne nourrit pas, maître. On n'a plus d'huile ni de sel ni de viande salée ni rien.

Gabriel-Mathieu finit par se rendre compte que presque aucun planteur ne respectait les édits royaux, lesquels arrivaient, il est vrai, tardivement, quand ils n'étaient pas contradictoires, et que tout le monde traficotait nuitamment avec ces navires étrangers, soit espagnols soit flibustiers, qui s'enhardissaient jusqu'à mouiller au large de la rade de Saint-Pierre, tous feux éteints. Quoique profondément attaché à l'héritier du Roi-Soleil et au royaume de France, il n'eut d'autre échappatoire que de les imiter, certes à contrecœur. Son épouse, Marie-Colombe, n'avait point de tels scrupules.

— Nous leur envoyons du sucre, du tabac, du cacao, de la vanille et du rhum, mais eux, là-bas, de quoi nous gratifient-ils en retour?

Il avait toujours été étonné par cette expression, « là-bas », qu'utilisaient les Blancs créoles pour désigner la France, comme si cette dernière se trouvait à l'autre bout du monde ou sur quelque astre lointain. À leur décharge, ils n'avaient jamais posé le pied sur la terre de leurs ancêtres et, pour leur grande majorité, n'en auraient jamais l'occasion, hormis une poignée de planteurs qui étalaient leurs richesses à la cour de Versailles. Ce qui fait que Gabriel-Mathieu ne pouvait s'empêcher de sourire face à certaines questions de son épouse qui avait le plus grand mal à imaginer l'hiver.

— La neige, elle tombe comme la pluie, Gabriel?

— Un peu, oui...

— Mais alors, elle peut faire mal, non?

— Le plus souvent non, mais il arrive qu'elle forme des espèces de boules que l'on appelle des grêlons et qui, en effet, peuvent abîmer ou détruire le toit d'une maison.

Tout blancs qu'ils fussent, les natifs du pays ne se différenciaient guère de leurs esclaves dans leurs habitudes quotidiennes et leur langage. Marie-Colombe maniait celui des Nègres avec une facilité qui ne cessa jamais de l'interloquer lorsqu'elle baillait ses ordres aux servantes et aux jardiniers. Il lui arrivait même de brocanter des plaisanteries, que Gabriel-Mathieu avait du mal à comprendre, avec la nounou de leurs deux enfants (il avait vendu Finotte, sa « gouvernante », trop fréquemment malade). La vieille Négresse à l'imposante bedondaine se déplaçait dans la maison comme chez elle, contredisant parfois sa maîtresse sans que cette dernière s'en offusquât le moins du monde. Da Irmine allait sur ses soixante-dix ans ou peut-être un peu plus, mais elle déployait tant d'énergie et se montrait si efficace dans tout ce qu'elle entreprenait que jamais Marie-Colombe ne lui faisait le moindre reproche. Gabriel-Mathieu mit du temps à admettre qu'en fait, elles étaient complices. Au moins sur un point en tout cas : les jeunes esclaves dont certaines irradiaient une belleté étonnante.

— Je te surveille nuit et jour, maître Gabriel, ronchonnait ainsi Da Irmine. Cette capistrelle de Doriane, tu crois que je n'ai pas vu ses simagrées avec toi?

Ces admonestations se faisaient toujours en présence de l'épouse du maître de maison, laquelle faisait alors mine de s'exercer au piano, mal accordé, qui trônait au salon. Cet instrument provenait de l'ancien propriétaire des lieux qui, lorsqu'il avait fait faillite, s'était vu contraint de vendre tout ce qu'il possédait afin d'échapper à la geôle. Tout frustres et parfois rustres qu'ils fussent, les Blancs créoles mettaient un point d'honneur à ne pas s'exposer à fréquenter cet endroit sordide, ordinairement peuplé des Blancs manants, ces engagés pour trente-six mois qui étaient venus couper la canne quant et quant avec les Nègres et qui espéraient pouvoir s'installer en tant que colons à la fin de leur contrat. Mal payés, illettrés, supportant mal le climat tropical et les fièvres qu'il engendre, une bonne moitié d'entre ces infortunés finissaient dans la tombe quand ils ne s'emmanchaient pas avec quelque Négresse libre ou alors Mulâtresse, ce qui revenait à tourner définitivement le dos à la race des Blancs.

— *Moin qu'a palé ba ou, mait'!* (Je te parle, maître!) insistait alors Da Irmine tout en feignant de continuer à lustrer quelque meuble. Cette marie-souillon de Doriane s'acoquine avec tous les Blancs qui viennent par ici et elle a déjà quatre enfants d'eux. Enfin cinq, puisqu'elle en a perdu un en couches l'année passée...

— *Moin pas save ça ou qu'a dit là* (Je ne vois pas

de quoi tu parles), rétorquait Gabriel-Mathieu, s'essayant maladroitement au créole, chose qui arrachait un sourire de bisc-en-coin à son épouse qui, soudain, se mettait à pianoter plus fort.

Ces petites joutes verbales se produisaient plus souvent que rarement. Le plus souvent quand le maître de maison était assis à son bureau, attenant au salon et dont il gardait la porte entrouverte lorsqu'il y travaillait. C'est que si le Dieppois supportait relativement bien la chaleur en plein air, s'il ne craignait pas de parcourir sa propriété à cheval pour jeter un œil à l'avancée de la coupe de la canne, il exécrait celle, il est vrai moite, qui régnait dans les intérieurs. Ses vêtements se trempaient vite de sueur, chose qui lui valait remarques ironiques ou acerbes des Blancs créoles, tout dépendant des relations qu'il entretenait avec ces derniers. En effet, parmi eux, se trouvaient des grincheux que sa réussite indisposait, comme ce Moreau de Saint-André, distillateur du Morne Parnasse, qui ne cessait de l'apostropher en public dès que l'occasion se présentait. Ou plus exactement lançait des diatribes, feignant de ne s'adresser à personne en particulier. Cela fait un siècle presque que mon grand-père est arrivé dans cette île infernale! Il a dû combattre les Sauvages, les serpents fers de lance, la fièvre jaune, la variole, il s'est esquinté à défricher la forêt car, messieurs, on l'oublie trop souvent, la Martinique n'était couverte que de bois au début du XVIIe siècle. Des bois, des bois et encore des bois, oui! Impénétrables! Eh ben, il en est mort à peine la cinquantaine arrivée et mon père a dû lui succéder alors qu'il n'était qu'un gamin ou presque. Messieurs, ce gamin a continué dans la même voie, il a planté du pétun, de l'indigo, du cacao, puis il a abandonné tout ça du jour au lendemain pour la canne à sucre. Oui, vous entendez, du jour au lendemain ! Et comme mon grand-père, il s'est escrimé au travail et a réussi à fonder une distillerie. Ah certes, pas bien imposante, mais qui produit un rhum de qualité et dont j'ai hérité lorsqu'à son tour, au mitan de sa cinquantaine, lui aussi, il a rendu l'âme. Et depuis, moi aussi, je travaille sans relâche et pourtant, je n'ai toujours pas réussi à faire fortune. Or, ne voilà-t-il pas que l'on voit des rapineux débarquer depuis trois ans ou quatre ans à peine, des gens de-ci de-là, qui, en un battement d'yeux, alors même qu'ils n'ont jamais démontré un amour extrême pour les travaux agricoles, amassent de quoi vivre et se tourner les pouces jusqu'à ce que leurs cheveux blanchissent !

Gabriel-Mathieu évitait autant que faire se pouvait d'entrer dans des querelles avec des personnages du même acabit que ce Saint-André. S'il avait constamment rêvé de l'Amérique et de ses îles, si ce qu'il y avait gagné lui permettait d'assurer à sa famille une existence dénuée de soucis, une petite voix en son for intérieur lui disait qu'un jour ou l'autre, il traverserait l'Atlantique en sens inverse et qu'il s'installerait sur ses terres de Derchigny, à Neufvillette, dans sa Normandie natale. Sans doute à la fin de son existence si Dieu lui prêtait vie. Il s'était rêvé planteur de tabac et s'il n'avait pu le réaliser – encore qu'il tînt à en faire lever quelques pieds pour sa consommation personnelle sur une parcelle excentrée de sa propriété –, il s'était accompli dans la canne à sucre jusqu'à être presque considéré comme un Créole. Mais il s'ennuyait ferme désormais et à la nuit close, une nostalgie tenace menaçait de le submerger si bien que Da Irmine, jamais en reste d'une admonestation, à l'allumée des lampes de la maison, s'écriait :

— Ah, ça, j'en étais sûre. Voici que maître Gabriel se morfond pour cette petite Négresse sans aveu de Doriane ! Ha-ha-ha !... À l'heure qu'il est, mamzelle doit battre la campagne pour rejoindre quelque habitation où l'attend un Blanc vicieux habitué à encornailler sa femme.

D'avoir été placée dans une famille de grands planteurs dès sa haute enfance (six ans et demi, aimait-elle à préciser), la vieille nounou avait acquis une maîtrise tout à fait remarquable du français, quoiqu'elle préférât s'esbaudir dans le jargon des Nègres. La valetaille, qui la craignait, l'avait surnommée « Rara de la semaine sainte » parce qu'elle n'avait de cesse de jargouiner du matin au soir comme une crécelle, même les fois où elle se trouvait seule. Un après-midi, Gabriel-Mathieu l'avait ainsi surprise à soliloquer dans la cuisine, abri ouvert à tous vents situé derrière la Grand'Case :

— Les Nègres s'affainéantissent et maître Gabriel ne réagit pas ! Pourtant, à Savane Bois d'Inde et à Morne Linteau, tout le monde marche droit. Hon !...

La nounou ne billevesait point : sur ces deux plantations mitoyennes de celle des De Clieu, dont celle du Mulâtre Théramène Claudius, les propriétaires étaient sur le pied de guerre la moitié de l'année, de fin janvier à début juin, pour qu'il n'y eût ni ralentissement ni interruption dans la récolte de la canne et pour que le moulin, chargé de la broyer, marchât à la perfection. Il suffisait qu'un commandeur leur signale qu'un esclave rechignait à la tâche pour que ce dernier soit aussitôt enfermé à la geôle dans l'attente d'un châtiment qui se voulait à chaque fois exemplaire. Gabriel-Mathieu y avait assisté par pur hasard et en avait été tout bonnement écœuré, chose qui lui avait valu tantôt l'appellation ironique de « Blanc capon » tantôt celle plus dangereuse pour lui d'« ami des Nègres ». La première s'était déroulée sur l'habitation Morne Linteau où il s'était rendu pour acheter un mulet. Il tomba sur un spectacle qui le laissa sans voix : ligoté à un arbre, un Nègre à l'imposante membrature se faisait fouetter par un commandeur. Sa peau s'était labourée par endroits et des rigoles de sang dégoulinaient jusqu'à ses talons, ce qui lui arrachait des hurlades dans une langue inconnue. Un Africain de toute évidence ! Une grappe d'esclaves observaient la scène à bonne distance, immobiles, muets, comme tétanisés. Gabriel-Mathieu avait rebroussé chemin sans demander son reste. À son épouse qui s'inquiéta de son retour précipité, il lâcha :

— En Normandie, personne ne fouette plus les paysans...

— Ici, nous sommes aux Amériques, mon cher. L'aurais-tu oublié ?

La douceur féminine ou du moins celle qui

est traditionnellement prêtée aux femmes était absente du Nouveau Monde et cela ne laissait pas de l'étonner. Il n'y avait qu'avec Da Irmine que Marie-Colombe se comportait avec équanimité. Le reste du temps, elle le passait à houspiller cuisinières, repasseuses et la couturière chargée de repriser les vêtements de la maisonnée que le rude climat tropical abîmait plus vite qu'en Europe. Elle n'était pas non plus très amène avec la jeune Négresse chargée d'allaiter, dès sa venue au monde, leur fils Jean-Baptiste. Quoiqu'il eût déjà deux ans, Marie-Colombe refusait de le sevrer. Sinon les esclaves de sexe masculin n'existaient pas à ses yeux. Les quelques fois où il lui arrivait de croiser les jardiniers ou le cocher, elle n'avait pas une miette d'attention pour eux. Quand elle devait se rendre en ville, à Saint-Pierre donc, elle ne s'installait dans la calèche que juste au moment où ce dernier était prêt à partir. Sinon que pensait-elle de ces planteurs qui fretinfretaillaient plus que de raison avec leurs esclaves et leur baillaient des tiaulées d'enfants mulâtres? Gabriel-Mathieu n'en savait rien. Est-ce que cela l'indifférait aussi? Ou bien avait-elle confié à Da Irmine la tâche de le mettre en garde contre de telles pratiques? Comme la plupart des Blanches créoles, sa femme était une taiseuse. En tout cas, en présence des hommes.

L'autre punition à laquelle assista Gabriel-Mathieu fut encore plus atroce. Cette fois, le capitaine de la Milice avait convié tous les habitants de la paroisse du Prêcheur à assister au coupage de jarrets de trois Nègres marrons qui erraient dans les hauts bois depuis des mois et qui n'avaient pu être capturés que grâce à des chiens importés de l'île de Cuba tout spécialement dressés pour la chasse aux esclaves en fuite. Deux d'entre ces malheureux étaient créoles et le troisième, un natif du Brésil capturé lors d'une escale forcée, à cause d'un ouragan, d'un navire de cette contrée alors sous la domination des Hollandais. Ces captifs étaient maigres à faire peur et avaient le regard vide. Aucun ne réagissait aux questions que leur posait un géreur d'habitation, un octavon, étrange désignation aux oreilles de Gabriel-Mathieu des quelques métis qui pouvaient passer pour des Blancs.

— *Qui côté zott té qu'a serré?* (Vous vous cachiez où?) hurlait-il presque devant un assemblage de propriétaires du coin.

Ce temps durant, un forgeron faisait chauffer la lame des coutelas qui serviraient au supplice avant de les aiguiser sur une meule qu'il arrosait de temps à autre à l'aide d'une boquitte d'eau.

— *Zott pas lé avouer, eh ben zott ké save!* (Vous refusez d'avouer? Eh bien, on verra ce que l'on verra!)

Et d'appliquer la lame sur les jarrets de chacun d'eux avant de les trancher d'un coup sec. Le supplice fut si brutal que les Nègres marrons tombèrent de mal-caduc sans avoir eu le temps de lâcher un seul cri de douleur. Le chef de la Milice ordonna de les ranimer à coups d'eau fraîche déversés sur eux de la tête aux pieds, chose qui cette fois provoqua un concert de lamentations insupportables aux oreilles du Dieppois. L'assistance, presque uniquement composée de

Blancs créoles, et parmi eux quelques femmes, ne manifesta aucune émotion. Même pas du dégoût lorsque le Nègre brésilien se mit à vomir un étrange migan de fiel et de sang qui dégagea une odeur qui, à nouveau, souleva le cœur de Gabriel-Mathieu, mais n'importuna personne d'autre. Ensuite, un abbé, confit en dévotion, qui n'avait cessé de balbutier des prières de manière frénétique, vint leur bailler l'extrême-onction.

— Pas de sépulture pour ces hors-la-loi! s'écria le chef de la Milice.

Les trois cadavres furent alors livrés aux molosses qui les déchiquetèrent en un rien de temps, choisissant les meilleurs morceaux, leurs babines dégoulinant de sang. Quand Gabriel-Mathieu décida de s'arracher à ce spectacle, il découvrit, rangés en bon ordre sur une petite éminence, une trâlée d'esclaves, sous la garde de commandeurs armés, qui avaient été contraints d'y assister. Des vieux-corps, de jeunes bougres, des femmes, des marmailles, lesquelles, n'ayant pas conscience de l'atrocité de ce à quoi ils assistaient, s'amusaient à glisser du haut de la pente à dada sur la branche sèche d'un poirier-pays. Il reconnut Ti-Milo, le compagnon de son fils, Jean-Baptiste, celui avec lequel il jouait dans la cour de terre battue de la Grand'Case presque chaque après-midi sous l'œil vigilant de Da Irmine. La nounou ne grondait que le négrillon quand ils s'écartaient trop de sa vue. Outre le fait que c'étaient des Négresses qui allaitaient les bébés blancs, ces derniers, une fois en âge de marcher et de gambader, passaient le plus clair de leur temps avec des enfants nègres.

— Lorsque Jean-Baptiste aura sept ans, lui avait annoncé Marie-Colombe, il regagnera notre monde. Mais avant, il lui faut connaître l'autre race sur le bout des ongles s'il veut pouvoir la commander un jour.

En ces moments-là, il se sentait plus européen que jamais et en son for intérieur, une certitude germait : il ne deviendrait jamais créole. L'interloquante intimité des deux races, qui se poursuivait à l'âge adulte, du moins pour le sexe masculin puisque celui-ci n'avait de cesse de fricoter avec les femmes de couleur tout au long de sa vie, dans l'indifférence totale de ses épouses, demeurerait à jamais une énigme pour lui. Le fait aussi qu'hormis dans des circonstances officielles, maîtres et maîtresses préféraient user du langage créole, tout en affectant de le mépriser, que du français.

LA RÉVOLTE DU GAOULET

(1717)

Il n'y eut pas que les Indiens caraïbes et les esclaves nègres pour se révolter en ce début du siècle nouveau, dix-huitième du nom. Les Blancs créoles itou ! Et de si extraordinaire manière que l'on inventa un mot pour désigner l'événement : « gaoulet ». Personne ne sut d'où il provenait. Était-ce un vocable déformé de la langue des naturels du pays, ces Sauvages qu'on avait fini, non sans peine, à bouter hors de la Martinique ? Ou alors quelque expression issue de la foison de dialectes dont se servaient (en pure perte puisqu'ils ne se comprenaient pas l'un l'autre) les esclaves amenés d'Afrique ? À moins que ce ne fût du patois normand, vendéen, poitevin ou saintongeais, ces parlures dont s'opiniâtraient à se servir nombre de Blancs, surtout les fraîchement débarqués.

« Gaoulet » signifiera en tout cas « révolte ».

Sans l'entregent du planteur Gabriel-Mathieu de Clieu, natif de Dieppe, lequel avait l'oreille de personnages haut placés à la cour du roi Louis XV et, de par son mariage avec une Créole, celle des Grands Blancs de la Martinique, il n'est point douteux qu'elle se serait achevée dans un bain de sang. Il comprenait la rancœur de ces derniers envers le royaume de France qui s'employait à réprimer ce qu'il appelait le commerce interlope : interdiction d'acheter du bœuf salé d'Irlande et des outils aux Anglais ; interdiction de vendre à ces derniers des mélasses et du sucre de canne. Et surtout, interdiction de construire de nouvelles sucreries à la Martinique ! C'est tout ce lot de mesures scélérates qu'étaient venus annoncer en grande pompe les fraîchement nommés gouverneur de la Varenne et intendant Ricouard, lesquels n'avaient jamais mis les pieds dans le Nouveau Monde.

On les convia à un banquet, dans la paroisse du Diamant, tout au sud de l'île, chez le plus riche d'entre les planteurs, pour prétendument fêter leur arrivée. Le rhum coula à flots ; les mets les plus fins furent servis comme les plus communs, telle cette viande de bœuf boucanée qu'ils apprécièrent fort. On porta des toasts à la santé de Son Altesse royale, à la prospérité du royaume de France ainsi qu'à celle de la Martinique ; on se félicita, s'embrassa, se congratula, se tapa dans les mains, cela jusqu'à minuit dépassé. Puis, des hommes cagoulés surgirent et, se ruant sur La Varenne et Ricouart, les ligotèrent avant de les conduire à la côte d'où une goélette les transporta tout au nord de l'île, à l'anse Latouche, dans la paroisse du Prêcheur. Là, les insurgés attendirent plusieurs jours alors que la nouvelle de l'enlèvement s'était répandue partout, soulevant un grand émoi à Saint-Pierre, ville où, final de compte, ils conduisirent ces imbéciles et impudents d'envoyés du roi pour les embarquer de force sur un bateau qui s'apprêtait à quitter la Martinique.

Retour à l'envoyeur!

L'euphorie passée, de mauvaises nouvelles arrivèrent à la galopée. Ordre avait été donné au gouverneur de la Guadeloupe d'envoyer des troupes afin de mater la révolte des colons martiniquais. Le bruit courut même que celui de Saint-Domingue, pourtant fort éloignée, avait reçu la même consigne. Le roi ne se laisserait pas faire! Une poignée de séditieux qui passaient le plus clair de leur temps à faire de la contrebande avec les Anglais ne sauraient imposer leur loi au royaume de France. La Martinique blanche se mit à trembler tandis que ses esclaves noirs riaient sous cape. C'est alors que messire de Mallevault proposa à son gendre Gabriel-Mathieu de Clieu de servir d'intermédiaire entre les deux parties. Quoique issu de la petite noblesse provinciale, ce dernier ne s'était-il pas vanté en diverses occasions d'avoir des relations proches de la cour? Depuis qu'il était devenu planteur et avait réussi dans le métier, quoiqu'il ne fût pas né dans l'île, il était désormais bien accepté par l'aristocratie créole. Il était donc le mieux placé pour tenter d'atténuer à la fois l'ire de Sa Majesté et l'aigreur des colons.

Gabriel-Mathieu réussit sa mission au-delà de toute attente. Il obtint la clémence du roi et pas une goutte de sang ne fut versée. Tout retourna dans l'ordre, chacune des deux parties ayant accepté de faire des concessions...

Soliman le Magnifique voulut abattre le Saint Empire.

Cavaliers turcs et hongrois, aidés de janissaires, ces jeunes esclaves européens qui formaient des régiments de redoutables fantassins, assiégèrent Vienne pendant des mois et des mois. Ils la canonnèrent, tentèrent d'enfoncer leurs murailles, creusèrent des tunnels pour l'investir par surprise, invoquèrent Allah.

Mais la pluie faisait rage. Jamais elle ne s'arrêta.

Pas un seul jour !

Les soldats de la Sublime Porte n'en finissaient pas de s'emmaladir, d'aucuns se voyant emportés par de vilaines fièvres sans même avoir combattu. Alors, l'assaut fut donné ! Dix fois Vienne fut le point de tomber, l'empereur Ferdinand s'étant enfui en Bohême, mais les Autrichiens résistèrent. Des deux côtés, les cadavres s'empilaient qui dégageaient une odeur si pestilentielle qu'on pouvait la sentir jusque sur les rivages du Bosphore, au sud, et aux approchants de Moscou, au nord.

Alors, pour en finir, Soliman ordonna à ses bachi-bouzouks de lancer une attaque-suicide, mais ces féroces miliciens, qui avaient terrorisé les Bulgares, les Grecs, les Albanais et les Serbes, furent contraints de battre en retraite. Vienne était imprenable. Ses habitants inexpugnables.

Ordre fut alors donné de sonner la retraite.

Dans les tentes abandonnées par les Ottomans, notamment dans celle de l'un de leurs émirs, Kara Moustafa, les Viennois découvrirent des merveilles. Parmi elles, de ravissants services en porcelaine bleue ainsi que des balles de poudre de café. On se mit à y goûter. On se mit à l'apprécier. On ouvrit des établissements destinés principalement à le servir. Ils devinrent des lieux de discussions infinies. De haute spéculation intellectuelle.

Le Grand Turc avait échoué à conquérir le cœur vibrant de l'Europe, mais le café, venu des confins abyssiniens, de ces hauts plateaux battus par des vents au point, assure la légende, qu'ils réussissent à chasser les rêves, bons ou mauvais, la petite baie du caféier, grillée, torréfiée, concassée ou moulue, elle, avait réussi à y parvenir. Elle signifiait aussi, à son corps défendant, la victoire de l'Europe sur l'Orient. Butin de guerre !

À moins que ce ne fût l'inverse.

Quoi qu'il en soit, par grandeur d'âme ou nécessité, une catégorie de marchands ottomans fut autorisée à en continuer l'importation, surtout les Arméniens qui en viendront même à en détenir le monopole. L'Orient demeura donc, planté au cœur de l'Europe. Au même titre que les dattes ou le lait d'amande, le café continuera à être rangé dans la catégorie des « douceurs orientales ».

Ainsi naîtra le cosmopolitisme (affirment les érudits)...]

GRAND DÉPART

(1720)

Après moult réflexions et discussions avec de vieux loups de mer dans les tavernes du port de Dieppe, de Clieu en était arrivé à l'idée que seule une flûte pourrait lui permettre de traverser l'Atlantique en toute sécurité avec son précieux chargement : les deux plants de caféiers dérobés dans le Jardin d'Acclimatation du Roy. Si ce genre de navire ne payait pas de mine en comparaison avec les brigantins, les frégates ou même les caravelles, lesquelles tombaient pourtant en désuétude, s'il semblait de prime abord fragile à cause de son pont avant tout en pointe et pataud avec son pont arrière très large et arrondi, tous les témoignages qu'il avait pu recueillir attestaient de sa robustesse. Il était prêt à miser l'entièreté de la petite fortune qu'il avait réussi à accumuler à la Martinique dans la construction d'un tel navire, mais, outre le fait que la chose eût attiré des soupçons, cela aurait pris beaucoup trop de temps. Or, ce dernier lui était compté ! Le voyage en diligence et de nuit entre Paris et Dieppe avait déjà gaspillé cinq jours car il avait fallu emprunter des chemins de traverse pour éviter tant la maréchaussée que les bandits de grand chemin. Le cocher et les trois ruffians qu'il avait embauchés s'étaient montrés méfiants devant l'étrange caisse en bois de chêne recouverte d'un châssis en verre qu'il recouvrait d'une toile grise dès que leur véhicule en croisait un autre. Sans même parler du fait que de Clieu leur imposait des arrêts en rase campagne pour faire ses deux plants prendre un peu de soleil.

— C'est-y que c'est précieux, ces arbustes rachitiques ! répétait le cocher, un chauve à la laideur impressionnante.

De Clieu ne pipait mot.

Les ruffians avaient, eux aussi, bien tenté de lui tirer les vers du nez, mais il fut inflexible. Quand il arriva dans l'arrière-cour de l'auberge *Au Coq vaillant,* tenue par un lointain cousin de son père, il s'empressa de payer leur dû aux trois bonshommes, leur recommandant pour la dixième fois de tenir leur langue car ils risquaient rien moins que l'écartèlement. La caisse, dissimulée sous sa toile, gagna sa chambre, au troisième étage de l'établissement d'où, par un étroit balcon, on disposait d'une vue magnifique sur le port de Dieppe. Il lui faudrait à présent faire l'acquisition d'un bateau sans attirer l'attention, les armateurs du cru se révélant particulièrement vétilleux dès l'instant où il s'agissait d'entretenir quelque commerce que ce soit avec le Nouveau Monde. Il comprit vite que Dieppe était une bien trop petite ville pour qu'il passât inaperçu. À Nantes, tout serait plus facile. Il mit plusieurs jours avant de prendre une décision, se demandant si son projet de planter du café à la Martinique n'était pas pure lubie. Il avait ouï-dire

que le roi Louis XIV avait chargé un hardi personnage de cette mission cinq ans auparavant, mais
l'affaire avait échoué et plus personne n'en avait,
dans son proche entourage en tout cas, reparlé.
Pourtant, il était sûr que cette plante avait de
l'avenir aux Isles de l'Amérique sans être cependant en mesure d'en expliquer le pourquoi. Cette
certitude l'habitait, voilà tout! Grâce au café, les
possessions françaises dameraient le pion à leurs
voisines anglaises et hollandaises et même à celles
de la terre ferme où les Espagnols et les Portugais
régnaient en maîtres par décision papale. Mais de
forts doutes lui gâchaient aussi ses journées.

L'amour de son pays finit par l'emporter. Un
beau matin, il embarqua la caisse et ses deux
arbrisseaux à bord d'une diligence qui s'en allait à
Nantes et supporta sans broncher les regards suspicieux et les questions incessantes de passagers
fort intrigués. Comme il avait recouvert la caisse
d'un drap de couleur grisâtre, ces derniers étaient
persuadés qu'il transportait quelque animal
étrange, de ceux que les romanichels exhibaient
contre espèces sonnantes et trébuchantes lors des
foires. Mais comme Gabriel-Mathieu ne lui donnait ni à boire ni à manger, un bougre à tête de
galope-chopine, et d'ailleurs à moitié ivre dès le
départ de Dieppe, s'écria en patois :

— *I peut pu arquer?* (Il ne sait plus marcher?)

Gabriel-Mathieu ne broncha pas. Puis, pris
d'une soudaine impulsion, il fouilla dans sa bourse
et tendit une poignée de sols à l'importun qui s'en
saisit prestement, mais continua à l'enquinauder.
Il se faisait de plus en plus menaçant.

— *T'chi qu'tu veux co?* (Tu veux quoi encore?) s'énerva Gabriel-Mathieu.

C'est alors qu'il comprit que l'homme était taraudé par la faim. Il prit dans sa besace une miche de pain ainsi qu'un bout de lard fumé avec lesquels il comptait déjeuner et les lui tendit.

— *Bé, mac et té té!* (Bois, mange et tais-toi!) grommela Gabriel-Mathieu, reprenant de l'assurance.

Si le royaume de France était florissant, si son roi et sa cour étaient parmi les plus puissants d'Europe, il se rendait une nouvelle fois compte que les gueux et les crève-la-faim étaient en si grand nombre, en bien plus grand nombre qu'avant son départ aux Amériques en tout cas, que les jacqueries répétées dont lui avait parlé sa mère s'expliquaient aisément. N'avait-il pas dû, avant de gagner Paris, augmenter les gages de ceux qui travaillaient sur les terres familiales de Neufvillette? Finalement, l'importun se calma et plongea dans un sommeil bruyant fait de ronflements et d'insultes grommelées qui égayèrent les passagers de la diligence. À leur arrivée à Nantes, Gabriel-Mathieu choisit un charretier à l'allure débonnaire afin de transporter la caisse jusqu'à un hôtel de petite conséquence, mais qui se trouvait non loin du port. Il avait appris à vivre à la dure à la Martinique, du moins dans les premiers temps de son installation comme planteur de canne à sucre, et pouvait aisément se contenter d'un grabat et d'un bol de soupe chaude.

— On met ça où? lui lança l'aubergiste d'un air suspicieux, croyant sans doute lui aussi qu'un animal devait être enfermé ce qui lui sembla être une cage.

— Eh ben, dans ma chambre, je vous prie! rétorqua le Dieppois sans se démonter.

Quand il déposa théâtralement un louis d'or sur le comptoir, les préventions du propriétaire de l'établissement – pour le moins crasseux, voire sordide comme il s'en rendait compte maintenant – s'évanouirent. Le bougre héla un garçon à l'air hébété qui tenta d'abord de soulever la caisse tout seul avant que Gabriel-Mathieu ne l'arrête. Tous deux eurent moult difficultés à la hisser jusqu'au deuxième étage, par un escalier en bois un peu branlant et qui grinça sans discontinuer. Le valet ne chercha pas à savoir ce que celle-ci contenait et une fois qu'elle fut délicatement posée au pied du lit, il tourna les talons sans même réclamer une récompense. Gabriel-Mathieu ôta alors la couverture qui dissimulait les deux arbrisseaux qu'il avait dérobés dans le Jardin d'Acclimatation du Roy et les observa dans la demi-pénombre de cette fin d'après-midi. Avisant un broc qui contenait l'eau prévue pour sa toilette, il entreprit de les arroser avec le plus de délicatesse possible. Les plants de café avaient l'air d'avoir bien supporté le trajet de Paris à Dieppe, cette ville si chère à son cœur, puis de cette dernière à Nantes. Demain matin, aux aurores, il faudrait qu'il ouvre largement la fenêtre de la chambre afin qu'ils puissent prendre un peu de soleil. Théophile, l'un des jardiniers du Roy qu'Hortense avait réussi à soudoyer, l'avait prévenu : même à l'orée du printemps, moment où pourtant les beaux jours approchent

147

à grands pas, cette plante redoutait les températures trop basses. En dépit de la réussite de l'opération, Gabriel-Mathieu était miné par une irrépressible inquiétude. D'abord et avant tout, il s'en voulait furieusement d'avoir quitté Paris comme un malandrin, sans même s'être donné la peine d'entrevisager une dernière fois ce tendron qu'était la nièce du Dr de Chirac. Pourtant, sans son entregent, il lui aurait été tout simplement impossible de pénétrer dans le très jalousement gardé Jardin d'Acclimatation. Il avait cependant été sincère avec elle car elle possédait, sans être une Aphrodite, un vrai charme. Elle était mutine, vive d'esprit et pétillante d'intelligence. Gabriel-Mathieu s'était donc étonné qu'elle ne fût point encore mariée car à vingt-sept ans, elle courait le risque de finir vieille fille.

— Je suis un papillon, cher Gabriel-Mathieu. Ou plutôt considérez-moi comme tel ! lui avait-elle répondu en s'esclaffant.

Outre cette somme toute modeste peine d'amour, Gabriel-Mathieu était hanté par une grosse crainte. Une crainte qui l'avait saisi à la gorge dès qu'il avait eu les deux caféiers en sa possession. En effet, si jamais quelqu'un, au Jardin d'Acclimatation, s'apercevait de la disparition des arbrisseaux, nul doute que la maréchaussée serait immédiatement envoyée à ses trousses. N'avait-il pas adressé une pétition à Louis XV pour lui demander son aide ? Peut-être que le grand planteur de Cassagnac la lui avait fait parvenir avant son décès. N'avait-il pas aussi, une fois à Paris, entretenu de son projet certains nobles qui fréquentaient la perruquerie de son ami Olive ? Sans compter que son amitié avec une si proche parente du médecin personnel du roi avait fini par se savoir, des entremetteuses se réjouissant à l'avance à l'idée qu'enfin la jeune fille ait trouvé un parti, fût-il, ce dernier et donc Gabriel-Mathieu, un simple hobereau de province.

Il ne put trouver le sommeil. Non pas qu'il ne fût point aroutiné aux quartiers bruyants, ceux qui jouxtaient les ports l'étant toujours, mais parce qu'il ne se sentirait tranquille que lorsque, depuis la poupe de son navire, il verrait se dissiper au loin les côtes de France. Pour l'heure, il n'avait encore accompli qu'à peine la moitié de son projet et il soupçonnait que le plus difficultueux était à venir. En fait, le temps lui était compté. C'est pourquoi dès le matin, après avoir fermé la porte de sa chambre à double tour et dissimulé la caisse sous une pile de vêtements, il se rendit sans tarder sur le port. Là, de mauvaises nouvelles l'attendaient. Un trois-mâts arrivé l'avant-veille de la Martinique rapportait qu'un mois et demi plus tôt, un ouragan menaçait de s'abattre sur l'île, ce qui l'obligea à descendre très au sud de l'archipel des Antilles, à hauteur de la Barbade, avant d'entamer sa traversée de l'Atlantique. Les marins évoquaient une brusque montée de la mer, une houle dont le grondement s'entendait jusque dans les campagnes. Si Gabriel-Mathieu n'éprouva pas trop de crainte pour son fils Jean-Baptiste et son épouse Marie-Colombe qui, à son départ, avait gagné la plantation familiale des De Mallevault, au quartier du Parnasse situé en hauteur, il en eut toutefois le cœur serré car la sienne, située tout en contre-bas d'un morne, courait d'inévitables risques. Il redoutait surtout la destruction, même partielle, des paroisses du Prêcheur et de Saint-Pierre. Là résidaient les négociants chargés d'expédier les richesses des îles au royaume de France et donc ce café dont il avait la certitude qu'il damerait le pion à l'indigo, au coton, au tabac, au cacaoyer et même à la canne à sucre. Sans ports, sans maisons de commerce, sans négociants, un planteur n'était rien même s'il passait son existence à babiller contre la gredinerie de ces derniers. Il songea alors à ce passage d'une lettre du gouverneur de la Martinique au ministre de la Marine au mois de septembre 1672, soit quatre décennies avant son arrivée dans l'île, passage qu'il avait recopié avec soin sur ce cahier qu'il tenait depuis son séjour à l'École des gardes de la marine de Rochefort et qu'il avait dénommé « Bréviaire des Amériques ». Quoiqu'il n'y notât rien de personnel mais uniquement des informations qu'il estimait utiles sur les îles et en particulier la Martinique, il l'avait toujours tenu secret, au point que son épouse Marie-Colombe n'était pas au courant de son existence. De temps à autre, il ouvrait ce qui constituait en fait un viatique et relisait ce qu'il y avait recopié, si bien qu'il était capable d'en réciter des pages entières de tête. La lettre en question parlait d'un « grand ravage » et disait ceci :

La mer a esté si horriblement emeüe qu'ayant porté ses ondes beaucoup plus loin qu'elle n'avait jamais fait, elle a rasé un grand nombre de maisons qui faisoient le faubourg de Saint-Pierre, depuis la forteresse jusques à la rivière quy passe à l'habitation des Jésuites dont l'espace est de sept à huit cents pas.

Son beau-père se souvenait de ladite catastrophe qu'il évoquait lors des repas dominicaux. On avait alors cru la colonie perdue. Elle l'avait déjà été tant de fois depuis que le comte Pierre Belain d'Esnambuc l'avait conquise au nom du roi de France ! À chaque fois, les stocks de vivres avaient été détruits et dans l'attente de navires en provenance de Bordeaux ou de Nantes, il avait fallu se contenter de patates douces et d'ignames qui, s'ils convenaient aux esclaves, n'étaient pas du goût des Blancs. Gabriel-Mathieu chercha à en savoir davantage à propos des dégâts causés par le cyclone tout en évitant de paraître trop intéressé par la Martinique. Personne ne devait savoir que le bâtiment qu'il comptait acheter aurait cette île pour destination et encore moins qu'il transporterait deux plants dérobés dans le Jardin d'Acclimatation du Roy. Les marins se montrèrent si peu loquaces qu'il redouta le pire, mais, refusant de se laisser décourager, il se mit en quête d'une flûte. C'était là l'embarcation la plus sûre et la plus discrète à la fois pour effectuer le voyage à travers l'Atlantique.

Les Hollandais étaient passés maîtres dans l'art de construire ce type d'embarcation dont ils avaient d'ailleurs été les créateurs, comme il l'avait appris à l'École des gardes de la marine. Grâce à la flûte, leur Compagnie des Indes orientales leur avait permis de régner sur la presque totalité du commerce du monde habité. Colbert avait alors ordonné leur construction mais avec du bois de chêne chevillé de fer, ce qui coûtait fort cher. Celles des Hollandais étaient en sapin et chevillées de bois et c'est l'une de celles-là dont Gabriel-Mathieu se mit en quête. Avant que la paix ne fût conclue avec ceux-ci, quelques exemplaires avaient été capturés dans la Manche et ramenés à La Rochelle et Nantes afin d'être copiés. Celle dont il aurait besoin devrait faire au moins deux cents tonneaux et pouvoir charger une vingtaine de canons. Il ne doutait pas de trouver ce dont il avait besoin dans le registre de l'amirauté du port de Nantes, mais il était rarissime qu'une seule personne se portât acquéreur d'un navire. Il lui fallait donc constituer une société avec des partenaires qui détiendraient des portions de ce dernier. Il n'était pas non plus habituel que l'on quittât le royaume de France pour naviguer en droiture, c'est-à-dire tout droit en direction des Antilles, sans faire partie d'un convoi composé de frégates chargées de repousser d'éventuels ennemis. La majorité des armements faisaient d'ailleurs un détour par les côtes d'Afrique ou les îles du Cap-Vert pour y embarquer des esclaves. Quand il eut convaincu un certain Mathurin, familier du pays d'Angole, de devenir son chef-matelot, celui-ci avait aussitôt exigé qu'ils fassent ce détour et était demeuré bec coué lorsque Gabriel-Mathieu lui avait sèchement déclaré :

— Je ne suis pas un négrier !

Au final, lui, Mathurin, tout comme le quartier-maître Sébastien Janicot, le maître-coq Théodore, le maître-canonnier Brutus et le chirurgien Monnier avaient accepté d'être portionnaires alors qu'ils n'avaient pas misé un sou dans la société chargée d'acquérir la flûte. Lors de la signature du contrat d'affrètement, Gabriel-Mathieu se rendit compte que seul le chirurgien savait signer correctement son nom. L'armateur qui vendit le navire tenta d'en faire grimper le prix, prétextant qu'il y avait fait d'importantes réparations le mois d'avant, s'agissant en particulier des mâts. Les négociations durèrent une bonne semaine et menaçaient de s'éterniser, ce qui inquiéta Gabriel-Mathieu qui savait que ses plants de caféiers ne seraient en sécurité que lorsqu'il se trouverait en haute mer. Chaque jour supplémentaire pouvait faire échouer son projet. Il finit par accepter de payer la somme de vingt-deux mille livres que Janicot trouva quelque peu excessive. Ce dernier fit, cependant, diligence pour armer le navire et y embarquer des vivres et des passagers. Gabriel-Mathieu s'étonna du nombre de gens qui espéraient un passage pour gagner l'autre rive de l'Atlantique. Parmi eux, il y avait, certes, des planteurs et leurs familles qui s'en revenaient d'un changement d'air en terre civilisée, mais aussi des Filles du Roy, ces catins raflées sur les ports de Nantes, Bordeaux ou La Rochelle, ainsi que des orphelines auxquelles nul n'avait demandé leur avis, créatures dévergondées ou innocentes qui s'en allaient rejoindre un futur mari. Sans compter les aventuriers, les repris de justice fraîchement libérés, les cadets de famille que la loi privait d'héritage, les vrais et faux savants qui se proclamaient botanistes, alchimistes, apothicaires ou interprètes en langues indigènes. Gabriel-Mathieu laissa le soin à son quartier-maître, bien plus expérimenté que lui en la matière, de choisir celles et ceux qui s'embarqueraient à bord du *Dromadaire*. Il avait été tenté d'en changer le nom mais s'était retenu, toujours par souci de discrétion. Cependant, il faillit oublier d'acheter un cahier pour tenir son journal de bord tant cette tâche lui semblait fastidieuse.

C'est donc par une plutôt agréable journée de l'an 1720 que le natif de Neufvillette prit la mer avec son précieux chargement à bord. Sa caisse au couvercle de verre, quoique en partie dissimulée à l'aide d'un morceau de tissu, avait suscité la curiosité des débardeurs, puis des matelots et des passagers. Il n'y avait qu'une poignée d'entre les membres de l'équipage à savoir ce qu'elle contenait...

[BOSTON TEA PARTY
(1773)

Ils se brunirent la peau au soleil plusieurs semaines avant la prise d'assaut, fabriquèrent des couvre-chefs ornés de plumes d'aigle et de paon, apprirent quelques pas de danse et une poignée de cris de Peaux-Rouges. Puis, ils se tracèrent des bandes noires sur le visage et sur les bras avec de la suie.

Ils furent fin prêts. Des Mohawks sur le sentier de la guerre !

Les trois navires, qui transportaient les ballots de thé de la British East India Company, avaient placidement pénétré dans le port de Boston. Leurs noms scintillaient depuis la côte. Orgueilleux. Anglais. Des enfants s'amusaient à les répéter à tue-tête en faisant la ronde : *Beaver! Beaver!* Et puis : *Eleanor! Dartmouth!* Le drapeau de Sa Majesté britannique claquait dans le vent qui s'engouffrait par rafales dans la baie. Tel un défi. Telle une provocation.

Ils étaient fin prêts.

Attendant que la lumière de l'après-midi fût moins ardente, ils préparèrent les pirogues, vraiment indiennes celles-là et dûment achetées aux mains d'une tribu amie des Blancs. Quand le soleil disparut par-delà les montagnes et qu'une douce lueur orangée se mit à irradier la terre et le ciel, ils mirent leurs embarcations à l'eau dans le silence absolu. Dépassant l'*Eleanor* qui se trouvait le plus éloigné de la côte afin d'empêcher toute retraite des trois clippers, ils se dressèrent dans les pirogues, arcs et fusils haut levés, et beuglant d'effrayants cris de guerre.

La plupart des marins britanniques disparurent des ponts pour gagner selon toute vraisemblance les cales. Des imprudents tentèrent de détacher des canots de sauvetage dans l'espoir de s'enfuir, mais quelques coups de feu tirés en l'air les ramenèrent prestement à la raison. Seuls les trois capitaines étaient demeurés à la proue de leurs navires. Stoïques dans leur bel uniforme bleu boutonné d'or. Ils ne bougèrent pas lorsque les prétendus Peaux-Rouges se hissèrent à bord, hurlant et gesticulant encore plus fort.

Les équipages se mirent à pousser des hurlements de terreur. Personne n'avait envie d'être scalpé, d'autant qu'avant d'en arriver à ce supplice ultime, ces Indiens étaient réputés conserver les Blancs en captivité durant un temps indéfini juste pour le plaisir de leur arracher cils et ongles, leur brûler les lèvres avec des tisons de charbon de bois, leur cisailler les testicules et leur crever les yeux. Tout un raffinement de sévices dont personne n'avait idée en Europe, mais qui étaient bien connus de ses flottes.

Mohawks! Mohawks!

Mais les assaillants peaux-rouges ne s'en prirent ni aux capitaines ni aux marins anglais, se contentant pour certains de les tenir en respect avec leurs arcs et leurs flèches tandis que d'autres se ruèrent dans les cales d'où ils remontèrent la cargaison de trois cent cinquante caisses de thé venues de la lointaine Inde. L'Inde orientale ! Et là – non, ils n'étaient pas des pillards, ils n'avaient pas la moindre intention de s'emparer de cette marchandise par la force – ils entreprirent de défoncer les caisses une à une à coups de hache avant de les projeter dans les flots, ne cessant de lancer ces cris de guerre terrifiants dans une langue inconnue des Anglais.

Manière de dire non aux taxes imposées par le roi d'Angleterre aux treize colonies d'Amérique du Nord. De dire non aussi à la pesante tutelle britannique. Jusqu'à ce qu'arrive la grande révolte qui chassera à jamais les fils de la perfide Albion de cette partie du Nouveau Monde. L'heure du thé fut dès lors remplacée par l'heure du café. Le premier arrivait de trop loin et coûtait trop cher. Beaucoup trop cher. Le second provenait des Antilles et du Brésil à un prix raisonnable.

Ainsi donc, après l'Éthiopie, le Yémen, l'Égypte, l'Empire ottoman, l'Italie, Java, la Hollande, la France, l'Espagne et le Portugal, la Martinique, le sobre et brûlant nectar conquit le palais de ceux qui se proclamèrent américains.

[BRÉVIAIRE DES AMÉRIQUES

Le café n'est pas aussi nécessaire aux ministres des réformés qu'aux prêtres des catholiques qui n'ont pas de femmes et qu'il rend chastes. Je suis surprise que tant de gens aiment le café, qui a un goût si amer et si mauvais. Je trouve qu'il sent exactement comme les gens qui ont mauvaise haleine.

ÉLISABETH CHARLOTTE D'ORLÉANS,
PRINCESSE PALATINE

Les Caraïbes qui les virent venir descendirent au bord de la mer, et firent tous les efforts pour lui empêcher la descente, quelques François furent blessés, mais les Caraïbes furent forcés, ils prirent la fuite, et se retirèrent sur leur montagne, où il n'y avoit qu'une seule avenue. Les François les suivirent, et malgré les pierres et les troncs d'arbres qu'ils faisoient rouler dans le chemin, le carbet fut emporté, un grand nombre de Caraïbes tués, et tout ce qu'on put attraper passé au fil de l'épée. On brûla les maisons, et on ne donna quartier ni aux femmes ni aux enfants.

PÈRE LABAT,
Nouveau voyage aux Isles de l'Amérique, 1698]

LE DRAPEAU NOIR À TÊTE DE MORT

(1720)

La vigie donna l'alarme peu avant que le soleil n'atteigne son zénith.

Jusque-là la traversée s'était déroulée sans anicroches, même si la mer se faisait de plus en plus houleuse à mesure que *Le Dromadaire* avançait dans l'Atlantique. Sébastien Janicot, le quartier-maître, quoique borgne (mauvais souvenir d'une rencontre en Méditerranée avec des Barbaresques, ne cessait-il de rappeler à ceux qui le morguaient), s'employait à rassurer ceux d'entre les marins qui n'avaient jusque-là pratiqué que le cabotage entre la Manche, la Bretagne et l'Aquitaine.

— Notre flûte porte bien son nom, mes gaillards ! Elle va nous bercer et nous secouer comme des pruniers, mais elle tiendra bon. Sauf si Lucifer, mon cher cousin, s'amuse à nous jouer un de ces tours pendables dont il a le secret. Ha-ha-ha !

Mais quand Gabriel de Clieu faisait son apparition, il se mettait au garde-à-vous alors même que celui-ci ne prêtait attention à personne, indifférent au fait que certains membres de l'équipage se saoulassent de beau matin, croyant ainsi lutter contre le mal de mer. Drapé dans une magnifique tenue bleu foncé, il faisait les cent pas d'un pont à l'autre du navire sans prononcer un seul mot. Régulièrement, cependant, il s'arrêtait pour contempler ce que les marins nommaient à son insu « la Chose ». Il s'agissait de cette imposante caisse au châssis en bois de chêne recouverte par du verre qui abritait deux arbrisseaux chétifs que ceux d'entre eux qui étaient pourtant d'extraction paysanne n'avaient jamais vus auparavant. Alors ça débagoulait toutes qualités de raconteries :

— Ce sont des pieds de pommes d'Orient.

— Point du tout ! C'est un arbre qui, lorsqu'il grandira, va donner des fleurs en or qu'il suffira de cueillir.

— Racailles, fermez donc votre caquetoire ! Vous ne voyez donc pas que nous transportons l'arbre du paradis, celui dont Ève a mangé le fruit.

Il n'y avait guère que Gabriel de Clieu, le quartier-maître, le chirurgien (un Tourangeau quelque peu colérique) et les quatre hommes d'armes, munis d'épées et de mousquets, qui faisaient la garde autour de la caisse pour savoir ce que cette dernière contenait vraiment. Soupçonné d'avoir livré ce secret à l'une des blanchisseuses qui lui avait ouvert ses quartiers sans façon, l'un d'eux, un Autrichien ou un Allemand, à ce qu'il semblait avait été incontinent enchaîné dans la geôle, à fond de cale. Le procès du couple s'était déroulé devant tout l'équipage médusé deux jours plus tard, profitant d'un épisode de calme plat. Il y avait comme cela des régions du vaste océan où inexplicablement le vent prenait la discampette. Immobile, *Le*

Dromadaire semblait comme suspendu au-dessus des eaux d'un noir profond et tout bonnement effrayant. À ces moments-là, les marins se pelotonnaient, désormais inutiles, dans tous les coins et recoins du navire, n'osant même pas porter à la bouche la bouteille de gin dont les plus soiffards ne se séparaient jamais, ravitaillés qu'ils étaient par le chef cuistot, Théodore, un bonhomme qui s'esclaffait pour un rien et qui avait l'hilarité contagieuse. Même le capitaine de Clieu semblait le craindre car il lançait parfois, l'air de rien, une fois tout le monde rangé à la défilade, écuelle à la main, afin de recevoir sa ration :

— Messieurs, je tiens votre misérable petite existence entre mes mains ! Il suffit que je vous serve des plats remplis d'asticots pour que vous rendiez vos boyaux sur-le-champ et qu'on vous enveloppe dans de la mauvaise toile afin de vous balancer aux requins. Ha-ha-ha ! Allez, il n'est pas interdit de s'esbaudir ce me semble. La traversée jusqu'en Amérique est longue. Rions donc, mes frères !

Tel fut le sort (être jeté par-dessus bord) du couple fautif qui implora, pleura, hurla, tympanisa les oreilles de l'équipage. Mais le capitaine de Clieu se montra inflexible. De ce jour, il ne fut plus fait mention du contenu de la Chose qu'à voix feutrée. Mais pareille cruauté, si elle était coutumière aux îles, surtout avec les captifs caraïbes et les esclaves noirs, n'était pas dans la nature du Dieppois. Il se donna une nuit de réflexion avant de se prononcer sur la sentence. S'il laissait passer l'indiscrétion du matelot, un moussaillon en fait

160

quoique sa stature fût celle d'un homme fait, en un virement de main, tout un chacun à bord aurait connaissance de la nature des arbrisseaux que contenait sa caisse et il ne savait pas quelles conséquences cela pouvait entraîner. Il n'avait pas eu suffisamment d'argent pour convaincre des marins un tant soit peu honnêtes de l'accompagner dans son aventure et avait dû recruter parmi des garnements. De ceux qui, à bord de bateaux négriers, avaient accompli des périples jusqu'au pays d'Angole où l'on achetait de la marchandise humaine et qui, à leur retour en France, avaient été purement et simplement renvoyés par leur capitaine ou alors l'armateur. Il avait ainsi entendu des histoires terribles de la bouche de ces rustauds une fois que le vin leur était monté à la tête, dans les caboulots du port de Nantes où il avait traîné ses guêtres plus longtemps qu'il ne l'avait souhaité, dans l'espoir de recruter un équipage aguerri. Gabriel-Mathieu n'avait qu'une vague idée de l'Afrique, du moins celle qui se trouvait au sud des contrées barbaresques, et ne savait s'ils vantardisaient à plaisir ou s'ils racontaient la franche vérité.

Il n'avait eu d'autre choix que s'enrôler une bonne dizaine de ces trafiquants de bois d'ébène, parmi lesquels se trouvait Mathurin, un grassouillet, qui, se présentant comme chef-matelot, refusa de lui donner son nom. L'homme buvait comme un trou tout en demeurant apparemment maître de ses esprits, sauf que sa langue n'avait pas de dimanche. Autour de lui, dans une taverne au nom prédestiné et saugrenu de *Paradis du diable*, il s'était constitué une cour de soiffards et de femmes de mauvaise engeance qui l'écoutaient bouche bée jusqu'à très tard. Quand il comprit que Gabriel-Mathieu était à la recherche d'hommes d'équipage, il l'apostropha au grand dam de celui-ci qui tenait à rester discret :

— Beau gentilhomme, tu veux traverser la mer des Ténèbres, hein ? Sais-tu que le voyage est pire que celui qui mène aux côtes d'Angole ? J'y ai transporté des Nègres sept ou huit fois, plutôt huit en fait, et sur la tête de ma belle-mère – que le diable lui ouvre les portes de l'enfer, cette vieille catin ! –, à chaque fois, j'ai cru terminée ma chienne d'existence avant l'heure.

Gabriel-Mathieu n'avait révélé à personne qu'il avait déjà accompli ce trajet et qu'il n'en minimisait aucun des dangers. Personne ne devait savoir qu'il avait été planteur de canne à sucre aux Antilles et qu'il y avait amassé un petit pactole. Il jouait donc à l'hurluberlu questionnant les uns et les autres sur les dangers de la mer Atlantique et sur ces îles que l'on décrivait comme paradisiaques, allant jusqu'à pousser des exclamations d'étonnement ou d'enthousiasme lorsqu'on en venait à lui parler de quelque animal bizarre comme le lamantin ou de la démence des vents à la saison des ouragans. Les histoires de Mathurin lui baillaient, par contre, des sueurs froides car il prenait conscience du fait que la cruauté que faisaient régner les Blancs au pays d'Angole était bien pire qu'aux îles de l'Amérique. Au dire de celui-ci, dès qu'un navire y accostait, la première chose à laquelle songeait l'équipage était d'assouvir sa soif de chair féminine.

— Les Négresses sont des créatures bien mal-gracieuses, mon gentilhomme, mais elles ont le corps plus ferme et les seins mieux accrochés que nos femelles d'ici. C'est qu'elles s'échinent à travailler alors que leurs hommes ne sont que de foutus fainéants qui passent leur journée à l'ombre d'un arbre à bavasser tout en mâchant de la noix de cola. Cette graine est dégoûtante, elle vous assèche la langue et le fond de la gorge, vous noircit les dents, mais elle a l'extraordinaire pouvoir de réveiller le braquemart le plus mollasson. Ha-ha-ha !... Donc tant que tu es sur la mer, tu ne rêves que d'étreindre une gueuse, ça te rend presque fou, tu en rêves sans cesse et puis une fois que tu as débarqué, tu te rends compte que tu t'es transformé comme qui dirait en chiffe molle. Le roulis du bateau t'a esquinté les reins et sur la terre ferme, tu marches de guingois, ce qui fait rire les Nègres.

Dans les comptoirs du pays d'Angole, des femmes étaient chargées de remettre les équipages sur pied et s'y employaient de rude manière, se gaussant dans leur langage barbare et incompréhensible de ceux qui s'affaissaient sur elles à peine les avaient-ils pénétrées. Elles étaient méprisées par leurs congénères, mais les chefs de village les utilisaient pour amadouer les Européens et leur soutirer de la pacotille ou parfois des fusils. Mathurin, lui, dédaignait ces créatures qui, à l'en croire, couvaient des maladies qu'aucune médecine européenne ne savait soigner. Des maladies mêlées, en effet, à de la sorcellerie nègre, laquelle était bien plus redoutable que celle des campagnes françaises.

— Ces gens ne sont pas comme nous autres, monsieur dont je ne sais pas encore qui me parle et ce qu'il me veut vraiment. Ils vénèrent des fétiches et vomissent notre religion chrétienne jusqu'à brûler les croix, que nous plantions un peu partout, une fois que nous avons levé l'ancre pour regagner notre patrie bien-aimée... Mais moi, Mathurin, sacredieu! je n'ai jamais eu peur de leurs invocations ni de leurs malédictions. Dès que je suis à terre, je quitte le port et j'accours au village le plus proche. Là, il y a des jeunesses d'une quinzaine d'années qui sont déjà presque des femmes et personne ne les a encore touchées. De la chair fraîche en somme! Dès qu'elles voient un homme blanc, elles s'éparpillent dans les bois en criant et on doit les poursuivre en tenant en respect les hommes, surtout les vieux, qui tentent de nous retenir avec des supplications ou quelquefois des menaces. Leurs arcs et leurs flèches capitulent rapidement face à nos mousquets. Il suffit de tirer deux coups en l'air et la voie est libre. Ha-ha-ha!...

Un jour, Mathurin avait fait le malheur de courser une jeune fille dans le bois sacré d'un pays de Guinée et, l'ayant rattrapée après avoir longtemps tourné en rond, il avait déchiré son pagne et s'était empalé en elle à même le sol qui avait rougi d'un seul coup. Elle s'était évanouie, mais il avait continué à la besogner jusqu'à ce qu'elle ne se débatte plus. Elle avait passé de vie à trépas! Stupéfait, il s'était empressé de recouvrir son corps de feuillages et avait rebroussé chemin, se perdant au mitan de ce bois sacré qui était immense pour autant qu'il put en juger. Au matin, il finit par retrouver le village et vit que tous les hommes s'étaient postés en grand arroi de guerre à la limite de cette mystérieuse forêt. Ce qui l'inquiéta le plus c'est qu'ils ne se livraient à aucune de ces gesticulations ni ne poussaient aucun de ces glapissements dont les Nègres étaient coutumiers. Ne débâillonnant pas les dents, immobiles, leurs armes à la main et pointées dans sa direction, ils semblaient l'attendre. Il hésita à avancer vers eux, mais le mauvais chemin de terre rouge qui conduisait au port traversait leur village. Sans un mot, des guerriers l'entourèrent, le menaçant de leurs sagaies, toujours sans mot dire, puis un homme leur lança un ordre. Ils ceinturèrent Mathurin et le ligotèrent avec une liane avant de le traîner jusqu'à une case mieux entretenue et même joliment décorée qui se trouvait un peu en retrait des autres. Là, un vieillard qui tirait sur une longue pipe en terre le dévisagea et fit un geste brusque de la main aux guerriers qui se retirèrent.

— Ce chef-là baragouinait un peu le portugais et moi, j'avais grappillé quelques phrases de cette langue au cours de mes voyages, avait continué Mathurin, soudain hilare. Il me reprocha d'être entré dans leur bois sacré. C'était la première fois que j'entendais cette expression que je mis du temps à déchiffrer...

Les divinités protectrices du village y résidaient et nul n'était autorisé, hormis le chef du village et quelques dignitaires, à y pénétrer sans y avoir été préparé. L'un de ses baobabs avait mille ans et c'est à son entour que l'on processionnait pour implorer la fin d'épidémies ou la tombée de la pluie en période de sécheresse persistante. Ces Nègres étaient bien crédules! Naturellement aucun homme blanc n'était autorisé à pénétrer dans les bois sacrés, lieu également interdit aux albinos. Quand pareille violation de la coutume avait lieu, le coupable était incontinent mis à mort et son cadavre balancé dans le fleuve pour servir de nourriture aux crocodiles. Mais Mathurin parlementa si bien avec le chef nègre qu'il réussit peu à peu à l'amadouer. Il lui mentit en lui faisant croire que son bateau convoyait tout un chargement de fusils flambant neufs et des munitions que les Blancs étaient venus troquer contre des esclaves. Puis, se rendant compte que ce village disposait à peine d'une douzaine de prisonniers de guerre, il s'empressa d'ajouter que chacun d'eux valait désormais une caisse de fusils, là-bas, de l'autre côté de la mer. Le chef, après des heures de palabres, accepta son offre et en grande pompe, suivi de sa tribu, il se rendit à l'appontement où se trouvait le navire de Mathurin qui, dès qu'il aperçut son capitaine, s'écria :

— Massacrez ces sauvages nègres! Ils mangent de la chair humaine et salivent déjà à la seule idée de se régaler de la vôtre. Massacrez-les jusqu'au dernier!

Tels étaient les hommes que Gabriel-Mathieu avait donc recrutés pour constituer son équipage, et donc faire preuve de mansuétude à leur égard pouvait se révéler dangereux. Il ne savait pas si le moussaillon qui avait trahi son secret était de la même trempe qu'eux, mais il lui fallait faire un exemple. Cependant, il se retira dans sa cabine

166

afin de ne pas assister à l'exécution de la terrible sentence. Mais il reprit vite ses esprits lorsque la vigie hurla une demi-heure plus tard :

— Drapeau à tête de mort à bâbord! Ale-e-e-erte!

Voyager sur l'Atlantique était dangereux et commander à un équipage de mauviettes ou d'enfants de chœur revenait à se livrer poings et pieds liés au plus fatal des destins. Le quartier-maître Sébastien Janicot, qui faisait office de timonier, le chef-matelot Jeannot et la bande de sans-aveu qui l'accompagnaient n'iraient sans doute pas au paradis, même pas au purgatoire, mais au moins, dans ce monde-là, leur férocité lui serait bien utile. Précieuse même. Il directionna sa longue-vue à bâbord et pour de vrai, à travers la légère brume de cette matinée qui commençait à peine à s'ensoleiller, il vit flotter, superbe, arrogant même, le sinistre emblème. Par contre, sur les ponts, il ne repéra âme qui vive.

— Ces forbans se sont cachés à fond de cale, capitaine, dit Janicot qui, debout à ses côtés, la main en visière, tentait lui aussi d'apercevoir l'ennemi. Ils attendent que nous soyons assez près d'eux et vont jaillir de partout, armes à la main, pour nous arraisonner. Il faut donner du canon maintenant, capitaine. Sans plus tarder!

Gabriel-Mathieu semblait réticent à faire ouvrir le feu sur un vaisseau qui ne faisait montre d'aucune hostilité particulière à l'égard du sien. Les pirates, s'il y en avait à bord, donnaient l'impression de faire tranquillement leur chemin, à une dizaine de miles du *Dromadaire* qu'ils ignoraient ou qu'ils n'avaient peut-être même pas vu.

Et si l'on avait affaire à un navire à l'abandon ?
À moins qu'une maladie n'ait décimé l'équipage
dans sa totalité. Ce genre de péripéties était fréquent en Atlantique et Gabriel-Mathieu avait eu
l'occasion d'en lire moult relations. Les cogitations dans lesquelles il était plongé cessèrent d'un
seul coup lorsqu'un deuxième drapeau noir, plus
grand que le premier, fut hissé au mât principal du
mystérieux navire et que des hommes en nombre,
arborant des tricornes noirs, jaillirent sur son pont
avant.

— Il faut les canonner maintenant, capitaine !
réussit à balbutier le quartier-maître.

[QUAND POÉSIE S'ENIVRE DE CAFÉ

S'il fit danser des chèvres sur les hauts plateaux du pays
d'Abyssinie, aux temps antiques, et aida leurs moines
coptes à invoquer Notre Seigneur ainsi que son fils Jésus-
Christ durant des nuits entières sans qu'ils s'accordassent
le moindre repos, s'il soigna Mahomet d'une vilaine
affection qu'aucun médecin ne parvenait à identifier et
lui insuffla force et courage dans son combat contre les
mécréants, s'il enchanta la cour des mamelouks en Égypte,
puis celle de la Sublime Porte, s'il gagna les rives européennes de la mer Méditerranée avant de traverser la mer
des Ténèbres jusqu'à ce monde qu'on déclara nouveau,
partout, il enflamma le cœur et l'esprit des poètes anciens.
Partout à travers la planète !

Celui qui le chanta le mieux, s'il faut en croire les vieux
grimoires, fut le poète cairote Abdelkader Al-Hanbali dont
les vers étaient récités dans toutes les terres où la religion
de Muhammad avait planté son étendard, ce qui veut dire
du djebel Al-Tariq, que les chrétiens nomment Gibraltar,
au Couchant, jusqu'au Turkestan oriental, c'est-à-dire aux

marches de l'Empire chinois. Ce qui veut dire aussi de Budapest, au cœur de l'Europe, jusqu'aux pays des Nègres situés au-delà du grand désert du Sahara.

Écoutons Al-Hanbali car jamais chant ne fut si beau :

Ô café, tu dissipes tous les soucis. Tu es la boisson préférée des
sages...
Ton arôme humilie celui du musc. Tu as la couleur de l'encre
dans laquelle le lettré trempe son qalam...
Comme des moineaux apercevant un faucon, tous les chagrins
s'enfuient devant une tasse de café.
Il n'y a pas longtemps qu'une vallée du Yémen l'a vu naître...
C'est la boisson des fils du Seigneur. C'est la source de la santé.
C'est le torrent qui emporte nos peines. C'est le feu qui
consume notre tristesse...
La boisson délicieuse. Sa couleur est le cachet qui répond de sa
pureté. Prends beaucoup de café mon frère, et n'écoute pas les
insensés qui le condamnent sans motif.

Enjambons les siècles et les siècles jusqu'à Théodore de Banville, ce grand ami de Hugo et de Baudelaire ! Il chante ainsi, ce poète du bonheur :

> *Ce bon élixir, le Café*
> *Met dans nos cœurs sa flamme noire ;*
> *Grâce à lui, fier de sa victoire,*
> *L'esprit subtil a triomphé.*
> *Faux Lignon que chantait d'Urfé,*
> *Tu ne nous en fais plus accroire ;*
> *Ce bon élixir, le Café*
> *Met dans nos cœurs sa flamme noire.*

Et tant d'autres élégies qui célébraient cette modeste cerise !]

Que j'aime voir se refermer les paupières du ciel lorsqu'à la nuit close, l'océan soudain desserre son étreinte et que nous voguons comme emportés par une grand-voile de silence! Parfois, des zébrures violettes traversent les cieux, mais ce ne sont point des éclairs car elles ne sont suivies par nul grondement du tonnerre. Ce sont, à n'en point douter, des comètes. Ou alors les âmes de marins naufragés. Ou tout simplement ces rêves qu'étrangement, il nous arrive de faire quoique éveillés.

Si je me sens bien dans mon uniforme de capitaine et si, assure-t-on, je porte beau, je n'ai jamais eu ni n'aurai jamais l'âme d'un marin. Je m'étais, dès mon adolescence, rêvé planteur de tabac aux îles de l'Amérique et n'y ai réussi qu'à planter, certes avec un indéniable succès, de la canne à sucre et un peu de cacaoyer. Maintenant, j'y retourne avec ces plants de café dont je n'ai aucunement la certitude qu'ils survivront à notre déjà épuisant voyage. La caisse qui les protège est certes solide, mais une attaque de flibustiers ou une tempête effroyable comme il y en a tant en Atlantique pourraient leur être fatales.

C'est qu'ils ont besoin, ces arbrisseaux, non seulement de soins, mais aussi d'amour. Il ne suffit pas de les arroser plusieurs fois au cours de la journée ou de les ensoleiller au petit matin. Il faut aussi leur murmurer des tendretés, leur chantonner des berceuses, les mignonner du doigt parfois pour qu'ils sentent que l'on tient à eux. Toutes choses auxquelles je m'applique dans la discrétion que procure ma cabine. Une fois pourtant, ce diable de Mathurin, le chef-matelot, m'avait apostrophé parce que je lui avais adressé des remontrances à cause de l'état de saleté du pont arrière.

— Capitaine, sauf votre respect, vous n'avez, j'en suis sûr, jamais vu un caféier. Est-ce que je raconte des menteries?

J'avais alors accusé le coup. Lui, le forban, le bourlingueur, le violenteur de Négresses nubiles et l'assassin même, avait eu maintes fois l'occasion d'en voir au cours de ses pérégrinations au pays d'Angole. Moi, par contre, je n'avais pu en contempler, comme c'était mon souhait, dans le Jardin d'Acclimatation du Roy. Il avait fallu agir vite et dans l'obscurité, seulement éclairés, le directeur des lieux et moi, par une lanterne. Une fois que nous eûmes, avec mille précautions, déraciné les deux arbrisseaux, nous avions pris nos jambes à notre cou afin de ne pas nous faire surprendre par quelque ronde de la garde.

Non, en effet, je n'avais jamais vu de mes yeux vu un caféier! Sauf sur les planches des ouvrages de botanique.

Peut-être était-ce un peu comparable à cette forme d'amour à distance que chantaient autrefois les troubadours. Ce sentiment puissant qui étreignait un homme à la vue d'une dame qu'il n'approcherait jamais et qui durerait l'entier d'une vie. Peut-être... Ou alors, plus prosaïquement, étais-je la proie d'une simple lubie? Chaque être humain n'en couve-t-il pas une? La plupart du temps, il la dissimule pour ne pas être regardé de travers.

Mon journal de bord prouve que je ne serai jamais un vrai marin. Les considérations que j'y consigne n'ont rien à voir avec ce qu'exige le métier de capitaine quand bien même il me fut donné d'en apprendre tous les rouages, d'abord comme garde de marine, puis comme enseigne de vaisseau. J'espère que personne ne mettra jamais la main dessus car ce qui aurait dû jaillir de ma plume aurait dû ressembler à ceci :

Temps mitigé à notre départ de Nantes avec d'inquiétantes masses nuageuses à l'horizon et un vent d'environ trente nœuds. Nous ne hissons pas la voile d'artimon pour le moment.

Les trente-sept hommes d'équipage et les vingt-quatre passagers sont tous en bonne santé comme l'a constaté notre chirurgien de bord.

Nous avons chargé quatre grands tonneaux d'eau douce, des ballots de citrons, des sacs de fèves, de pois et de lentilles, trois porcs, une dizaine de poules et de lapins.

Nous n'avons croisé à ce jour qu'un seul bâtiment battant pavillon anglais qui nous a salués en tirant trois coups de canon. Nous en avons fait de même. Le quartier-maître Janicot m'a informé que plus nous nous dirigerons vers l'ouest, plus nous en rencontrerons qui ne nous voudront pas du bien : Espagnols, Hollandais ou flibustiers.

Je me promets de tenir ce journal de plus droite manière à l'avenir.]

L'ATTAQUE DES PIRATES

Le quartier-maître Janicot n'aimait pas du tout la route qu'avait choisie son capitaine, celle qui consistait à descendre de Nantes jusqu'au golfe de Gascogne avant de longer les côtes nord de l'Espagne, puis le Portugal, avant de virer plein ouest, droit vers les Amériques. Il avait gardé un très mauvais souvenir de son séjour chez les Barbaresques après l'abordage de son navire par ces pirates d'Alger, mélange de Kabyles, d'Arabes, de Turcs et de convertis européens dont la légende du plus célèbre d'entre eux, le fameux Khayr al-Din Barberousse, natif d'Albanie, faisait frémir les équipages les plus durs à cuire. Les assaillants n'avaient pas fait de quartiers, ne conservant en vie que ceux qui comme Janicot possédaient, de par leur grade, des connaissances sérieuses en matière de navigation. Les simples marins, eux, furent tous passés au fil de l'épée.

Ramenés à terre, la petite vingtaine de survivants fut conduite dans une sorte de vaste prison à ciel ouvert où se trouvaient enchaînés des Siciliens, des Sardes, des Corses, des Italiens, des Français et des Espagnols mais, ô surprise! des Nègres que Janicot voyait pour la première fois de près. Dans tous les ports où il avait exercé ses talents, que ce soit La Rochelle, Dieppe, Nantes ou Saint-Malo, il en avait aperçu quelques-uns mais ne leur avait guère porté d'intérêt. Or, là, dans ce chaudron où la température à l'heure de midi était proche de celle des Enfers, ils étaient nombreux et surtout entassés dans les mêmes geôles que les Blancs. Le premier matin de son installation sur cette terre étrangère, l'appel du muezzin le fit frissonner avant de le terrifier. Ce long hululement qui semblait jaillir des entrailles de celui qui le lançait avait le même effet sur les autres prisonniers, même ceux qui croupissaient en cet endroit depuis des années. Et cet appel était répété à intervalles réguliers tout au long du jour, chose qui contribuait à intranquilliser chacun encore davantage.

— Il te suffit de proclamer qu'il n'y a qu'un seul Dieu et que son prophète est Mahomet, lui glissait régulièrement à l'oreille, à l'heure où était servie aux captifs leur maigre pitance, un Français converti. Tu verras que tu recouvreras sur-le-champ ta liberté!

D'aucuns, parmi les captifs chrétiens mais surtout parmi les Nègres, brisés par l'insupportable de leur condition, choisissaient de franchir le pas et d'embrasser la prétendue religion mahométane. D'ailleurs, nombre de chefs barbaresques n'étaient autres que des Européens qui avaient renié le Christ et se montraient encore plus féroces que les natifs du pays. Un Sicilien, qui avait été jeté dans la même cellule que Janicot et prétendait

174

avoir navigué jusqu'au Bosphore et donc chez le Grand Turc, lui apprit que ce dernier avait toutes les peines du monde à contrôler ses colonies d'Afrique du Nord.

— La Barbarie dépend certes de la Sublime Porte et cette dernière a des représentants, des deys, à Alger et à Tunis, mais eux-mêmes tremblent devant la sauvagerie de ces pirates. Avant ils organisaient des razzias sur la terre ferme et maintenant la Méditerranée est devenue leur terrain de jeu. Je ne donne pas cher de notre peau !

Un matin, Janicot et une douzaine d'autres captifs furent halés sans ménagement jusqu'à une place fort bruyante où des marchands s'adonnaient à des transactions en espèces sonnantes et trébuchantes, mais aussi parfois en or et même en pierres précieuses. On y vendait de tout : des chameaux, des chevaux, des moutons, des dattes, des oranges, des figues de Barbarie, des toiles chamarrées, des tapis de prière magnifiquement brodés, des amulettes, des chèches et des djellabas. Et aussi des êtres humains ! Sur une sorte d'estrade, une vente aux enchères allait d'ailleurs bon train. Les geôliers de Janicot et ses compagnons d'infortune les hissèrent dessus et aussitôt les dénudèrent. Des acquéreurs potentiels s'approchèrent de ce cheptel humain et se mirent à le palper, y compris ses génitoires. Ceux d'entre les esclaves qui se refusaient à ces humiliants attouchements subirent une furieuse avalanche de coups de fouet de la part de leurs geôliers qui les accablèrent d'insultes. Deux Sardes furent alors troqués contre une somme équivalente à trois mille piastres, un Italien et un Nègre pour deux fois moins à cause de leur constitution d'apparence débile. En un battement d'yeux, la marchandise humaine fut écoulée, sauf Janicot qui ne trouva pas preneur à cause d'une vilaine blessure au bras qui tardait à cicatriser et au bandeau noir qui lui barrait la partie gauche du visage, dissimulant un œil passablement amoché lorsque son navire avait été attaqué. Cela devait lui sauver la vie car il fut ramené de mauvais gré à sa geôle par des soudards qui avaient débattu pour savoir s'il ne fallait pas l'abattre sur-le-champ puisqu'il était invendable, mais qui en furent dissuadés par un violent orage qui s'abattit sur Alger.

Un jour, par la fenêtre de sa geôle, Janicot aperçut une procession de dignitaires barbaresques, vêtus de rutilante manière, à la tête de laquelle se trouvait un homme aux traits européens et, à deux pas derrière lui, une magnifique créature blonde qui avançait tête baissée. L'espace d'une fraction de seconde, le regard de cette dernière croisa le sien et il en fut tout bonnement bouleversé. Les yeux d'un vert profond de la jeune femme reflétaient un étrange mélange d'accablement et de fierté.

— Le raïs est en visite dans notre palace pour chrétiens enchaînés, ricana le Sicilien. De temps à autre, il vient vérifier que l'on nous applique ces tortures si raffinées dont les Orientaux ont le secret... Bon, lui, n'est pas musulman de naissance, mais converti... C'est un Maltais et donc un presque cousin à moi. Ha-ha-ha !

Quant à la déesse à la chevelure d'or, il s'agissait, toujours selon le Sicilien, d'une captive d'Islande.

Janicot comprit d'abord « d'Irlande », l'idée que les Barbaresques pussent s'aventurer à l'extrême nord de l'Europe lui paraissant invraisemblable, mais il se trompait. Des pirates de Salé, sur la côte marocaine, avaient bel et bien effectué un raid contre la petite île froidureuse où, lorsqu'il pratiquait la pêche à la morue, son navire s'arrêtait pour se ravitailler en eau et en vivres. Le nom de la captive, sans doute mal prononcé car imprononçable, y compris pour un gosier chrétien, était connu de toute la Barbarie : Guoriour Simonardottir. On en faisait des gorges chaudes, le turquifiant ou l'arabisant à loisir. Janicot tomba à cet instant-là en amour pour la princière apparition que pourtant il ne revit plus jamais. Son visage, ses yeux, ses bras, sa démarche, tout cela s'imprima à jamais dans son esprit comme l'image de l'amour parfait, lui qui n'avait expérimenté que les fornications tarifées dans les bouges portuaires avec des ribaudes.

Sébastien Janicot pourrit quelque huit mois dans les geôles barbaresques lorsque l'attaque surprise d'une escadre anglaise réussit à délivrer plusieurs centaines de captifs. C'est à cette occasion qu'il eut la confirmation que non content d'écumer celle qu'ils appelaient bizarrement la mer Blanche intérieure, *Al-Bahar al-Abiad al-matawassat* dans leur dialecte, ces pirates franchissaient le détroit de Gibraltar pour s'en aller ravager les côtes du Portugal, d'Espagne, de France, d'Angleterre et même de Scandinavie. En riposte, des bricks anglais faisaient le même trajet mais à l'inverse, s'en prenant à tout Barbaresque qu'ils croisaient, poussant même l'audace jusqu'à investir les villes côtières. C'est au cours d'un intense bombardement d'Alger par la marine de Sa Majesté britannique que, dans la panique, nombre de captifs purent prendre la discampette et certains, comme Janicot, embarquer à bord d'un des vaisseaux de l'escadre. Tout heureux de sa bonne fortune, le Dieppois n'en gardait pas moins une dent contre les habitants d'outre-Manche pour la raison qu'ils avaient, en 1694, complètement détruit sa ville natale qui avait subi le feu et la foudre de pas moins d'une quarantaine de vaisseaux. Certes, il n'était âgé que de seize ans à l'époque, mais il avait vu les fortifications s'effondrer dans un fracas épouvantable, puis les hautes maisons bourgeoises du bord de mer et surtout des cadavres étêtés ou éventrés un peu partout.

Janicot se renferma dans le mutisme jusqu'à ce qu'il pose pied à terre dans la ville qui l'avait vu naître et qui suite à ce désastre ne retrouva plus jamais son lustre d'antan. C'est dire donc s'il redoutait les dangers que recelait le trajet choisi par Gabriel de Clieu qu'il n'osait contredire, non seulement parce que ce dernier était le capitaine du *Dromadaire*, mais aussi parce qu'il était chevalier. Ce titre interdisait à un roturier tel que lui de faire la forte tête, fût-il mille fois plus expert en matière de navigation puisqu'il avait participé à de nombreuses expéditions vers Terre-Neuve et plus loin, ce Canada qu'on avait rebaptisé Nouvelle-France. De simple pêcheur à la morue, il s'était métamorphosé en corsaire, puis en pirate, devenant un expert en écumerie de mer puisque aucun port de la mer du Nord, de la Manche, de l'Atlantique et de la Méditerranée n'avait de secret pour lui. Ne bombait-il pas le torse, déclarant à qui voulait l'entendre qu'il avait vogué sur les sept mers de l'univers ?

— C'est un Dieppois, Jean Cousin, qui le premier a franchi le cap de Bonne-Espérance, sachez-le ! aimait-il à se rengorger lorsqu'un quidam s'avisait, dans l'une de ces tavernes étrangères qu'il fréquentait assidûment lorsqu'il se trouvait à terre, de lui chercher noise.

Le mauvais pressentiment qui assaillait le quartier-maître se révéla vrai.

Sauf que le drapeau noir à tête de mort avec deux tibias entrecroisés qui flottait sur le mât principal du navire qui les avait pris en chasse dès leur entrée en Atlantique n'avait rien de barbaresque. Le leur était rouge et vert accompagné d'un croissant et d'insignes de la Sublime Porte. Il inspirait une telle terreur que le vert, couleur qui se voit de loin, incitait les équipages de navires marchands à virer de bord sans délai ou, quand il était trop tard pour effectuer cette délicate manœuvre, à abandonner leur embarcation. Les marins se précipitaient alors dans des canots de sauvetage de peur d'être réduits en esclavage, préférant livrer aux pirates d'Allah leur précieux chargement. Si les alter ego chrétiens de ces derniers ne possédaient pas de territoires à eux, seulement des îles désertes dispersées dans la mer des Antilles et quelques enclaves isolées à Cuba, Hispaniola et Portorique, et n'étaient donc pas intéressés à mettre qui que ce soit aux fers, par contre, ils tailladaient, mutilaient, décapitaient et massacraient sans le moindre état d'âme. Pas de quartiers! hurlaient-ils au moment d'assaillir leur proie.

Une flûte pouvait embarquer une vingtaine de canons pour pouvoir faire face en cas de mauvaise rencontre, mais Gabriel de Clieu, toujours pour ne pas attirer l'attention sur l'expédition qu'il préparait, n'avait accepté d'en embarquer que la moitié en dépit des recommandations répétées de Brutus, le maître-canonnier. Or, selon la vigie, le navire arborant un drapeau à tête de mort qu'il apercevait dans le lointain, à tribord, était une frégate, c'est-à-dire un trois-mâts qui pouvait charger une soixantaine de canons et près de deux cents hommes. Ces derniers seraient par conséquent, si la chose se confirmait, trois fois plus nombreux que ceux du *Dromadaire*. Sentant l'inquiétude monter, le quartier-maître toqua à la porte de la cabine de Gabriel de Clieu, lequel l'avait regagnée, insouciant, et devait être plongé dans l'un de ces ouvrages savants qu'il affectionnait tant, en particulier les traités de botanique. Toutes les heures, le capitaine s'arrachait à sa lecture et s'en allait vérifier sa caisse et ses arbrisseaux, s'inquiétant lorsque le ciel était trop voilé et vérifiant qu'ils avaient eu leur ration d'eau.

— Capitaine, pardon de vous importuner! cria Janicot, le bruit des vagues étant assourdissant.

— Qu'y a-t-il?

— Danger à cinq miles de nous, capitaine... à tribord. La vigie a dit voir à nouveau un drapeau à tête de mort.

— Il a trop forcé sur le rhum, cet abruti. Faites-le-moi descendre derechef et remplacez-le, Janicot!

180

Nous venons à peine d'entrer en Atlantique et il n'y a pas de pirates si loin des Antilles. Et puis, cela fait déjà deux fois qu'il a lancé de fausses alertes, si je ne m'abuse?

Un hourvari se fit entendre du pont avant et fit sursauter les deux hommes. Des membres d'équipage s'affairaient sous les ordres du maître-canonnier, un robuste gaillard originaire de La Rochelle qui avait refusé d'embarquer sans celui qu'il appelait « mon bon Nègre ». De Clieu avait bien tenté de l'amadouer en lui proposant une meilleure rétribution financière, mais le bougre, qui portait le nom singulier de Brutus, n'avait rien voulu entendre.

— Y a pas meilleur fournisseur de poudre que Yako, avait-il insisté. La mitraille, ça le connaît! Je l'ai acheté fort cher aux îles Canaries des mains d'un Espagnol qui lui-même l'avait acheté à un Portugais, et depuis je n'ai jamais eu à me plaindre de lui. N'est-ce pas, mon brave?

— *Si, señor...*, avait balbutié l'esclave, les yeux baissés.

Le maître-canonnier disait vrai : Yako l'aida à charger les canons en six-quatre-deux alors même que certains d'entre les membres d'équipage, visiblement pris de terreur, avaient gagné le pont arrière au pas de course. L'Africain possédait une intelligence hors du commun, parlant plusieurs langues de son pays ainsi que le barbaresque, l'espagnol, le français et l'anglais. Une amicalité pour le moins étrange s'était établie entre le capitaine de Clieu et lui puisqu'on pouvait les voir, l'après-midi, en train de deviser en toute tranquillité à côté de la caisse au couvercle de verre. Il se fit bruit qu'en fait, Yako avait déjà fait et refait la traversée de l'Atlantique. D'abord comme esclave, enchaîné à fond de cale, puis comme flibustier jusqu'à ce que lors de l'attaque ratée d'un galion de l'Armada espagnole, il fût capturé et transféré à Tenerife, la plus grande des îles de l'archipel des Canaries.

Une violente canonnade secoua *Le Dromadaire*, jetant à bas l'une de ses voiles, le beaupré, sembla-t-il, provoquant cette fois une vraie panique chez l'équipage qui, hormis un homme de quart, s'en était allé se défatiguer une fois les dernières lueurs du phare du Cordouan, dans l'estuaire de la Gironde, estompées. À cause de l'obscurité, l'ennemi apparut tout d'abord beaucoup plus gros qu'en réalité, mais à mesure qu'il approchait, toutes voiles dehors, en vue d'effectuer un abordage, Gabriel-Mathieu se rendit compte qu'il ne s'agissait que d'un chebek pouilleux comme il arrivait qu'on en ramenât dans les ports de Dieppe ou de Nantes. Ces Barbaresques s'aventuraient ainsi loin de leurs territoires pour effectuer des razzias ou tout simplement mus par l'obsession de détruire villages ou parfois villes chrétiennes. Leur navire, muni à la fois de voiles et d'avirons, pouvait naviguer par tous les temps et faisait montre d'une rapidité sans égale, comme c'était le cas de celui qui fonçait sur *Le Dromadaire*.

Par bonheur, de Clieu ramenait toujours la serre abritant les deux plants de café dans sa cabine peu avant la chute du jour, non seulement pour la protéger des bourrasques, mais aussi pour lui permettre de bénéficier de davantage de chaleur. Quand, au mitan de la nuit, le froid se faisait glacial, il la recouvrait de tous ses vêtements qu'il ôtait précipitamment de sa malle. Même par temps calme, il se levait plusieurs fois, cela jusqu'à l'aube, pour les contempler. Ces arbrisseaux, à l'aspect si quelconque que les membres de l'équipage avaient le plus grand mal à comprendre la passion qu'il leur portait, feraient non seulement sa fortune, mais agrandiraient les richesses du royaume de France, une fois acclimatés à la Martinique. Il n'avait pas la moindre incertitude à ce sujet et était prêt à donner sa vie, s'il le fallait, pour qu'ils puissent arriver à bon port. Pris d'une soudaine inspiration, il se précipita dans sa cabine, se saisit de la serre qu'il transporta, à l'aide de deux matelots, à fond de cale, jusqu'à la cachette des passagers, et la plaça sous la protection de Louisa.

— Plutôt mourir que d'être amenés comme captifs en Barbarie! lança-t-il à ses marins à l'instant où la proue du chebek frappa leur navire.

De Clieu s'assura que Louisa, cette jouvencelle qui le couvait des yeux depuis l'appareillage du *Dromadaire,* et ses parents fussent bien à l'abri. Comme tous les autres passagers, affolés, ils s'étaient d'abord recroquevillés tout au fond du pont arrière et s'abîmaient en prières et supplications au Très-Haut. Puis, il ordonna aux canonniers d'ouvrir le feu sur le bâtiment corsaire qui tressauta sous une salve d'une dizaine de coups, mais ne se brisa pas. L'ennemi fit alors mine de s'éloigner et une accalmie s'installa, à peine troublée par la mélodie des vagues qu'un vent doucereux soulevait. La nuit noire s'imposa à nouveau, encore plus noire parce que de Clieu avait fait éteindre tous les fanaux. L'équipage s'était rassemblé autour de lui, attendant d'autres consignes, mais le brillant élève des gardes de marine de Rochefort n'avait jamais été confronté à une vraie bataille navale. Son navire-école n'avait arraisonné que de modestes trafiquants au large des côtes françaises, lesquels se rendaient le plus souvent sans combattre. Le quartier-maître Janicot, marin avisé, amiral dans l'ordre inique de l'écumerie de mer, comme il aimait à se définir quand son humeur était à la rigolade, le tira d'affaire :

— C'est une finauderie très habituelle des Barbaresques, expliqua-t-il à voix feutrée. Ils se préparent à revenir. Gardons l'œil ouvert, capitaine !

Il ne s'était pas trompé. Environ trois quarts d'heure plus tard, le chebek réapparut, illuminé par les flammes de la canonnade qu'il tira à tribord cette fois, chose qui prouvait qu'il avait contourné habilement *Le Dromadaire*, bien trop lourd, lui, pour se livrer à pareille manœuvre. Quoique prévenu, l'équipage de ce dernier, tout comme les passagers, céda à la panique, partant en débandade et poussant des cris d'effroi lorsque la coque du navire ennemi éperonna une nouvelle fois *Le Dromadaire*.

— Feu à volonté ! s'écria de Clieu, au bord de perdre ses moyens.

— Ça ne sert à rien, capitaine, rétorqua le quartier-maître. Il est tout contre nous à présent et

184

ces pirates vont monter à l'abordage. Sortons nos mousquets!

C'est alors que le chef des pirates sauta à bord du *Dromadaire*, poignard à la main, suivi par les plus intrépides d'entre ses coreligionnaires munis de sabres et de pistolets à silex, émettant des hurlements en langue barbaresque. L'équipage reflua lorsque trois hommes tombèrent sous les balles ennemies, mais de Clieu, lui, se saisit d'une hachette d'abordage et, habité par une force qui ne lui était point habituelle, se rua sur le chef et lui trancha la tête d'un seul coup. Presque immédiatement, les assaillants s'arrêtèrent avant de battre en retraite dans le plus grand désordre, suppliant Allah d'accourir à leur secours. Tentant de regagner le chebek qui commençait à prendre ses distances, grâce à ses galériens qui actionnaient leurs avirons, certains tombèrent à l'eau en jurant. Enfin, après avoir lâché une ultime bordée, le navire ennemi s'enfuit comme à tire-d'aile, porté à la fois par ses rames et ses voiles avant de disparaître.

L'épreuve semblait avoir duré l'entier de la nuit.

Épuisés, les marins s'affalèrent sur le pont avant sans même s'attarder à compter les morts et secourir les blessés. Gabriel de Clieu, le visage couvert du sang de celui qu'il avait trucidé, gagna d'un pas de somnambule la cachette des passagers où il trouva une Louisa qui couvrait de son corps frêle la précieuse serre et ses deux plants de café. Ce spectacle eût été du plus haut comique si les occupants du *Dromadaire* ne venaient pas de passer à deux doigts du plus affreux des destins, celui de prisonniers de la Sublime Porte. Belle comme elle était, nul doute que Louisa eût fini dans le harem du dey d'Alger ou celui de Tunis comme c'était le cas de centaines de captives européennes. Par son père, Gabriel avait appris que la jouvencelle allait rejoindre un sien cousin qui avait fait fortune dans la culture du cacao dans un village de montagne de la Martinique, Le Morne Rouge, et que leurs épousailles se tiendraient dans les semaines qui suivraient l'arrivée de la famille dans l'île. Le regard de la jeune fille était pourtant perpétuellement ennuagé de tristesse et quand le temps était serein, elle se tenait dos à l'Amérique pendant des heures, debout à l'ombre du mât d'artimon, comme si elle regrettait sa décision. Car son père avait été formel :

— Nous n'obligeons Louisa à rien. Elle aura bientôt dix-huit ans comme vous le savez et donc le temps presse.

Le tendron ne quittait pas Gabriel-Mathieu des yeux mais les détournait aussitôt que ce dernier s'en apercevait. Tôt le matin, elle s'aventurait maintenant jusqu'à la serre au moment où il l'arrosait avec une douceur étonnante pour un homme.

— Ces deux plants de café sont la prunelle de mes yeux! lui lança-t-il un après-midi sur un ton rieur.

Intimidée, Louisa resta bec coué.

— Mais mon cœur, lui, peut se partager, continua-t-il. Il est libre de toute attache et…

Le père de la jeune fille qui ne lui donnait pas un pas, sachant qu'elle était la convoitise de ces rustauds de marins habitués qu'ils étaient aux péripatéticiennes qui officiaient dans les ports, s'approcha en boitillant. Il souffrait de gonflements aux jambes contre lesquels le chirurgien de bord n'avait pu trouver aucun remède.

— Capitaine de Clieu, j'aurais bien confié ma fille à une noble personne telle que vous, mais j'ai déjà baillé ma parole à un planteur de la Martinique... Dites-moi, vous pensez qu'on sera à nouveau pris en chasse par des pirates ?

— Des pirates de Méditerranée ? Non, je ne pense pas, car nous serons bientôt trop avancés en Atlantique, mais par des corsaires ou des flibustiers des Antilles, oui, c'est possible.

Le père de Louisa prit instinctivement sa fille par la main.

— Vous apportez ces plants de café au gouverneur de la Martinique, n'est-ce pas ? reprit-il.

— Oh non ! Personne là-bas ne croit en l'avenir de cette culture. On n'y jure que par l'indigo, le cacaoyer ou la canne à sucre, mais moi, j'ai la certitude que le café peut prospérer aux îles.

Le vieil homme grimaça. Il déclara avoir goûté une fois, en la ville de Honfleur, à ce breuvage dont on assurait qu'il faisait fureur à la cour de Louis XIV, mais n'y avait trouvé qu'amertume. Qu'il plût aux gens d'Égypte et du Levant était une chose, mais qu'il parvienne à conquérir ceux de l'Europe lui semblait plus que douteux.

— Mais vous quitterez alors le métier des armes ? s'enquit-il.

— Parfaitement ! Gabriel-Mathieu de Clieu d'Erchigny à Neufvillette ne sera plus ni capitaine de navire ni capitaine d'infanterie, mais seulement planteur de café !...

De la Martinique, le café se mit à sillonner les îles, remontant au long de l'archipel jusqu'à atteindre la partie française de Saint-Domingue où la canne à sucre s'était constitué un véritable empire dix-huit siècles après la naissance de Jésus-Christ. À la cour du roi de France, les Amériquains étalaient leur insolente richesse ainsi que leur insigne fierté d'avoir créé la plus riche colonie non seulement du Nouveau Monde, mais aussi du monde entier.

Sueur de l'esclave amené d'Afrique à fond de cale par des navires négriers. Sang du Nègre. Souffrances infinies du Nègre. Coups de fouet. Supplices du carcan. Sectionnements des jarrets. Pendaisons par les pieds. Enfermements dans des tonneaux hérissés de clous que l'on fait rouler, riant à gorge déployée, depuis l'en-haut des mornes. Viols répétés des femmes de tous âges. Cervelles brûlées à coups de mousquet. Code noir. Loi du plus scélérat.

Quand le café fit son apparition, les hobereaux créoles en sourirent. Rien n'avait le pouvoir de détrôner la canne à sucre. Tous ceux qui s'étaient frottés à elle – indigo, tabac, maïs, coton, cacaoyer – avaient été contraints de rabaisser leur caquetoire. Ces plantes vivotaient à l'ombre du roseau sucré ayant perdu tout espoir de lui damer le pion. En tout cas dans un avenir proche. Du café, on en achetait par conséquent en contrebande des mains des Espagnols et des Hollandais, parfois même des Anglais, et le breuvage qu'on en tirait était loin, très loin d'égaler le rhum. Du reste, les nouvelles qui parvenaient du royaume de France n'indiquaient pas que son commerce pourrait devenir profitable, même si, à la cour, les dames en raffolaient. Les planteurs qui s'en revenaient à Saint-Domingue évoquaient, non sans hilarité, cette mode idiote qui consistait à se vêtir à la turque pour aller dîner chez l'ambassadeur de la Sublime Porte à Paris. Ce comique personnage s'ingéniait à y servir un liquide gluant et noirâtre qui enchantait le palais des dames, cela dans des tasses magnifiquement décorées afin sans nul doute d'en faire oublier le goût.

De toute façon, la majorité des bonnes terres étaient déjà cultivées et les audacieux qui envisageaient de se lancer dans la culture du café devraient s'astreindre à défricher les épaisses forêts, surtout celles se trouvant à la frontière avec la partie espagnole de l'île et dans le sud de cette dernière. Qu'à cela ne tienne ! Des Petits Blancs, lassés d'être des laissés-pour-compte, s'entichèrent de cette plante venue de l'île de la Martinique et commencèrent à la planter. Ô miracle d'entre les miracles ! En peu d'années, le café rivalisa avec le sucre de canne, au point de le surpasser en tonnage et en valeur commerciale. En France, on commença à armer des navires uniquement pour son transport et d'aucuns allaient disant que très bientôt l'on pourrait se passer de celui de la Sublime Porte. Ce ne fut point forfanterie ni jactance vaine car depuis Marseille, on se mit à en exporter vers le Levant, en particulier l'Égypte, les marchands clamant que « le café des îles est plus léger, plus raffiné, plus subtil que celui de l'Ancien Monde ».

Parti d'Afrique, le café y revenait donc après des siècles et des siècles d'un long et sinueux périple qui le conduisit de l'Arabie aux berges du Nil, de Constantinople à Marseille, d'Amsterdam à Java, de Paris à la Martinique, de Saint-Domingue à Alexandrie. Ainsi pouvait-il se targuer d'avoir été la toute première plante ayant eu l'insigne honneur d'effectuer un tour complet du monde.]

[JOURNAL DE BORD

J'avais eu grand tort de n'avoir pas écouté le conseil de mon quartier-maître. Il aurait fallu ouvrir le feu sur le chebek sans attendre qu'il s'approche de nous. Il ne m'en a pas tenu rigueur, mais tint à préciser que cet épisode n'était qu'un avant-goût de ce qui nous attendait lorsque nous aurions atteint les eaux chaudes de l'Atlantique. Janicot s'était même plu à me dérisionner :

— J'espère que vos plants de café prospéreront si jamais nous parvenons à atteindre la Martinique et qu'ils feront de vous un richissime personnage.

Il voulait signifier que prendre de pareils risques pour des arbrisseaux était pour le moins inconséquent. *Le Dromadaire* ne transportant aucune marchandise de valeur (juste des salaisons et de l'outillage pour l'agriculture) qui pût satisfaire des pirates, de colère, ces derniers nous auraient tous égorgés avant d'y mettre le feu. Ils recherchaient des épices d'Orient, des esclaves nègres, de l'or, de l'argent, des pierres précieuses ou des armes de poing. Je ne pus m'empêcher de frémir, ce qui lui arracha un sourire narquois. Par contre, Brutus, le maître-canonnier, une fois le calme revenu exigea une récompense en louis d'or, jugeant que les gages qu'il avait fait le malheur d'accepter, lors de son embauche à Nantes, étaient trop faibles. Je le pris à part et tentai de parlementer.

— Capitaine, je n'exige pas grand-chose. Baillez-moi dix pièces, seulement dix, et nous n'en reparlerons plus ! Mon salaire est plus que maigre...

— Dix piastres ?

— Capitaine, je ne plaisante pas ! Dix louis d'or...

— *C'red bi com cha na !* (C'est très bien comme ça !) ripostai-je en patois de Normandie dans l'espoir de doucher ses ardeurs.

Il se renfrogna et n'ouvrit plus la bouche jusqu'au surlendemain.

Mathurin, d'un naturel enquiquineur, s'en alla dire à la cantonade que l'attaque des pirates avait tellement terrifié le maître-canonnier qu'il en avait avalé sa langue et que depuis, il avait la cacarelle puisqu'on l'avait vu aller déféquer plusieurs fois. Le cabinet de nécessité du *Dromadaire* n'était qu'une sorte de cabane étroite que j'avais fait rajouter deux jours avant d'appareiller lorsque je m'étais rendu compte qu'il y aurait bon nombre de femmes à bord. Normalement, cet endroit était affecté à ces dernières, les hommes, eux, se contentant de s'acroupionner sur le bastingage en s'agrippant solidement à ce dernier, chose qui n'était pas sans risque. Nous avions ainsi failli perdre un passager qui, craignant pour sa pudeur, s'était redressé précipitamment quand une femme s'était approchée de lui sans avoir cherché à le surprendre dans cette, il est vrai embarrassante, position. Il avait réussi à s'agripper à un cordage et avait été ramené à bord, spectacle qui avait déclenché l'hilarité des matelots et provoqué un certain effroi chez les passagers. Pourquoi Brutus faisait-il maintenant ses besoins dans ce réduit à la puanteur insupportable, cette poulaine dans le langage des marins ? Je n'ai pas cherché à le savoir.

J'étais trop en colère contre Mathurin par contre. Pendant toute la durée de l'attaque des forbans au drapeau à tête de mort, ce prétendu dur à cuire avait été invisible ! On ne s'en était rendu compte qu'au moment où on le découvrit affalé de tout son long, derrière les cabines des passagers, ronflant en toute tranquillité. Il avait ce matin-là bu plus que de raison et n'avait donc rien entendu. Ni canonnades ni coups de feu ni cris de guerre ni hurlements et lamentions des passagers. Ce qui m'étonna le plus c'est qu'aucun des matelots ne lui en tint rancune. Ses histoires du pays d'Angole étaient si terrifiantes que personne ne s'avisait jamais de le contredire et encore moins de le contrarier. Il fallait bien que je finisse par me rendre à une évidence : en mer, les règles de solidarité, d'amitié ou tout simplement de bienséance variaient comme le temps. C'était, comme Mathurin aimait d'ailleurs à le répéter : chacun pour soi et Dieu pour la compagnie.

Je ne deviendrais jamais un vrai marin.

Soucieux tout de même d'apaiser Brutus, mon maître-canonnier, je lui fis une proposition qui l'emberluqua :

— Tu affranchis Yako et je te baille ces dix louis d'or !

Après tout, sans la diligence du Nègre, nous n'aurions pas réussi à repousser le bateau des pirates. Il avait chargé et rechargé les canons à lui tout seul avec une rapidité déconcertante. Comme si les boulets ne pesaient pas plus que des pommes ou des oranges. Et quand l'ennemi s'était enfui, il était modestement retourné à son poste habituel, celui de vigie arrière. Il n'avait pas à grimper à un mât, mais simplement à se tenir à la poupe de notre navire, quel que soit le temps qu'il fît, de façon à nous avertir du moindre danger car ce dernier ne provenait pas que d'en face, de cet ouest qui semblait s'éloigner à mesure que nous nous en approchions. Quoique je susse qu'il s'agissait d'une illusion, elle était pourtant bien réelle. Au-devant de nous, la ligne d'horizon reculait, donnant l'impression que nous n'arriverions jamais au but.

— Af... affranchir, capitaine ?

— Oui, Brutus, rendre sa liberté à ton Nègre.

— Impossible, capitaine ! Je l'ai acheté quatre mille piastres.

Je n'insistai pas. Après tout, Yako n'avait rien demandé.

Rapport sur les événements à bord :

— *Attaque d'un bateau de pirates d'origine inconnue au cinquième jour de navigation. Leur chebek a tenté d'abord de nous éperonner avant qu'ils ne montent à l'abordage. Trois matelots ont perdu la vie de notre côté contre un nombre indéterminé du leur.*

— *Le Nègre Yako a fait montre d'une bravoure nonpareille.*

— *L'ennemi a battu en retraite par la grâce de Dieu. Aucun passager n'a eu à subir sa scélératesse.*

— *J'ai tué un homme pour la première fois de ma vie : le chef des pirates.*

— *Des rats ont fait leur apparition au onzième jour dans nos sacs à grains. Les fèves les attirent. Une battue est organisée sur toutes les parties du navire. Une vingtaine sont tués.*

— *Nous avons fait des bordées toute la nuit.*

— *Seizième jour : des passagers se plaignent de l'eau douce, disant qu'elle est surie. Notre quartier-maître leur explique qu'il n'y a rien d'étonnant à cela. C'est le goût qu'elle adopte après deux semaines de conservation dans des tonneaux. Seuls les récipients en verre permettent de la conserver naturelle un peu plus longtemps.*

— *Nous approchons du mitan de l'océan Atlantique.*

Désormais, nous sommes sur nos gardes. Personne ne nous prendra plus par surprise. *Le Dromadaire* ouvrira le feu sans sommation dès que nous apercevrons un drapeau ennemi. Le Nègre Yako s'est proposé pour dormir tout contre le canon principal quoique le temps ait commencé à brunoyer, puis à être à la pluie sans discontinuer. Ou plutôt avec de brusques et brèves périodes d'ensoleillement, tellement trompeuses que des passagères se précipitent sur les ponts, lassées qu'elles sont de la touffeur de leurs cabines, pour détaler en arrière l'instant d'après, jupes hâtivement relevées, en s'écriant :

— *On va n'avé une r'napée !* (Il va pleuvoir !)

Tel spectacle a le don d'infiniment m'amuser.]

[BRÉVIAIRE DES AMÉRIQUES

Nous nous accommodons à la façon de parler des Nègres qui est ordinairement par l'infinitif du verbe ; comme par exemple moy prier Dieu, moy aller manger… *en ajoutant un mot qui marque le temps à venir ou le passé, ils disent* demain moy manger, hier moy prier Dieu.

PÈRE PELLEPRAT,
*Relation des missions des Pères de la Compagnie
de Jésus dans les îles et dans la Terre ferme
de l'Amérique méridionale*, 1655

Le pauvre Caraïbe éclatait à tout moment (mais sanglotant et tout baigné de larmes) : Ah, baba, baptisé Calinago ! Et voyant qu'on ne le catéchisait et qu'on ne le baptisait pas, redoublant ses saintes ardeurs pour le Baptême, disant : si ancaié Bohatinan baba! *(Vous vous moquez de moi, mon père!*

ANDRÉ CHEVILLARD,
*Les desseins de Son Éminence de Richelieu
pour l'Amérique ; ce qui s'y est passé de plus
remarquable depuis l'établissement des colonies
et un ample traité du naturel : religion et mœurs des Indiens insulaires et de la Terre-Ferme,* 1659]

LE CALME PLAT

L'océan, tout soudain, se fit d'huile.

Déjà deux semaines que *Le Dromadaire* cinglait en direction du Couchant.

Pas un souffle d'air, pas la moindre brise. Notre navire, toutes voiles dehors mais parfaitement immobile, semblait posé sur un immense drap bleu sur lequel dardait l'astre du jour. Pas une seule vaguelette à l'horizon ni aucun de ces jets d'écume que projetaient joyeusement les marsouins et plus rarement les baleines comme pour faire fête à notre flûte.

Les vents s'étaient tus au mitan d'une matinée ensoleillée.

— Cela arrive parfois quand on traverse une certaine région de l'Atlantique, murmura le quartier-maître Janicot, découvrant la stupeur de Gabriel de Clieu.

— Dans toutes les mers du monde ? En Méditerranée aussi ?

— Point du tout, capitaine. Ni en mer Caspienne ni en mer Adriatique ni en mer Rouge non plus. Seulement dans les océans à ce que je sais...

À l'École des gardes de la marine de Rochefort, on apprenait comment affronter les coups de tabac et les ouragans, mais ce que le quartier-maître désigna sous le nom de « calme plat » ne faisait pas partie des enseignements. Pourtant, il était aussi terrifiant que les premiers. Terrifiant à cause du silence. Terrifiant à cause de la mer comme passée de l'état liquide à celui de solide. Terrifiant surtout parce que le bâtiment n'avançait plus et qu'il faudrait rationner la nourriture et l'eau. Si l'équipage, composé de marins échaudés par moult mésaventures, ne montrait pas d'appréhension particulière, des passagers s'en vinrent tambouriner à la porte de la cabine de Gabriel de Clieu. Ce dernier était occupé à souffler dans un tube qui, par un orifice, pénétrait dans la serre afin d'apporter un peu d'air chaud à ses plants de café. La nuit avait été particulièrement froide et il avait dû s'enrouler dans deux couvertures.

— Qu'est-ce qui se passe, capitaine ? Nous repartirons quand ?... Après la Martinique, je dois me rendre à Marie-Galante pour des affaires qui ne sauraient attendre, s'écria un passager en proie à une vive agitation depuis le matin.

En ouvrant sa porte, Gabriel fut ébloui par la vive lumière du soleil alors même que l'aube venait de se lever. Voici maintenant quatre jours que *Le Dromadaire* n'avançait plus du tout. Parfois, il lui arrivait de bouger légèrement, mais c'était pour faire un tour quasi complet sur lui-même, chose qui effrayait les passagers, persuadés que le navire était la proie de quelque tourbillon maléfique. Au silence des éléments s'ajoutait celui des matelots, entrecoupé par les ricanements de la vigie à qui pourtant ordre avait été donné de descendre. C'était à se demander si le soleil ne lui avait pas brûlé la cervelle car à intervalles réguliers, elle se mettait à hurler :

— Terre! Terre à bâbord! J'ai découvert un nouveau continent. Plus éloigné encore que l'Amérique. Il portera mon nom à moi, Charles Gonneville. La Gonnevillie, voilà!

L'homme n'avait d'ailleurs pas regagné le pont depuis que le calme plat avait instauré son emprise sur la mer et le ciel. Gabriel de Clieu avait ordonné qu'on aille l'y chercher mais, lorsque la vigie vit un homme d'équipage grimper à son mât, il s'écria :

— Approche-toi, niguedouille, et tu recevras un coup de pied sur la caboche qui te fera valdinguer sur le pont! Allez, courage, mon ami! On ramassera ta cervelle à l'aide d'une écuelle.

Le marin arrêta son ascension, visiblement taraudé par l'inquiétude, avant de se laisser glisser en cinq-sept, déclenchant des rires chez les quelques marmailles qui se trouvaient à bord. Inquiet, Gabriel de Clieu prit le quartier-maître Janicot à part, ce dernier ayant déjà accompli plusieurs traversées de l'Atlantique :

— Est-ce que nous ne nous approcherions pas de la mer des Sargasses?

Le vieil habitué des caprices de la nature sourit. Il y avait une frontière nette entre cette dernière et l'océan Atlantique proprement dit, ce qui signifiait que tant qu'on ne l'avait pas atteinte, les navires voguaient en toute tranquillité. Certes, il arrivait que les vents faiblissent ou même disparaissent complètement, mais cela ne durait guère. Quelques heures ou alors, au pire, un jour ou deux.

— Quand on pénètre cette vaste prairie d'algues, c'est toujours brutalement. Comme à l'improviste... et on a beau scruter l'horizon, aucune longue-vue n'est capable de la distinguer d'assez loin pour qu'il soit possible de virer de bord, capitaine, continua-t-il, le front soudain soucieux.

Il avait vécu cette mésaventure neuf ans plus tôt, en l'an de grâce 1711 donc, à une époque où il n'était qu'un simple marinier à La Rochelle qui avait eu l'audace de se faire embaucher comme matelot et il avait bien cru sa dernière heure arrivée. Le piège s'était refermé sur son navire au plus fort de la nuit, quand même les hommes de quart s'accordent un brin de sommeil. Au matin, l'eau n'était plus là, autour d'eux! Son bleu intense avait été remplacé par un tapis d'algues de couleur brune qui s'étendait à l'infini. Comme la flûte ne tanguait plus, on avait l'impression de se trouver sur la terre ferme, perdu dans une plaine qui s'étendait jusqu'aux confins du ciel.

L'épreuve avait duré onze jours.

Un capitaine ne doit jamais se livrer entièrement aux bras de Morphée. Il ne doit point faire confiance aux hommes de quart qui, surtout après minuit, ont l'étonnante faculté de dormir debout avec les yeux ouverts. On jurerait qu'ils observent les astres, mais ce n'est que feintise : ils se sont transformés en momies. Il faut alors les secouer avec la plus grande brusquerie et leur crier en plein visage :

198

— Holà! Tu veux que le diable emporte ton âme, mon bougre?

C'est ce que l'on enseignait à l'École des gardes de la marine, sans que Gabriel-Mathieu sache si celui qui avait la charge de les instruire voulait leur arracher un sourire ou s'il y avait de la sérieusité dans son propos. Pour en avoir le cœur net, dès la deuxième nuit où *Le Dromadaire* prit la mer, le capitaine avait entrepris de faire des rondes pour se rendre vite compte que cette affirmation n'était qu'à moitié vraie. Si, en effet, certains hommes de quart ne réagissaient même pas quand il les secouait, d'autres se livraient à des jeux de hasard avec des membres de l'équipage, chose interdite pour la raison que dès que l'argent est en jeu, le couteau n'est pas loin. À l'école, on les avait prévenus : aussi dangereuses que les tempêtes, les incendies dans les cuisines ou les attaques de flibustiers, étaient les bagarres à bord. Cela commençait toujours par une disputaillerie entre deux hommes pour se muer en affrontement entre deux camps, chaque joueur ayant ses compères. Elles se terminaient fatalement par la mort de quelqu'un, pas forcément sur-le-champ, mais quand pareille chose se produisait, le moment le plus pénible était, après les prières d'usage, le largage du cadavre en haute mer. Les partisans du défunt refusaient tout net de s'y employer tandis que ses adversaires, penauds car sachant qu'à l'arrivée, ils seraient aussitôt mis aux fers, adoptaient la même attitude.

Par bonheur, *Le Dromadaire* n'eut à subir, outre ce couple qui avait dû être sacrifié pour avoir divulgué le secret de la serre, que deux pertes en vies humaines, toutes naturelles, et cela parmi les passagers, ainsi que les matelots ayant succombé à l'incursion des pirates. La première concerna une femme d'un âge certain qui avait été la proie de ce mal terrible que les marins appellent la peste de mer et qu'à l'École des gardes de la marine, on désignait sous le vocable savant de « scorbut ». Elle avait négligé, jusqu'au dix-septième jour du voyage, d'avaler le citron ou l'orange que chaque matin Gabriel-Mathieu faisait distribuer dès le réveil, prétextant que ces fruits lui remuaient l'estomac. Ses gencives se mirent à enfler et de blanches elles virèrent au violet, puis quatre ou cinq de ses dents du haut se déchaussèrent, ce qui lui arrachait des hurlements si aigus qu'on devait se boucher les oreilles. Mathurin, qui avait une incomparable expérience des voyages en haute mer et se targuait de connaître les côtes du pays d'Angole comme sa poche, décréta qu'il n'y avait plus rien à faire pour cette malheureuse.

— Peste de mer ou mal de Luanda, cette chienne de maladie, il suffit qu'on l'attrape pour voir sa vie être raccourcie. Pourtant, je n'ai cessé de prévenir Mme Eulalie ! Tous les jours, je lui disais comme ça : avale une tranche de citron, ma belle ! Ça n'a pas bon goût, mais au moins, ça agit comme un remède. Je sais pas pourquoi, j'ai pas été à l'école, moi, mais c'est ce que j'ai appris en mer. Elle ne voulait rien entendre, mais c'était une gentille personne. Je n'avais pas trop besoin de la forcer pour qu'elle m'ouvre son devant.

Le chirurgien, plus taciturne que jamais, avait

déployé tout son talent et son savoir médical pour tenter de la sauver. Alors que le corps de cette dernière était en permanence agité par une tremblade qui lui hérissait les cheveux, il lui massait les joues de ses mains expertes tout en lui faisant ingurgiter de petites doses d'une potion qui, par intervalles, semblait améliorer son état. Doc Monnier, comme l'appelait familièrement l'équipage du *Dromadaire*, était sûrement le seul chrétien à bord. Le seul vrai chrétien. Il ne se séparait presque jamais de deux énormes ouvrages, l'un étant un traité de médecine, l'autre la Sainte Bible. Presque tous les soirs, il méditait, solitaire, sur le pont arrière et Gabriel-Mathieu aimait à l'approcher à ce moment-là, n'ayant pas perdu tout espoir de l'apprivoiser.

— Je vois que notre chirurgien contemple le ciel étoilé. C'est vrai que certaines nuits sont plus belles que le plus resplendissant des jours.

Doc Monnier se contentait de hocher respectueusement la tête. Gabriel-Mathieu, qui n'avait guère eu de mal à l'embaucher, non pas dans quelque taverne de Nantes comme le reste de l'équipage, mais en consultant à la capitainerie la liste des hommes de mer en attente d'un emploi, se demandait quel mal pouvait le ronger. Quelle blessure de l'âme, deuil ou alors peine amoureuse. À moins que ce ne fût tout simplement cette mélancolie qui frappe ceux qui ont passé trop de temps dans les livres.

— Souvent, il m'arrive de me demander pourquoi Dieu s'est-il plu à créer tant de milliers d'astres, continua-t-il.

201

— Pour guider les navires, je présume, rétorqua le chirurgien avec un demi-sourire.

— Mais seuls quelques-uns nous sont utiles, vous le savez bien. À quoi servent donc tous les autres, mille fois plus nombreux?

Un silence s'établit entre les deux hommes, seulement entrecoupé par de soudaines levées du vent d'est qui bombaient l'océan et projetaient *Le Dromadaire* dans les airs un bref instant. Gabriel-Mathieu s'était passionné pour l'astronomie à l'École des gardes de la marine, matière qui intéressait fort peu ses camarades, au point que l'un d'eux lui avait lancé, un brin agacé, alors qu'il cherchait à leur désigner le Grand Nuage de Magellan :

— Un navire, ça se déplace sur la mer, pas dans le ciel, mon cher Gabriel-Mathieu!

L'autre décès fut celui d'un jeune homme imprudent qui, quoique n'ayant aucune habileté en matière de navigation, se plaisait à grimper au mât d'artimon et, une main en visière, scrutait l'occident, empressé qu'il était d'arriver dans le Nouveau Monde. Un beau jour, *Le Dromadaire* fit une acculée et le gringalet ne put résister à cette brusque embardée vers l'arrière. Il s'effondra, tête la première, sur le pont arrière, soulevant de l'émoi parmi les passagers. Cela n'ébranla personne parmi l'équipage qui était loin d'ignorer que toute traversée de la mer des Ténèbres s'accompagnait forcément d'accidents. Mathurin, préposé au lancement des cadavres par-dessus bord, en rigolait. Sur un bateau, on aurait eu plus besoin d'un croque-mort que d'un chirurgien! Dans les voyages que j'ai faits jusqu'au pays d'Angole, quand notre cher médicastre parvenait à sauver deux ou trois personnes, eh ben, nous en jetions une demi-douzaine à la mer avant d'arriver à bon port. J'ai survécu jusqu'à ce jour parce que, comme aimait à dire ma mère, je suis le fils du diable en personne.

De nuit, c'était une pure extase que de fumer ces imposants cigares de Saint-Domingue qui se vendaient fort cher sur les ports de Nantes et de La Rochelle. Gabriel-Mathieu avait gardé, en effet, une vive affection pour cette plante quoique son rêve de devenir planteur de tabac se fût évanoui au cours de son séjour à la Martinique. Dans cette île, la canne et les méthodes de fabrication du sucre apportées par des Juifs hollandais expulsés du Brésil avaient accaparé tous les esprits au détriment de l'indigo, du cacaoyer et d'autres cultures qui avaient pourtant fait la fortune de maints personnages importants de la colonie. Tandis qu'appuyé sur le bastingage ou contre le mât d'avant pour contempler le ciel étoilé, il tirait avec volupté sur un cigare, un doute en venait à l'assaillir : ne nourrissait-il pas avec le café une deuxième chimère ? Comment parviendrait-il à convaincre ces messieurs de la Martinique, puis ces bonnes gens de la Guadeloupe de s'y adonner ?

C'est plongé dans ces considérations inquiètes que Gabriel-Mathieu le vit.

Il apparut tout soudain, trouant les ténèbres, tout illuminé d'abord, puis, une fois plus proche, en proie à des flammes si hautes qu'elles semblaient lécher le ciel. Le jeune capitaine se redressa d'un bond et fut tenté de réveiller l'équipage, en particulier le quartier-maître Janicot qui avait bourlingué sur la plupart des mers du monde ainsi que Mathurin, familier de l'Afrique, mais tout son être se trouva paralysé. Il ne pouvait ni ouvrir la bouche ni faire le moindre geste. Le navire qui s'approchait d'eux était plus gros, plus imposant en tout cas, que *Le Dromadaire* et muni de quatre grandes voiles qui claquaient alors qu'il n'y avait pas un seul souffle de vent. Soudain, il aperçut un homme d'une laideur repoussante qui, sabre haut levé, haranguait l'équipage alors que leurs vêtements à tous brûlaient, ce qui ne les importunait point. Ce spectacle était tellement invraisemblable qu'il crut être en train de rêver. D'ailleurs, au lieu d'emboutir leur navire, il le traversa de part en part, toujours léché par des flammes gigantesques sans pour autant causer le moindre dommage. L'instant d'après, Gabriel-Mathieu s'assoupit à son corps défendant contre le mât d'avant où Janicot le trouva au matin.

— Capitaine, cela ne vous ressemble guère. Vous avez laissé vos pieds de café sans surveillance !

Abasourdi, Gabriel-Mathieu se rua dans sa cabine, peinant à en trouver les clés au fond de ses poches, pour découvrir la serre parfaitement recouverte et ses deux protégés en bon état. Il était l'heure de les sortir au grand air. Il s'y employa de toutes ses forces comme pour chasser les miasmes de la nuit, se demandant s'il n'était pas somnambule. D'ordinaire, un marin l'aidait à la transbahuter, mais il n'avait pas recouvré l'entièreté de sa comprenoire et ce qu'il avait vu le troublait encore. Il n'était point coutumier des cauchemars et s'il arrivait au tabac de lui tourner un peu la tête, son effet était bien moindre que celui des alcools forts dont l'équipage abusait parfois. Une fois la serre mise en place, il prit à part le quartier-maître Janicot qui baillait ses ordres à l'équipage pour la matinée.

— J'ai... j'ai entrevu le plus émotionnant des spectacles hier soir... en pleine nuit, je veux dire.

— Oh, capitaine, ne vous en étonnez point! Une fois les Açores dépassées, on entre dans l'Amérique même si on est encore loin de notre destination et à partir de cet instant-là, toutes sortes de créatures diaboliques ou monstrueuses peuvent apparaître.

Il était réticent à s'en ouvrir complètement devant un homme qui devait, en son for intérieur, le considérer comme un novice quoique Gabriel-Mathieu fût son supérieur. Pourtant, novice, Gabriel-Mathieu ne l'était point : il avait déjà accompli une traversée de l'Atlantique, avait vécu à la Martinique et n'avait rencontré aucun de ces êtres fabuleux dont se délectaient ce trop-plein de livres qu'à la cour de Louis XIV, notamment, l'on s'arrachait. Ni hommes à deux têtes ni sirènes qui vocalisent à la lune claire pour séduire les marins ni animal doué de parole. Mais des fers de lance, oui! Ces reptiles pleins de mauvaiseté y pullulent et souventes fois s'aventurent hors des grands bois, parfois même en plein jour, et leurs morsures sont mortelles à moins de disposer d'un Nègre apothi-caire, un de ces sorciers africains qui savent mieux que les chirurgiens européens dissoudre le venin qui se répand dans le corps de la victime.

— Vous avez donc aperçu quoi, capitaine? l'encouragea le quartier-maître Janicot, dissimulant mal une certaine ironie.

— Un bateau gigantesque qui était en flammes. Comme si un incendie s'était déclaré à bord, mais son capitaine et l'équipage n'en avaient cure!

Janicot éclata d'un rire sonore qui attira l'attention des passagers matinaux venus se rafraîchir sur le pont avant.

— Capitaine, ce que vos yeux ont vu, c'est *Le Hollandais volant*! Ha-ha-ha!...

Gabriel-Mathieu avait sûrement été la proie d'une hallucination, mais l'étau qui emprisonnait *Le Dromadaire* était, lui, bien réel, si réel qu'il en était tout aussi effrayant. Doc Monnier en vint à proposer de rationner l'eau car, selon lui, celle-ci était le médicament le plus naturel, celui dont un corps humain affaibli avait indispensablement besoin avant toute médecine. Le quartier-maître abonda dans le sens du chirurgien. Cela faisait maintenant cinq jours que le bâtiment était totalement immobile, comme posé sur sa nappe d'algues malodorantes, et l'attente risquait de durer encore quelque temps.

— Rationnons aussi la nourriture, ajouta-t-il. On ne sait jamais...

Une profonde inquiétude s'empara des passagers qui observaient, incrédules, l'immense étendue d'herbes marines, de couleur vert-brun, qui retenait le navire prisonnier. De quelque côté que l'on tournât le regard, on ne distinguait qu'elle et cela jusqu'à l'horizon. Ceux qui s'étaient plu, au début du voyage, à jeter une ligne à la mer ou à tenter de harponner les gros poissons se rendirent à l'évidence : le tapis d'algues avait accaparé la place de la mer. On ne voyait même plus cette dernière et faute de vent, les embruns avaient eux aussi disparu.

— Les terriens disent apprécier fort les cimetières marins, dit le chirurgien à Gabriel-Mathieu, délaissant quelque peu son impavidité habituelle, mais ils ne savent pas de quoi ils parlent...

— Que voulez-vous dire ?

— Capitaine, quel plus beau cimetière marin que celui dans lequel nous nous trouvons asteure ?

Le chirurgien disait vrai. L'immobilité parfaite du *Dromadaire*, le silence des éléments, l'ardeur du soleil, l'abattement des passagers et le mutisme des matelots ordinairement chamailleurs et bruyants, tout cela n'était-il pas funèbre ? Seuls les deux arbrisseaux paraissaient indifférents au mauvais sort qui s'était abattu sur le navire. Il est vrai que leur propriétaire coquinait en ne rationnant pas l'eau qui leur était destinée. Ils en avaient besoin au moins trois fois dans la journée et une dans la nuit. Gabriel-Mathieu préférait s'en priver parfois pour pouvoir étancher leur soif ou ce qu'il imaginait telle. Au Jardin d'Acclimatation, le directeur l'avait prévenu : si jamais il laissait les plants trop longtemps sans arrosage, ceux-ci risquaient de dépérir inexorablement. Préposé à la distribution du précieux liquide, Mathurin, le chef-matelot, jamais à cours de macaqueries, tantôt taquinait tantôt rudoyait ceux qui estimaient qu'il n'avait pas suffisamment rempli leur timbale en fer-blanc :

— Hé, toi, manant! Tu te crois à la fontaine publique de ton foutu village de culs-terreux, hein? Ici, l'eau ne coule pas à volonté, mon gars! Même qu'on va bientôt en manquer et qu'on va tous crever à petit feu. Pas vrai, Janicot? Avoue-leur que ces sargasses du diable nous ont pris dans leurs filets et qu'elles n'ont aucune intention de nous lâcher!

— Vous avez remarqué toutes ces jolies méduses violettes, n'est-ce pas? renchérissait le quartier-maître. Elles nous feront un magnifique linceul.

Ces plaisanteries avaient le don d'accroître les craintes des passagers qui, surtout les femmes, se mirent à invoquer le Seigneur à haute voix et, n'obtenant aucune réponse au bout de tout un considérable d'heures, tombèrent pour deux-trois du haut-mal. L'une d'elles se mit même à délirer :

— Seigneur, aie pitié d'une pauvre pécheresse de Vendée qui pour se faire pardonner a fait le vœu de porter la Sainte Parole dans les îles barbares du Nouveau Monde! J'étais catin, je suis devenue religieuse. Je buvais des alcools forts dans les tavernes à longueur de nuit, je m'agenouille désormais au pied de la croix du matin au soir afin d'implorer ta miséricorde. Accorde-moi ton pardon, je t'en prie! Je t'aperçois là-bas, tout en haut du ciel. Oh que j'aime ta longue barbe si blanche et tes yeux si purs!...

À l'inverse, certains hommes devinrent agressifs à l'endroit de Gabriel-Mathieu. Ils décrétèrent d'abord que la gent masculine avait, par la volonté

208

de Dame Nature, une soif plus grande que la féminine et que par conséquent l'eau ne devait plus être partagée à parts égales. Ils exigèrent que les animaux que transportait *Le Dromadaire* fussent abattus et leur viande salée, ce qui ferait qu'on n'aurait plus besoin de les abreuver, avant de diriger leur ire contre les plants de caféiers de Gabriel-Mathieu. Vous nous avez longtemps caché ce que contenait votre fichue caisse de verre, vous avez condamné à la peine capitale deux insouciantes jeunes personnes qui avaient eu le malheur de dévoiler votre secret et voici qu'à présent, vous prétendez attribuer la même ration d'eau à vos arbrisseaux qu'à nous autres, humains. Ce n'est pas possible ! Jetez votre caisse à la mer ou bien nous nous en chargerons nous-mêmes !

Il avait fallu que Mathurin, le chef-matelot, Brutus, le maître-canonnier, et son Nègre Yako s'interposent pour ramener un brin de tranquillité. Quoiqu'ils fussent des brutes, ils avaient le respect absolu des grades. Gabriel-Mathieu était leur capitaine, leur seul capitaine à bord, et personne n'avait donc le droit de s'opposer à ses ordres ni même de les discuter. De plus, il avait vaillamment combattu lors de l'attaque du bateau de pirates et n'eût été le fait qu'il ait réussi à trucider le chef de ces derniers, les passagers se seraient retrouvés à présent les fers aux pieds, c'est-à-dire aux galères. En fait, les plants de caféiers auraient pu dépérir non point de soif mais de manque de soleil car, mesurant l'irritation grandissante des uns et des autres, Gabriel-Mathieu n'avait pas sorti leur caisse de sa cabine depuis trois jours et demi. Il se souvenait pourtant de l'insistance du directeur du Jardin d'Acclimatation :

— Eau et soleil! Beaucoup d'eau et suffisamment de soleil, voilà ce dont ils ont besoin, monsieur de Clieu!

Et puis, miracle!

Au vingt et unième jour, le vent se leva.

Si fort qu'il arracha tout le monde à l'espèce d'engourdissement qui s'était emparé des plus affaiblis ou des plus fatalistes. *Le Dromadaire* se comporta tel un jeune pur-sang. Il rua dans les brancards! Puis, la nappe de sargasses s'ouvrit de toutes parts tandis que le navire recommençait à avancer vers l'ouest, se déchira, s'effilocha en paquets que les vagues dispersèrent aux quatre points cardinaux. Un hurlement de joie accompagna cette délivrance inespérée! Les passagers s'embrassaient, se faisaient des accolades, se tapaient dans les mains, poussaient des cris à crever un tympan. Des marins forcèrent Janicot à ouvrir la partie de la cale où étaient entreposés les tonneaux de vin et s'enivrèrent en six-quatre-deux. Même le taciturne Doc Monnier avait l'air euphorique.

Un immense soulagement étreignit le capitaine Gabriel-Mathieu de Clieu.

Cette nuit-là, il consulta à nouveau les cartes marines qu'il avait acquises au prix fort à Nantes car elles étaient censées être les plus récentes. Elles indiquaient bien l'emplacement de la mer des Sargasses mais nettement plus au nord de l'endroit où naviguait *Le Dromadaire*. Sur ledit endroit, il ne pouvait aucunement se fourvoyer étant donné ses connaissances en astronomie. Elles étonnaient sans cesse le quartier-maître Janicot qui pourtant avait écumé bon nombre de mers et d'océans. Se pouvait-il alors que le bâtiment n'eût été retenu prisonnier par aucun tapis d'algues et qu'à bord, on ait été victimes d'une hallucination ? Dans les nombreux récits de voyage qu'il avait lus ou parcourus, il était parfois fait état de pareille chose...

[CAFÉS RÉVOLUTIONNAIRES

À Alexandrie comme à Constantinople, pachas et mamelouks avaient maintes fois tremblé devant la colère qui grondait dans les maisons de « kahveh ». Certes, on s'y réunissait pour déguster ce noir breuvage qui avait le don d'apaiser maux de tête, soucis et même chagrins d'amour, ou pour jouer aux échecs ou au jacquet, mais on y discutaillait également à perte de vue sur la bonne marche des affaires publiques et de ceux qui avaient mission de la conduire. Les esprits finissaient par s'échauffer et de remarques anodines en critiques acerbes, peu à peu, on finissait par maudire le pouvoir en place. D'abord à mi-voix à cause des espions, puis à mesure que le nombre d'insatisfaits augmentait, à très haute et fort intelligible voix. Jusqu'à ce qu'une terrible et inarrêtable rumeur se répande, telle une vague, et que faubourgs, quartiers, maisons se retrouvent submergés.

Le « kahveh » alimentait l'humeur batailleuse de nombre de sujets de la Sublime Porte !

Plus tard, quand la mode se répandit à travers l'Europe et que dans la seule ville de Paris, on compta, à la fin du XVIIIe siècle, pas moins de sept cents établissements, Sébastien Le Mercier pouvait écrire :

*Nos ancêtres alloient au cabaret, et l'on prétend qu'ils y main-
tenoient leur belle humeur : nous n'osons plus guère aller au café ;
et l'eau noire qu'on y boit est plus malfaisante que le vin généreux
dont nos pères s'enivroient : la tristesse et la causticité règnent
dans ces salons de glaces, et le ton chagrin s'y manifeste de toute
part : est-ce la nouvelle boisson qui a opéré cette différence ?*

Un illustre inconnu, Jacques Deville, contemporain de
Gabriel-Mathieu de Clieu, y allait de sa plume alerte :

> *Il est une liqueur, au poëte plus chère,*
> *Qui manquait à Virgile, et qu'adorait Voltaire ;*
> *C'est toi, divin café, dont l'aimable liqueur*
> *Sans altérer la tête épanouit le cœur.*
> *Aussi, quand mon palais est émoussé par l'âge,*
> *Avec plaisir encor je goûte ton breuvage.*

Dans les cafés parisiens, on ébaucha la Déclaration
universelle des droits de l'homme et du citoyen. Dans les
cafés, on décida de l'abolition de l'esclavage des Nègres
dans les colonies françaises d'Amérique. Dans les cafés,
on écarta la Sainte-Trinité et instaura le culte de l'Être
suprême. Dans les cafés, on inventa le calendrier républi-
cain empli de noms à l'éclatante douceur : vendémiaire,
nivôse, germinal, floréal, prairial.

Et c'est devant le café de Foy, au sein d'une foule ras-
semblée dans les jardins du Palais-Royal, que le grand
Camille Desmoulins, juché sur une table, prononça ce dis-
cours qui, deux jours plus tard, devait aboutir à la prise de
la Bastille :

*Citoyens, le roi a renvoyé Nechar ! C'est le tocsin d'une
Saint-Barthélemy des patriotes. Ce soir même, tous les batail-
lons suisses et allemands sortiront du Champ-de-Mars pour
nous égorger. Il ne nous reste qu'une ressource, c'est de courir
aux armes !...*]

QUATRIÈME CERCLE

La ligne droite est pure illusion. Nos yeux nous mentent sans faiblir.

C'est pourquoi les ermites choisissent d'abolir l'horizon, lui préférant le ronronnement perpétuel des moulins à prières et la récitation sans cesse recommencée de textes dépourvus d'âge.

Aux audacieux, à l'inverse, le Destin ne sourit pas d'emblée. Il feint de s'y refuser net !

LE FOU FURIEUX

Après l'assaut des pirates qui avait causé la mort de plusieurs d'entre ses marins, en estropiant quelques autres, puis ce terrible calme plat qui avait immobilisé *Le Dromadaire*, retardant dangereusement le voyage, Gabriel de Clieu s'imaginait enfin ouverte devant lui la route des Amériques. Du moins de ces îles qui leur dessinaient un fascinant collier, ces fameuses Antilles, dont le seul nom l'avait fait rêver lorsque, adolescent, il avait compris qu'il n'était point fait pour une modeste existence de hobereau de province, mais qu'il avait un destin. De cela, il ne s'en était ouvert à personne, surtout pas à sa mère qui aimait à vantardiser sur la longue et prestigieuse lignée dont leur famille était issue et qui comptait sur son fils aîné, Gabriel-Mathieu donc, pour la continuer. Il s'en était du reste allé à la Martinique sans la prévenir de la date exacte de son départ et durant des années, en dépit de moult courriers qu'il adressait à celle-ci, n'obtint aucune réponse de cette dernière (seul son oncle et tuteur envoyait, de loin en loin, des nouvelles). Si bien qu'il finit par croire qu'elle avait passé de vie à trépas et quelle ne fut pas sa surprise de la trouver, certes accablée par les ans, mais encore suffisamment verte pour le tancer de la plus rude des manières lorsque, raisonnablement enrichi, Gabriel s'en était revenu, pourtant sans triomphe aucun, sur sa terre natale.

— Un garçon qui désobéit à la personne qui l'a mis au monde n'a plus droit à la considération ni à l'affection des siens, le rudoya-t-elle un temps avant de rendre les armes devant l'enthousiasme qui avait accueilli, au sein de la maisonnée, le retour du fils prodigue.

À la vérité, Gabriel-Mathieu avait comblé plus d'un de présents et même certains villageois, faisant ainsi tomber toutes les préventions. Mais cet état de grâce ne dura guère car lorsqu'il finit par leur annoncer qu'il comptait regagner la Martinique où il s'emploierait à accroître sa fortune de plus considérable manière encore, on crut qu'il était en proie à la déraisonnerie. Certes, une douce déraisonnerie, mais une déraisonnerie quand même !

C'est à tout cela que songeait Gabriel-Mathieu devant la cage au couvercle de verre placée comme chaque matin sur le pont avant du navire afin de permettre aux deux plants qu'elle protégeait de bénéficier du maximum de lumière solaire. Lors de l'attaque des pirates, deux de ses marins avaient eu la présence d'esprit de la déménager en un virement de main à fond de cale, laquelle ne contenait rien de précieux, chose qui aurait mis dans une rage folle leurs agresseurs si jamais ils avaient pu y accéder. Nul doute que ces forbans n'auraient pas barguigné : ils auraient tout simplement détruit la caisse et son contenu. Plus grave aux yeux de Gabriel-Mathieu était le retard accumulé à cause du calme plat. Comme il avait fait excessivement chaud, les hommes avaient dépassé leur ration d'eau quotidienne et les réserves – quatre énormes tonneaux placés également tout au fond de la cale sous la surveillance de malandrins recrutés dans un bouge du port de Dieppe – avaient été entamées beaucoup trop tôt au gré de Gabriel-Mathieu. C'est que ses deux plants de caféiers avaient grand soif eux aussi et qu'il fallait les satisfaire journellement, avant l'équipage même. Le capitaine du *Dromadaire* y tenait : aux aurores, la caisse était sortie avec moult précautions sur le pont avant et un marin qui faisait office d'arroseur officiel s'empressait de la rafraîchir en prenant soin de ne pas leur verser dessus trop brutalement le précieux liquide.

— Prenez garde! Doucement, doucement..., ne manquait jamais de s'écrier Gabriel-Mathieu qui assistait toujours à l'opération.

Il ignora longtemps que derrière son dos son équipage avait surnommé ironiquement ses caféiers « la prunelle de ses yeux ». Certes, il savait que ces hommes de sac et de cordes pour la plupart se demandaient pourquoi ces deux plants maigrichons semblaient posséder à ses yeux une si grande valeur. Même le quartier-maître, lui qui avait pourtant bourlingué en mer du Nord où le Hollandais régnait en maître, en Méditerranée qui était comme qui dirait le jardin privé des Barbaresques et même le long des côtes de l'Afrique jusqu'au Sénégal où foisonnaient bandits de haute mer de toutes nationalités, même Sébastien Janicot affectait d'ignorer l'importance de ces arbrisseaux. Gabriel-Mathieu de Clieu n'étant pas avare de ses deniers – il avait offert à l'équipage le triple du salaire normal en vigueur pour les expéditions aux Amériques – et leur ayant dépeint la Martinique comme un pays de cocagne, ils s'efforçaient de lui obéir au doigt et à l'œil, ce qui revenait pour la plupart d'entre eux à forcer leur nature.

Il mit longtemps avant de se rendre à l'évidence : le danger ne proviendrait pas de son équipage mais des passagers. Du moins de l'un d'entre eux. Un colosse irascible qui voyageait seul et n'admettait pas qu'on le dévisageât ni même lui adressât la parole. Qu'allait-il faire aux isles de l'Amérique? Cela nul ne le savait car il n'avait la dégaine ni d'un négociant ni d'un planteur ni d'un soldat ni d'un marin ni même d'un authentique aventurier. On le soupçonna d'être un huguenot allant porter la bonne parole de la religion réformée. À moins qu'il ne fût un juif déguisé en chrétien. Il s'adressait de temps à autre et en patois du Limousin (ou alors en celui de Vendée) aux seules deux personnes à qui il prêtait de l'intérêt : le cuistot du navire car le colosse bâfrait des quantités énormes de nourriture et le quartier-maître Janicot avec lequel il avait négocié le prix de son passage. Avec le chef-matelot, Mathurin, il brocantait, par contre, des regards lourds d'animosité, voire de menaces, sans que pourtant aucun différend ne les eût opposés jusque-là. Alors que tous les passagers saluaient bien bas le capitaine de Clieu ou même lui faisaient fête lorsque la mer se faisait étale et qu'ils n'étaient plus sujets au mal de mer, l'homme affectait de superbement l'ignorer. Quand il arrivait que les deux hommes se croisent, du haut de sa taille vraiment impressionnante, le colosse gardait les yeux fixés de manière ostensible sur l'horizon.

Semblant perpétuellement habité par une colère contenue, de temps à autre, il cherchait querelle à ceux qui le croisaient comme celui qui avait amené un chien à bord. C'était là chose interdite, mais l'animal étant de petite taille était passé inaperçu à l'embarquement et lorsqu'il avait été découvert, de Clieu n'avait pas eu le cœur de le faire valdinguer par-dessus bord comme le lui demanda le quartier-maître Janicot. Pour son malheur et celui de son maître, l'animal se mettait à japper à n'importe quelle heure du jour et de la nuit, insinuant déquiétude et parfois angoisse chez plus d'un au point qu'exaspéré, le colosse se rua sur lui en hurlant :

— *À bère ou j'tue l'quin !* (À boire où je tue le chien !)

Gabriel-Mathieu avait fait restreindre la distribution d'eau-de-vie à cause des boit-sans-soif de l'équipage qui, s'ils mettaient du cœur à leur ouvrage, dès le soir venu, en ingurgitaient des chopines et des chopines jusqu'à tomber ivres morts. Le colosse, pour sa part, était le seul passager à apprécier ce breuvage à bon marché que l'on trouvait dans les ports du Nord-Ouest, en particulier Nantes, et qui tournait inévitablement à l'aigre dès que les navires pénétraient dans les mers chaudes.

— Capitaine, c'est mon seul et unique compagnon dans la vie depuis la mort de mon fils aux colonies, supplia le propriétaire du chien.

Le colosse tenait le petit animal à bout de bras, prêt à le jeter dans les flots, défiant du regard le capitaine du *Dromadaire*. Sans se perdre en vaines cogitations, ce dernier ordonna à quatre marins de maîtriser l'irascible personnage et de l'enfermer dans la geôle du navire, endroit où ils eurent les pires difficultés à le faire entrer non seulement à cause de sa taille, mais aussi parce qu'il se débattait tout en lâchant malsonnances et menaces :

— *Jarnicoton! L'é toujou à ma tchulotte c'quin! J'vas l'tchué!* (Bon sang! Il me suit partout ce chien! Je vais le tuer!)

Quand le colosse, dont on finit par connaître le prénom, Albéric, parce que durant tout le temps qu'il passa enfermé, il n'avait cessé de gueuler « *Moué, Albéric, j'va vous occis!* » (Moi, Albéric, je vais vous trucider!), retrouva la liberté, son ire se reporta désormais sur Gabriel-Mathieu. L'homme déambulait d'un pont à l'autre du navire, le regard mauvais, poings serrés, affectant d'ignorer l'heure des repas alors qu'il était un sacré bâfreur. On aurait juré qu'il attendait son heure. Mais dans quel but? Le plus inquiétant était qu'il se plantait devant la serre dès qu'elle était sortie sur le pont afin de prendre du soleil et ne bougeait plus. Cela inquiéta fort le capitaine qui préposa deux marins à la garde de ses précieux plants de café, contraignant le reste de l'équipage, qui grogna, à fournir davantage d'efforts alors que la mer se faisait de plus en plus houleuse. C'est que selon le Janicot, *Le Dromadaire* venait de dépasser le mitan de cet immense océan que les anciens nommaient à juste titre la mer des Ténèbres. Désormais, le navire se trouvait à des milliers de lieues de toute terre habitée et en cas d'avarie grave, il ne faudrait compter que sur la bienveillance de Dieu. Des creux énormes se formaient à tout instant, donnant l'impression de plonger vers les abysses avant que remonter tout aussi brusquement en direction du ciel. Tout le monde se mit à dégobiller, à vomir, à se tenir le ventre ou la tête et surtout à pousser des hurlades qui se perdaient dans le vent.

Seul le colosse, vilain comme sept culs (au dire du maître-coq avec lequel il était parfois en bisbille parce qu'il jugeait sa ration de repas trop congrue), demeurait impavide.

Un jour de très mauvais temps, les gardes de la serre furent appelés à la rescousse par le reste de l'équipage afin de déplacer deux des quatre tonneaux d'eau douce qu'on avait hissés sur le pont arrière dans l'espoir que la chaleur du soleil élimine les bestioles qui s'y étaient infiltrées. Amarrés sous la dunette, ils menaçaient de briser leurs cordages à chaque hoquet du navire et tout simplement de rouler jusqu'à la mer au moment où quelque lame soulevait celui-ci. Gabriel-Mathieu avait été surpris par les éléments et n'avait pas eu le temps de rentrer la serre dans sa cabine comme il se dépêchait de le faire dès qu'il y avait la moindre alerte du ciel.

— Je m'en vais fracasser cette foutue boîte ! se

mit soudain à brailler le colosse, trempé jusqu'aux os, les cheveux hirsutes et l'œil noir. Je m'en vais la fiche à la mer !

L'homme, bravant la rage du vent, s'était agrippé à la serre contre laquelle il se mit bientôt à tambouriner de plus en plus violemment. Désemparé, le Dieppois ne savait s'il devait lui brûler la cervelle ou attendre une accalmie pour tenter d'arraisonner le forcené avec l'aide de l'équipage. La serre était faite, après tout, d'un solide bois de chêne et le verre qui la recouvrait avait été fabriqué par les meilleurs souffleurs de Nantes. Il pointa son pistolet en direction du colosse, lequel éclata de rire, sachant que le terrible roulis qui affectait depuis maintenant deux bonnes heures *Le Dromadaire* empêcherait le capitaine de viser juste.

— Tu veux donc planter du café aux Antilles, hein ? Ha-ha-ha ! Et tu crois que ces deux misérables arbrisseaux vont faire ta fortune et inscrire ton nom dans la liste des glorieux chevaliers du royaume de France ?

À entendre le colosse, Gabriel-Mathieu n'avait ni une tête de marin ni une tête de propriétaire terrien, mais bien celle d'un drôle. D'un galapiat, quoi ! Un gamin qui nourrissait un rêve idiot et qu'il convenait de ramener à la raison par tous les moyens, et celui qu'il avait trouvé n'était rien d'autre que de briser la serre et d'en jeter le contenu par-dessus bord. Le roulis n'arrangeait pas les choses. Une tempête était imminente et même les plus m'en-fous-ben d'entre les matelots laissaient transparaître leur inquiétude. Le quartier-maître

Janicot et le chef-matelot Mathurin étaient occupés à faire descendre les voiles et à serrer le grand perroquet, ce qui n'était pas chose facile à cause des vents qui tourbillonnaient comme à plaisir. Quant à Brutus, le maître-canonnier, aidé de son fidèle Yako, le Nègre qu'il avait acheté, selon ses dires, à prix d'or, il s'employait à resserrer les cordages qui retenaient les canons, vérifiant que les sabords étaient bien fermés.

— Halte là! hurla presque Gabriel-Mathieu tellement les vents sifflaient fort à présent. Ne t'approche plus d'un seul pas de ma caisse ou tu auras affaire à moi! Saperlotte!

Joignant le geste à la parole, il dégaina le pistolet qu'il arborait parfois à la ceinture mais qu'il ne chargeait pas toujours, ce qu'il était le seul à savoir. Gabriel-Mathieu n'avait pas plus l'âme d'un marin que celle d'un soldat. Il s'était d'abord rêvé planteur de tabac et désormais il plaçait tous ses espoirs dans la culture du café alors qu'il n'y avait aucune preuve que cette plante pût s'acclimater aux Isles de l'Amérique. Un certain Dr Isambert ne l'avait-il pas précédé dans cette aventure et n'avait-il pas totalement échoué? Mais, lui, Gabriel-Mathieu, était sûr de son fait. Il avait étudié avec soin une foultitude de traités de botanique consacrés aux plantes des Tropiques qui lui étaient tombés entre les mains et se garderait de commettre les mêmes erreurs que son infortuné prédécesseur. Le caféier, une fois qu'il a poussé, n'a presque plus besoin de soleil. Au contraire, il affectionne l'ombrage des grands arbres et y prospère. Il apprécie également l'humidité, pas celle des avalasses de pluie qui, semblant crever le ciel, ravagent tout sur leur passage, mais de ces pluies qui fifinent au devant-jour, ornementant le feuillage des arbres comme qui dirait des colliers de rosée. En fait, le caféier avait besoin des mêmes protections que le cacaoyer et Gabriel-Mathieu avait planté ce dernier sur une parcelle en partie boisée de sa plantation.

Son pistolet ne parvint pas à tenir le colosse en respect.

Alors que *Le Dromadaire* tanguait de plus en plus fort, l'enragé continua à avancer, en titubant, trébuchant même, en direction de la caisse. Éructant des choses inaudibles à cause des vents. Un déluge de pluie s'abattit soudain, dissimulant la mer. Un vrai coup de tabac! Gabriel-Mathieu y vit toutefois un bon signe : plus on approchait de l'Amérique, plus le temps ferait des siennes. Plus il se montrerait capricieux. Tel jour radieux comme le premier matin du monde et le surlendemain quasiment infernal sans que rien ne laissât présager pareil changement. Dans ces îles qu'en Europe l'on imaginait toujours radieuses, les gros nuages cohabitent avec le beau temps, la pluie avec le soleil et d'une heure à l'autre, il est impossible de savoir quel temps il fera. Sous les Tropiques, la nature est fantasque. Bien plus capricieuse que dans les pays à climat froid. Cela, Gabriel-Mathieu l'avait appris plus d'une vingtaine d'années plus tôt, à l'École des gardes de la marine de Rochefort, et son expérience de planteur à la Martinique l'avait conforté dans l'idée qu'il fallait s'habituer à y vivre au difficile.

Tremblements de terre, ouragans dévastateurs, fumerolles de la montagne Pelée annonciateurs d'une possible éruption, houle dévastatrice qui parfois recouvrait toute une partie des paroisses de Saint-Pierre et du Prêcheur, il avait vécu tout cela d'abord dans l'effroi, puis dans une progressive indifférence née, il est vrai, des moqueries de son épouse Marie-Colombe qui, en bonne native de la Martinique, fière de son patronyme de jeune fille, de Mallevault, se gaussait de lui dès que les éléments manifestaient leur colère.

— Une dernière fois, halte là !

L'admonestation du capitaine du *Dromadaire* se perdit dans le vent. Le pistolet qu'il pointait sur la poitrine de celui qui était devenu maintenant un forcené n'eut aucun effet sur ce dernier. Au contraire, il se raidit comme pour se bander les muscles et fonça tête baissée sur la caisse qu'il parvint à déplacer d'un bon mètre. Des matelots tentèrent de le ceinturer, l'un d'eux lui bourrant même les côtes de coups de poing, le colosse résistait encore. Comme indestructible. Gabriel-Mathieu hésitait à faire feu à cause des soubresauts du navire. Il ne pouvait prendre le risque d'atteindre l'un ou l'autre des matelots, lesquels étaient à présent empêtrés dans une bagarre à même le pont avec cet homme à la force herculéenne qui les repoussait en continuant à brailler.

Au final, aidé par le roulis, il réussit à se débarrasser d'eux et fondit une nouvelle fois sur la caisse dont il brisa une partie du couvercle à coups de poing, ce qui le blessa, provoquant l'irruption de coulées de sang le long de ses bras. Quoique l'ouverture qu'il avait provoquée ne fût pas très large, il y plongea la main et arracha d'un coup sec l'un des plants de café. Puis, il le brisa consciencieusement en mille morceaux, sans jamais accorder le moindre regard à un Gabriel-Mathieu pétrifié. Surgi de nulle part, Mathurin, le chef-matelot, se jeta sur le colosse qu'il parvint à faire chuter et à qui il flanqua une avoinée de coups de poing et de genou, ce qui mit enfin ce dernier hors d'état de nuire. Il bougea sur le pont pendant de longues minutes comme un pantin désarticulé avant de vomir un mélange de glaires et de sang. Gabriel-Mathieu avait ôté son uniforme et en avait couvert la partie du couvercle de la caisse dont le verre avait été brisé. Il attendit dans cette position pendant deux bonnes heures jusqu'à ce que le mauvais temps cesse et que ses matelots reprennent le contrôle du navire.

Son rêve avait failli être brisé à jamais. Par bonheur, il lui restait un arbrisseau, un seul, et il faudrait désormais qu'il redouble de vigilance à son égard. Ce qui le rassura, toutefois, c'est qu'il comprit que tout un chacun à bord partageait sa peine sans toutefois l'exprimer par des mots. Tel matelot lui serra les deux mains un long moment. Telle passagère se jeta dans ses bras et l'étreignit en sanglotant. Le forcené fut enchaîné dans la geôle du *Dromadaire*. À fond de cale.

[LES DEUX MAGOTS

L'absinthe terrible s'y boit en terrasse. Son vert vaguement teinté semble capturer les lueurs encore fugaces des premières matinées de la belle saison. Verlaine se laisse à la chanter :

> *En robe grise et verte avec des ruches,*
> *Un jour de juin que j'étais soucieux,*
> *Elle apparut souriante à mes yeux*
> *Qui l'admiraient sans redouter d'embûches ;*
> *Elle alla, vint, revint, s'assit, parla,*
> *Légère et grave, ironique, attendrie :*
> *Et je sentais en mon âme assombrie,*
> *Comme un joyeux reflet de tout cela ;*

Mallarmé, lui, énigmatise à souhait :

> *Victorieusement fui le suicide beau*
> *Tison de gloire, sang par écume, or, tempête !*
> *Ô rire si là-bas une pourpre s'apprête*
> *À ne tendre royal que mon absent tombeau.*

Rimbaud ne sait pas encore qu'il deviendra marchand de café à Aden, dans l'Arabie heureuse. Il s'émerveille doucement :

> *J'ai embrassé l'aube d'été.*
> *Rien ne bougeait encore au front des palais. L'eau était morte. Les camps d'ombre ne quittaient pas la route du bois. J'ai marché, réveillant les haleines vives et tièdes, et les pierreries se regardèrent, et les ailes se levèrent sans bruit.*

Le siècle nouveau, vingtième du nom, accoucha des horreurs de deux guerres civiles européennes qui firent tache sur la mappemonde. Au sortir de cette longue nuit de l'âme et de l'esprit, Les Deux Magots retrouvèrent leur éclat. Et de quelle manière ! Les surréalistes et André Breton, en habit de faux pape, y décrétèrent la fin du règne

227

de la Raison. Les existentialistes et Jean-Paul Sartre, pipe au bec, noyèrent l'Essence dans des litres de café.

Ainsi surgit, chez Breton, l'en-allée d'une parole :

Je te retrouve dans la fleur tropicale
Qui s'ouvre à minuit
Un seul cristal de neige qui déborderait la coupe de
tes deux mains
On l'appelle à la
Martinique la fleur du bal
Elle et toi vous vous partagez le mystère de l'existence
Le premier grain de rosée devançant de loin tous les
autres follement irisé contenant tout
Je vois ce qui m'est caché à tout jamais
Quand tu dors dans la clairière de ton bras sous les papillons de
tes cheveux

Café, haut-lieu du verbe et de la pensée...]

[JOURNAL DE BORD

Jamais je n'aurais pu imaginer que ce voyage fût semé d'autant d'embûches. Comme si le sort ou quelque esprit malin prenait plaisir à entraver notre route. À briser ce rêve mien. Je repensai alors à la maudition que m'avait lancée cette Mulâtresse avec qui j'avais fait le malheur de m'accointer un an et quelques mois avant mon retour au royaume de France. Justina était l'exact contraire de mon épouse, Marie-Colombe. Elle était perpétuellement gaie, bavarde à souhait, mutine pour mon seul agrément, mais aussi très assurée de son destin. Son père, un grand planteur des hauteurs de Saint-Pierre, l'avait affranchie dès son plus jeune âge et s'il ne lui avait jamais adressé la parole, il avait veillé à ce que grâce à un petit pécule qu'il lui avait fait tenir par un intermédiaire, elle pût ouvrir un commerce qui faisait office tout à la fois de buvette pour les Nègres libres amateurs de rhum, de salle de jeu pour les Blancs manants et d'épicerie pour tout ce monde-là.

Nos pas n'auraient jamais dû se croiser. En effet, après une période, tout au début de mon arrivée à la Martinique, où j'avais fréquenté à loisir les bas-fonds de la ville de Saint-Pierre à l'instigation de ce vive-la-joie de Théramène, je m'étais rangé une fois marié. Les de Mallevault avaient une très haute idée du rang qui était le leur dans la colonie et n'auraient pas toléré que leur gendre s'encanaillât avec la plèbe même si nombre d'entre eux avaient des enfants adultérins avec des Négresses ou des Mulâtresses. Eux, ils étaient créoles et estimaient en avoir le droit tandis que moi, je ne l'étais pas! Je n'étais qu'un emmené-par-le-vent, un natif de l'Autre Bord, de ce royaume de France d'où provenaient leurs ancêtres depuis un peu plus d'un siècle et dont ils n'avaient qu'une idée floue. Je me devais donc de me tenir droit, chose malaisée dans cette île où le jeu, l'alcool, les filles de joie et les trafics de toutes sortes sont monnaie courante. La curaille elle-même, tout en prêchant le dimanche les vertus chrétiennes, n'éprouve aucune honte à courir la gueuse durant la semaine sous le fallacieux prétexte que les femmes de couleur sont plus faciles à évangéliser que leurs alter ego masculins.

Justina, la première fois que je la vis, me rappela aussitôt la créature qui, dans une maison de tolérance du port de Rochefort, m'avait ôté mon pucelage alors que j'allais sur mes quinze ans. Elle ressemblait également à cette Mulâtresse que j'avais aperçue quelques mois après ma débarquée à Saint-Pierre, debout au mitan de lavandières noires, dans le lit de la bellissime rivière Roxelane. Deux êtres évanescents qui n'avaient cessé de me hanter à mon insu et que je crus retrouver en son altière personne. Car, elle ne baissait pas les yeux devant les Blancs comme c'était la règle. Elle soutint donc mon regard sans ciller avant de me lancer:

— Tu ne sais pas qui je suis, mais moi, je sais qui tu es. M. Gabriel-Mathieu de Clieu, n'est-ce pas? Hon!...

Tu as fini par devenir un homme important et les Békés t'écoutent à ce qui se dit partout. Mais tu as oublié quelque chose... Pour être vraiment considéré dans ce pays, un homme de bien se doit d'entretenir une maîtresse de couleur. Je suis à toi si tu veux!

Interloqué, j'avais passé mon chemin.

S'il était de notoriété publique que certaines esclaves et les femmes de couleur libres s'efforçaient d'affrioler les hommes blancs, qu'ils fussent créoles ou de France, un enfant de ces derniers étant vu comme une bénédiction du ciel et procurant maints avantages à celles-ci, cela se déroulait avec beaucoup plus de discrétion. À la faveur de la nuit généralement ou lors des bamboulas, ces fêtes endiablées que l'on autorisait aux esclaves deux ou trois fois l'an. Je résistai un temps à la tentation d'approcher celle que j'appris, par Théramène, se prénommer Justina. Je luttai même contre toutes sortes d'impulsions qui menaçaient de me submerger. Puis, un beau jour ou plutôt un mauvais jour, je quittai la paroisse du Prêcheur pour celle de Saint-Pierre au prétexte d'affaires urgentes, notamment de discussions avec le négociant qui écoulait mon sucre, avertissant Marie-Colombe et Da Irmine, notre nounou, que je ne pourrais être de retour que le lendemain en fin d'après-midi ou au plus tard le surlendemain. Mon fils Jean-Baptiste me mignonna les joues de ses petites mains potelées.

Je me rendis directement à l'établissement de Justina qui ne parut pas surprise du tout.

— Je t'attendais Gabriel-Mathieu! Monte à l'étage et débarbouille-toi, s'il te plaît! Simon va s'occuper de ton cheval.

Je lui obéis. Deux jarres en grès très joufflues recueillaient l'eau de pluie s'écoulant des gouttières. Je lui obéis à mon corps défendant. Rongé par la culpabilité. Honteux de moi-même. Justina ne me rejoignit dans sa chambre qu'une bonne heure plus tard car, déclara-t-elle, elle avait fort à faire dans sa boutique malgré les deux capistrelles qui l'y aidaient. Elle se déshabilla alors, se saisit du broc d'eau fraîche qu'elle se versa sur le corps avant de se savonner. Et de me lancer :

— Va m'en chercher en bas, Gabriel-Mathieu !

Je lui obéis à nouveau. Une fois rincée, elle attacha sa longue chevelure bouclée, se parfuma sous les bras et entre les jambes, se frotta les dents avec une mixture inconnue de moi et m'attira dans son lit, meuble magnifique recouvert par une moustiquaire qui jurait avec le reste du mobilier. Nous nous délectâmes l'un de l'autre. De ce jour, je devins un habitué de la maison quoique faisant tout pour ne pas faire remarquer mes allées et venues. Seule la vieille Da Irmine soupçonna quelque chose. Je l'entendais marmonner dans notre salon :

— Je sens une odeur de femelle ! C'est pas une de chez nous ni une de chez Théramène en tout cas. Je les surveille de près, celles-là... Monsieur Gabriel-Mathieu, gare à votre derrière, foutre !

Marie-Colombe mit du temps à reconnaître que notre nounou ne balivernait point et quand il lui fallut se rendre à l'évidence, quoique farouche en morale, elle n'explosa pas comme je l'avais redouté.

— J'avais épousé un Blanc de France et voici que j'ai maintenant un Blanc créole sous mon toit ! Qu'ai-je fait au bon Dieu pour mériter ça ?

À ma stupéfaction, ses récriminations s'arrêtèrent là. Elle ne reparla jamais plus de mes frasques et dut intimer l'ordre à Da Irmine d'en faire autant car cette dernière aussi cessa de me tisonner. Mais après quelques mois d'une relation ardente, Justina me somma de me démarier et de l'épouser ! Elle était une femme de couleur libre et rien, aucun texte, aucune loi, n'interdisait pareille union. Quand je lui opposai une fin de non-recevoir, elle se transforma en harpie, se mit à m'insulter, me cracha au visage et me jeta hors de chez elle.

— Gabriel-Mathieu ! Je te maudis, toi et toutes les générations qui proviendront de toi !

Comme je me préparais à retourner en France pour mener à bien mon projet d'y ramener des plants de caféiers, notre rupture m'affecta peu même s'il m'arrivait de regretter sa peau qui avait le goût de ces goyaves mûres que l'on cueille au bord des rivières juste avant l'hivernage. Une fois arrivé à Neufvillette, dans mon fief familial, puis à Paris où se trouvait le Jardin d'Acclimatation du Roy et enfin à Nantes où j'avais armé cette flûte, ce bon vieux *Dromadaire*, le souvenir de Justina s'effaça complètement de mon esprit. Mais voici qu'il revenait avec tout ce que nous venions de traverser : l'attaque des pirates, le calme plat des Sargasses, la crise de folie du colosse. Et si la maudition qu'elle m'avait lancée était en train de se réaliser ? Sans être superstitieux, je trouvais que cela faisait quand même un trop-plein d'obstacles dressés sur ma route.

Et si le pire était devant nous ?

Je notai pourtant, après mille efforts pour effacer ce mauvais présage, ce qui suit :

La ration quotidienne d'eau et de nourriture a été à nouveau diminuée. Le terme du voyage semble encore assez loin, mais le quartier-maître Janicot assure que nous n'avons pas perdu notre route. Nous nous dirigeons en droite ligne vers la Martinique.

Si l'équipage et les passagers, tout comme moi, se contentent de manger des pois et des fèves agrémentés d'un peu d'huile, tout le monde rechigne sur le peu d'eau qui est alloué à chacun. Pour détourner l'attention des hommes, j'ai permis que l'on distribue de l'eau-de-vie trois fois par jour.

Notre porc a été consommé ainsi que la moitié de notre volaille. Les lapins se sont évadés. On a eu beau les rechercher partout, nous n'en avons retrouvé aucun. Un passager irascible répète que Théodore, notre cuistot, les cache dans sa cabine et compte les manger tout seul. La peur de la faim et de la soif ou plutôt celle de mourir de faim et de soif nous taraude tous.

La position de Vénus désormais indique nettement que nous sommes entrés pour de bon dans la partie chaude de l'Atlantique. C'est la seule bonne nouvelle.

J'ai grand hâte d'arriver à bon port. De toute façon, ce journal de bord ne sert à rien car je ne suis l'employé d'aucune compagnie ni d'un quelconque armateur. J'ai acheté *Le Dromadaire* avec mes propres deniers et n'ai de comptes à rendre à personne d'autre qu'à moi-même et à la mission que je me suis fixée : planter le café aux Isles de l'Amérique pour faire prospérer davantage encore ces dernières et par la même occasion notre cher royaume de France. Vive notre puissant et bon roi Louis XV, digne descendant du Roi-Soleil !...]

L'OURAGAN DÉCHAÎNÉ

Au trente-deuxième jour du voyage, au beau mitan de l'Atlantique donc, là où les navires se trouvent à la merci du calme plat ou, à l'inverse, de vagues monstrueuses, plus hautes parfois que des maisons, ce lieu étrange où l'on sent que la plus proche terre doit se trouver à des milliers de miles, où le temps semble suspendu, où la parole se fait rare, voire se tarit, où le marin le plus averti sent monter en lui une angoisse sourde quoique dépourvue de raison, *Le Dromadaire* se cabra tout soudain. Tel un cheval fou! Un homme que Sébastien Janicot avait chargé de grimper à l'en-haut du mât d'artimon pour vérifier les attaches de la grand'voile fut projeté d'une trentaine de mètres de haut et se rompit le cou.

Stupeur!

En effet, dans l'instant qui suivit cette étrange ruade de la flûte, la mer redevint presque d'huile. Un vent léger mais constant continua à faire avancer le navire. Comme depuis quatre jours déjà. Le chef-matelot, ce Mathurin qui se vantait d'avoir fréquenté toutes les mers du monde, chantonnait.

Son allégresse contribuait à rassurer tout un chacun et mettait du baume au cœur à ceux qui désespéraient d'arriver à destination. Tant de défortune s'était abattue sur *Le Dromadaire* depuis leur départ de Nantes ! Pour sa part, Gabriel-Mathieu était habité par un étrange pressentiment qui le réveillait en sursaut plusieurs fois au cours de la nuit. Il se rendait alors compte qu'il avait imaginé un retour bien plus tranquille à la Martinique, son premier voyage n'ayant eu à affronter que de brèves périodes de mauvais temps et un début de mutinerie qui avait éclaté parce que des marins reprochaient à leur capitaine d'avoir fait charger l'eau douce dans des barriques qui, non contentes de suinter, semblaient s'effriter de l'intérieur. En effet, assez rapidement, celle-ci avait dégagé une odeur nauséabonde et on y trouva de minuscules copeaux couverts de vermine.

— Vous n'avez qu'à la boire en vous pinçant les narines, tonnerre de Brest ! avait ricané le capitaine. Regardez donc comment je m'exécute !

Et de joindre le geste à la parole, chose qui, loin de déclencher l'hilarité de l'équipage comme il l'avait cru, provoqua une colère sans nom. Pire qu'une colère, une véritable mutinerie ! C'est que l'infâme breuvage avait provoqué d'interminables diarrhées chez certains ou alors des vomissements à répétition qui laissaient ceux qui en étaient atteints tout bonnement exsangues.

Des années plus tôt, prenant la haute mer pour la toute première fois de sa jeune existence, Gabriel-Mathieu avait découvert qu'il supportait mal le roulis et qu'il avait en permanence les tempes en feu. Lui aussi trouvait cette eau infecte, mais demeurait bec coué, essayant de se désaltérer le moins possible ou alors étanchant sa soif, qui augmentait à mesure que le navire approchait de la région chaude de l'Atlantique, à l'aide de la piquette que l'on servait à volonté. Piquette qui portait le nom pompeux de « nectar de l'Aquitaine ». Seul le tabac, lui aussi disponible à profusion à bord, lui procurait un brin de soulagement. Il y voyait un heureux présage : cette plante qui ferait de lui un homme riche aux îles lui témoignait déjà de son amicalité. Sauf qu'un matin, des marins se révoltèrent pour de bon et exigèrent que le navire fît demi-tour pour, disaient-ils, pouvoir se ravitailler en eau douce dans l'île de Terceira, aux Açores. Les mutins cessèrent de travailler, incitant le reste de l'équipage à les suivre, et essayèrent de s'emparer du capitaine et de son fidèle second, un individu à la peau mate, au regard féroce, tout en muscles et baragouinant un idiome que l'on comprenait à moitié. Le navire s'immobilisa un temps avant de dériver au gré des flots, toutes ses voiles ayant été rabattues.

— Il ne nous est pas possible de dévier de notre route, tenta d'abord de parlementer le capitaine qui s'était retranché dans la dunette avec son « Maure », comme était surnommé son second, et une poignée de marins fidèles.

Il argua du fait que revenir en arrière exposait le navire aux attaques de flibustiers qui rôdaillaient aux abords de cet archipel en quête de marchandises européennes qu'ils transportaient à l'île de la Tortue, au nord de Saint-Domingue, où ils les revendaient en contrebande aux Espagnols et aux Anglais. Ces forbans des mers, dont la réputation de férocité n'était plus à faire, n'eurent pourtant pas l'air d'effrayer les mutins qui, en marins expérimentés, en avaient vu d'autres. Le chef des mutins avait d'ailleurs un crochet à la place du bras gauche et portait un cache-œil qu'il lui arrivait d'ôter de temps à autre, exhibant une agate qui scintillait même dans l'obscurité. Ses camarades l'avaient surnommé « Zombie », du nom d'un fantôme qui hantait nuitamment les rues cases-nègres et avait le pouvoir de voler ainsi que de traverser les cloisons ou les murs les plus épais. Ce sobriquet l'insupportait au motif que seuls les Nègres imbéciles croyaient en l'existence des zombies et il lui arrivait de menacer toute personne qui osait la lui lancer au visage.

— Ne m'obligez pas à faire feu ! s'était écrié le capitaine qui conservait un calme olympien qui avait impressionné Gabriel de Clieu.

L'attente dura presque une éternité.

Les deux parties s'observèrent, se jaugèrent, les mutins visiblement surpris, y compris leur chef. Le reste de l'équipage et les quelques passagers, pour la plupart des hommes au visage buriné qui, quoique blancs, s'exprimaient entre eux dans l'idiome des Nègres, le créole, sans doute des planteurs revenant de quelque villégiature au royaume de France, s'étaient réfugiés à l'extrémité du pont arrière. Soudain, un coup de feu partit et l'on vit le borgne au crochet de fer s'effondrer de tout son long, atteint en plein front. Curieusement, il n'y eut pas une goutte de sang au pied de la dunette où il avait entrepris de défier le capitaine du navire. Gabriel venait d'être confronté à cette chose horrible qui devait lui devenir familière une fois installé à la Martinique : la mort subite et violente tout à la fois. À Neufvillette, dans son village, il arrivait que des paysans décèdent en plein champ ou bien d'une chute de cheval, mais rarement sous le coup d'une arme à feu. Un interminable silence suivit la fin de la mutinerie. Les fidèles du trépassé, l'air penaud, se rendirent sans opposer de résistance et furent mis à la geôle, tout au fond de la cale, pendant le restant du voyage.

Ce souvenir, inexplicablement, hantait Gabriel et quand les vents devinrent comme fous, faisant tournevirer son *Dromadaire*, il comprit que chacun attendrait de lui qu'il prenne la bonne décision, celle qui leur permettrait d'échapper aux Enfers. Le ciel devint d'un noir si profond qu'on se serait cru en pleine nuit et des trombes d'eau, charroyées en tous sens, se fessèrent sur les rares marins qui ne s'étaient pas mis aux abris. Les passagers, eux, s'étaient tous réfugiés dans leurs cabines. Seul, il se rua jusqu'à la serre qu'il tenta de déplacer mais elle ne bougea pas d'une maille. D'habitude, il sollicitait deux marins afin de l'aider mais dans la tourmente qui venait de s'abattre sur le navire, sa voix se perdit dans les hululements à glacer le sang qui semblaient émaner des confins du ciel. En un battement d'yeux, il fut projeté à la renverse et sa tête cogna un amas de voiles arrachées, ce qui lui sauva la vie. Deux imprudentes Filles du Roy que la curiosité avait retenues sur le pont poussèrent des cris d'effroi tandis que des éclairs mauves, suivis de coups de tonnerre semblables à mille canons déchaînés, déchiraient les ténèbres.

— Il n'y a rien d'autre à faire qu'à attendre, lui murmura une voix.

Sébastien Janicot, le quartier-maître, avait rampé jusqu'à lui, apportant une corde que les deux hommes s'employèrent à enrouler autour de la serre afin de tenter d'arrimer cette dernière au bastingage. Les pluies redoublèrent alors de violence, la mer furibonda. Quant aux vents, ils creusaient des trous si profonds dans l'océan que le navire plongeait vers les abysses à une vitesse vertigineuse avant de remonter de pareille façon, baillant l'impression à Gabriel-Mathieu qu'un monstre s'employait à lui extraire tout bonnement les boyaux. Son grand rêve de planter du café à la Martinique et par la suite dans les autres îles françaises de l'Amérique avait survécu à une attaque de pirates, au piège des Sargasses, puis à l'accès de folie furieuse d'un passager jaloux, et voici qu'une quatrième et encore plus effroyable épreuve se dressait sur sa route. Il sentit alors le désespoir l'envahir lorsque, après moult tentatives pour se redresser, le quartier-maître et lui, des craquements s'élevèrent du pont avant et qu'ils furent voltigés loin l'un de l'autre. On n'y voyait plus rien et seule la corde à laquelle tous deux s'étaient agrippés et sur laquelle, par instinct, ils tiraient leur indiqua qu'ils étaient chacun encore de ce bas monde.

— Priez, capitaine ! Priez ! s'écria Janicot qui, par miracle, avait à nouveau réussi à se haler jusqu'à sa hauteur. Je ne crois pas en Dieu ni à la Vierge Marie ni au Petit Jésus en temps ordinaire, mais en cas de tempête, il faut faire reculer le diable.

Gabriel songea aux leçons de catéchisme que lui infligeait sa mère deux fois par semaine, elle qui avait fait installer une chapelle privée dans leur demeure, et tenta sans succès de réciter le Notre-Père. À Saint-Pierre de la Martinique, il ne manquait jamais la messe du dimanche à la cathédrale, mais c'était pour complaire à sa très croyante épouse, Marie-Colombe, qui avait même acheté un banc à leur nom, juste derrière ceux des « habitants », ces grandes familles séculairement établies dans l'île. Elle avait tenu à organiser un baptême grandiose à la naissance de leur fils, Jean-Baptiste, où toute l'aristocratie créole, y compris de Fort-Royal, avait été conviée. À la vérité, il en profitait pour scruter les jeunes femmes ou les épouses à la réputation de vive-la-joie telle cette Mme de Saint-Michel de Lavalmenière, Georgette de son prénom, qui jouait la sainte-nitouche avec une rare perfection. Son patronyme à double particule lui venait de son vieux barbon d'époux qu'intéressaient davantage, assurait la malignité publique, les courses de chevaux que l'impérieuse obligation d'honorer la belle pouliche qu'elle était, moins âgée que lui d'une bonne trentaine d'années. Leurs noces avaient donné lieu, lui avait raconté Théramène Claudius, à un sacré charivari auquel il avait eu la joie de participer. Cela avait consisté, lors de leur nuit de noces et les deux suivantes, à se rassembler autour de la demeure du couple pour y brailler des chansons toutes plus salaces les unes que les autres tout en cognant comme des sourds sur des objets métalliques, en particulier des casseroles. Ni le vieillard ni sa jeune donzelle n'en avaient pris la mouche et encore moins émirent le moindre commencement de protestation.

À la vérité, Georgette avait fait la catin sur les ports de La Rochelle et de Nantes avant que la maréchaussée, sur ordre du cardinal Richelieu, ne la rafle, elle et bon nombre de ses consœurs, afin de les expédier aux planteurs de la Martinique qui se plaignaient continûment de manquer de femmes et d'être ainsi contraints d'équivoquer avec les Caraïbesses et surtout les Négresses puisque les premières se faisaient rares, leur race ayant choisi de se réfugier en l'île sauvage et quasi inaccessible de la Dominique. Non que Gabriel-Mathieu eût la moindre intention de s'accointer avec ladite Georgette, mais l'observer le distrayait de ces messes à la fois ennuyeuses et longuettes.

L'ouragan – c'en était bel et bien un, plus de doute! – se saisit du *Dromadaire* et l'envoya valser dans les airs.

Soudain, deux créatures humaines se dressèrent dans le vent, presque à la proue du navire. Deux créatures fantomatiques qui semblaient défier les éléments en esquissant de grands gestes et en lançant des sortes d'exhortations que hachaient les vents qui, eux, semblaient provenir de partout. Brutus, le maître-canonnier, et son fidèle Africain, Yako, avaient-ils perdu la raison? Agrippé des deux mains à la serre et la maintenant d'un pied contre le bastingage tandis que Janicot tenait à bout de bras les cordes qui l'amarraient, Gabriel-Mathieu crut un instant qu'il était à nouveau en train de faire un cauchemar. Quoiqu'il eût le sommeil plutôt léger et ne rêvant guère, il lui arrivait de loin en loin d'être la proie, par certaines nuits d'hivernage, quand la pluie s'affaissait sans discontinuer sur la Grand'Case jusqu'à en briser parfois les auvents, de voir une armée de monstres l'environner, prêts à la dépecer. Ses hurlements réveillaient Marie-Colombe qui, fort courroucée, prenait son oreiller et son drap pour trouver refuge dans la chambre d'amis. Au matin, elle ne lui posait aucune question. Son épouse était une taiseuse. Comme la plupart des Blanches créoles. Du moins devant les hommes, car lorsqu'elles se trouvaient entre elles ou avec leurs servantes noires, comme il avait pu s'en rendre compte, elles criaillaient plus fort que des pintades. D'ailleurs, ce fut à l'une d'entre elles, Hermancia, qu'incomba la tâche d'allaiter leur fils, Jean-Baptiste, ce qui avait mis Gabriel-Mathieu fort mal à l'aise. Par bonheur, ces mauvais rêves ne troublaient son sommeil que deux ou trois fois l'an.

Or, là, face à ce qui n'était autre qu'un ouragan, il ne s'agissait point d'une hallucination. Brutus et Yako, bras haut levés, défiaient celui-ci, indifférents aux assauts de la pluie et du vent. Indifférents aux cabrements du *Dromadaire*. Leurs voix se faisaient écho lors des brusques et brefs moments d'accalmie. Celle du Blanc répétait sans cesse, en patois, une question insolite, un doigt pointé en direction de l'océan :

— *Ché bêtes là, ça bé de l'io ?* (Ces bêtes boivent de l'eau ou quoi ?)

242

L'Africain renchérissait dans un mélange de sa langue natale, qu'il disait être le ouolof, de portugais, d'espagnol et de français, langage qu'il baragouinait le plus souvent et qu'inexplicablement, chacun à bord avait fini par déchiffrer. Leur manège irrita Mathurin, le chef-matelot, qui affirmait n'avoir jamais perdu autant d'hommes au cours d'un voyage. Il lui arrivait de les énumérer à haute et intelligible voix, de les marteler même, afin de culpabiliser Gabriel-Mathieu. C'est qu'il n'avait jamais accepté la terrible sentence infligée à ce moussaillon qui, quelques heures seulement après l'appareillage, avait fait le malheur de révéler le contenu de la boîte en verre à une drôlesse qu'il convoitait. Deux arbrisseaux, dont on ne savait même pas s'ils survivraient à la traversée de l'Atlantique, ne méritaient pas qu'on leur sacrifie des vies humaines. Sur le moment, il n'avait émis aucune objection, en homme de mer respectueux de la hiérarchie à bord, mais dans les jours qui avaient suivi, il avait exprimé sa désapprobation ou plus exactement l'avait exprimée à la moindre occasion.

— Si ces deux-là tombent à l'eau, capitaine, grogna-t-il, le reste du voyage va être difficile. Brutus et Yako sont de vaillants matelots.

Quoique les voiles eussent été descendues dès que les cieux s'étaient noircis et que des vents violents s'étaient mis à souffler par à-coups, le navire se comporta telle une toupie. Comme si une main gigantesque, placée sous sa coque, prenait plaisir à lui infliger des virements tantôt à tribord tantôt à bâbord. Gabriel-Mathieu avait étudié des récits

243

de naufrages dans son jeune temps, à l'École des gardes de la marine de Rochefort. Il en avait, par la suite, entendu lors de sa première venue à la Martinique, sans compter ceux qu'il avait pu lire dans les relations de voyages consacrées aux Indes occidentales (son « Bréviaire des Amériques » en avait recueilli maints extraits). Mais cette connaissance bien livresque ne lui était présentement d'aucun secours. Chacun à bord s'attendait donc à ce qu'il prît les décisions qui s'imposaient, celles qui permettraient au *Dromadaire* de s'extraire du pétrin dans lequel il se trouvait depuis un paquet d'heures maintenant. Ce qui fait qu'il ordonna au chef-canonnier Brutus et à son Nègre de gagner sans délai la cale. Le quartier-maître n'avait d'ailleurs pas attendu qu'il se décidât. Il en avait pris le chemin, laissant Gabriel-Mathieu seul avec sa serre, cette grosse caisse en bois au couvercle de verre qui contenait ce qu'il avait, après son fils Jean-Baptiste et son épouse Marie-Colombe, de plus cher à son cœur. La prunelle de ses yeux! Ce pourquoi il avait renoncé à une existence, certes non dénuée d'embûches, mais somme toute bien meilleure que celle du damoiseau de province qu'il serait devenu s'il était resté à Neufvillette. Ces deux plants de caféiers, dérobés dans le Jardin des plantes médicinales du Roy avec la complicité de la nièce du Dr de Chirac, le médecin personnel de Sa Majesté, valaient, à ses yeux, plus que tout l'or du monde. Si jamais cet ouragan catapultait la serre par-dessus bord, il se retrouverait Gros-Jean comme devant. Alors, il s'accrocha de toutes ses forces aux cordages qui retenaient celle-ci et ferma les yeux.

Alea jacta est!

Gabriel-Mathieu ne réalisa qu'il n'était pas seul que lorsque des bras et des jambes se mirent à le cogner sans répit. Brutus et Yako, comme revenus à la raison, l'avaient rejoint et luttaient avec lui contre l'ouragan pour l'empêcher d'emporter la caisse. Les trois hommes s'entrecognaient dans tous les sens, ayant le plus grand mal à respirer à cause des trombes d'eau qui se déversaient sur le pont. À un moment, *Le Dromadaire* versa si fort que l'un des canons se détacha et roula dans les flots dans un tintinnabulement de chaînes. Le Dieppois regretta de n'avoir pas accepté que son navire fît partie d'une de ces escadres qui, composées de frégates pour la guerre et de flûtes pour le transport de marchandises, garantissaient à ces dernières une traversée, certes jamais paisible, mais moindrement périlleuse que celle qui s'effectuait en solitaire. En cas de tempête ou d'avarie, au moins pouvait-on être secouru, tandis que dans le cas présent, il n'y avait plus qu'à s'en remettre à Dieu et à sa miséricorde. Il regretta aussi de n'avoir pas suivi le conseil, pourtant pressant, de son quartier-maître quelques jours avant l'appareillage, obnubilé qu'il était par l'idée de mettre de la distance entre la terre de France et lui :

— Capitaine, il faut lester notre navire avec des galets. J'ai deux gars qui peuvent s'en aller nous en chercher dans l'Erdre. Cette rivière en contient de joliment polis... En cas de tempête, ça nous évitera de chavirer...

Cette fois, le Très-Haut se compassionna de Gabriel-Mathieu et de ceux qui se trouvaient à bord de son navire. Peu à peu, l'ouragan se dissipa. Les vents disparurent. Les flots s'apaisèrent. Les nuages gris et noirs qui barraient l'horizon s'évaporèrent et un soleil, d'abord timide, puis assez vite radieux, se mit à briller. Incrédules, matelots et passagers ne bougèrent pas pendant un long moment quoiqu'ils dussent étouffer à fond de cale. Quant aux trois hommes qui étaient agrippés aux cordages de la serre, ils demeurèrent dans cette position jusqu'à ce que Mathurin, le chef-matelot, le premier à être remonté à l'air libre, les tirent de leur inconfortable position d'un tonitruant :

— *Ben voilà-ti des colin-fumelles!* (Qu'est-ce que c'est que ces hermaphrodites!)

Gabriel-Mathieu, qui n'avait pas entendu cette expression de son terroir, « colin-fumelle », depuis des lustres, se sentit brusquement revigoré. Son premier regard fut pour sa serre qu'il découvrit intacte (il avait réussi à colmater avec de la cire la partie du couvercle en verre qu'avait abîmée le colosse) et, à côté d'elle, leurs mains retenant encore les cordages, le chef-canonnier Brutus et Yako qui s'étaient évanouis. Lorsqu'ils retrouvèrent leurs esprits après force seaux d'eau de mer déversés sur eux, le premier expliqua que sa tête avait heurté violemment celle de son Nègre, mais il s'empressa d'ajouter, tandis que Doc Mornier lui appliquait un pansement :

— Mais c'est grâce à lui si l'ouragan a fait demi-tour! Yako est le plus grand sorcier nègre depuis le fleuve Sénégal jusqu'au pays d'Angole. Remerciez-le, capitaine!

Gabriel-Mathieu s'exécuta, mais l'Africain ne lui répondit qu'avec un clignement d'yeux : il avait perdu sa voix dans le vent frénétique qui avait soufflé sans trêve des heures durant...

[BRÉVIAIRE DES AMÉRIQUES

La faute irréparable que fit Colomb fut de ne pas mettre des Colonies d'Européens dans les petites Isles qu'on a depuis appelées les Antilles. Il est vrai que charmé par des richesses qu'il trouvoit dans les grandes, et que ses Successeurs ont trouvées dans la terre ferme, ils ont méprisé ces Cayes ou ces Rochers, comme ils les appelloient, où ils ne trouvoient rien de semblable; ils ont eu lieu de s'en repentir dans la suite.

PÈRE LABAT,
Nouveau voyage aux Isles de l'Amérique, 1698

La plus grande partie de ces isles est couverte de beaux bois qui, étant verts en toute saison, font une agréable perspective et représentent un Été perpétuel.

CÉSAR ROCHEFORT,
*Histoire naturelle et morale
des Isles des Antilles,* 1658]

LA GRAND SOIF

Un silence cathédralesque régnait depuis quelques jours sur *Le Dromadaire*.

Après tant de péripéties – cette attaque d'un navire pirate qui échoua par miracle mais qui mit trois hommes définitivement hors de combat et en estropia quelques autres ; ce calme plat qui fit croire aux marins que leur navire était encalminé pour toujours au beau mitan de l'Atlantique ; ce fou furieux de huguenot qui, crevant de jalousie à l'endroit de Gabriel de Clieu, avait tenté de détruire les plants de caféiers ; et final de compte, cet ouragan qui faillit envoyer leur navire corps et biens dans les abysses – l'équipage estimait pouvoir enfin bénéficier d'un peu de répit.

Un vent régulier bombait la misaine et le beaupré.

Sauf que les réserves en eau avaient dramatiquement diminué. *Le Dromadaire* avait accumulé un tel retard que des marins se mirent à maugréer que le bon Dieu et le diable avaient conjugué leurs efforts pour les empêcher d'arriver à bon port. Pourtant, ils rêvaient tous de Saint-Pierre ou de Fort-Royal, de leurs tavernes où le rhum et le gin coulaient à flots, de leurs Mulâtresses réputées peu farouches, de la possibilité d'acquérir un terrain pour y planter seulement de la canne à sucre et non cette plante prétendument miraculeuse, ce caféier, dont de Clieu avait bel et bien été obligé de révéler l'identité, au quatorzième jour du voyage, afin d'apaiser un début de révolte.

— Nous ne transportons aucune marchandise précieuse, s'était mis à hurler le chef des malcontents, et nous mettons donc notre vie en danger pour rien! Si nous n'avions pas réussi à repousser ce navire de pirates, sûr et certain que fous de rage de n'avoir rien trouvé d'intéressant à notre bord, ils nous auraient tous passés au fil de l'épée.

Il avait d'abord fallu rationner l'eau.

Trois des quatre énormes tonneaux étaient désormais vides et le dernier avait commencé à être entamé. D'avoir été enfermé si longtemps, son contenu avait un goût saumâtre qui soulevait le cœur, mais étanchait tout de même la soif. Cette soif qui semblait croître à mesure que la perspective de manquer d'eau en plein Atlantique taraudait les plus courageux d'entre les marins. Il ne faisait pourtant pas plus chaud car la ligne des Açores ayant été dépassée, la température demeurerait à peu près égale jusqu'à l'arrivée à la Martinique. Gabriel-Mathieu craignait pour son ultime pied de café qu'il ne sortait plus aussi longtemps de sa cabine de peur que quelqu'un, d'exaspération, ne fracasse la serre, déjà en partie abîmée par le fou furieux, ou qu'ils s'y mettent à trois ou quatre pour voltiger celle-ci à la mer. Il ne l'arrosait plus en public non plus, mais dans le secret de sa cabine, grâce à une petite réserve d'eau qu'il gardait dans une bonbonne et dont seul le quartier-maître Janicot et le marin chargé de la distribution d'eau connaissaient l'existence.

— Capitaine, lui souffla un matin le premier, un demi-litre par jour et par personne, ce n'est plus supportable...

— Je le supporte bien, moi!

— Nos hommes n'obéissent plus, capitaine, ou bien ils font mine d'exécuter mes ordres. Il y en a qui sont au bord de l'effondrement, mais quelques-uns couvent de la colère contre vous et moi. Il faut augmenter la ration!

Gabriel de Clieu avait fait et refait ses calculs.

Il restait neuf jours, au maximum douze au cas où les vents diminueraient, pour atteindre Saint-Pierre de la Martinique et la dernière barrique d'eau ne pouvait suffire si l'on doublait la quantité d'eau par personne. Il regrettait au demeurant d'avoir cédé aux sollicitations des Filles du Roy qui avaient plaidé la cause des femmes, expliquant que ces dernières avaient absolument besoin chaque matin du précieux liquide pour leur toilette intime, n'hésitant pas à exhiber leurs sous-vêtements maculés du sang de leurs argougnasses. En fait, quasiment plus personne à bord ne se lavait. Tout juste se contentait-on, à la nuit close, de se frotter le corps avec de l'eau de mer pour diminuer les démangeaisons ou contrecarrer les eczémas et autres échauffures qui s'étaient déclarés chez certains. S'il n'avait pas eu la bonté de céder à leur caprice, *Le Dromadaire* aurait gagné pas moins de quatre jours de rations d'eau! Or, désormais, chaque jour comptait. Chaque heure même! Quoiqu'on fût près du but, quoiqu'on eût surmonté toutes sortes d'avanies, l'équipage était à la merci du plus insignifiant et du plus stupide des adversaires : le manque d'eau. Mourir de soif n'avait jamais été envisagé par Gabriel-Mathieu quand, occupé à préparer la traversée, il avait passé en revue tous les dangers que son navire pouvait encourir. Dans tous les récits de marins qu'il avait pu lire, peu faisaient état de pareille crainte.

— Dites-leur que dans pas longtemps, on en reviendra à un litre par jour, finit-il par céder devant l'insistance du quartier-maître Janicot qu'il n'avait jamais vu aussi inquiet.

— Dans pas longtemps?

— Quatre jours...

— Quatre jours, c'est trop, capitaine. Nous avons des malades qui...

— Ne discutez pas mes ordres, je vous prie!

Ce qui était prévisible finit par se produire : un homme plutôt jeune mais qui, une fois que les côtes françaises s'étaient estompées dans la brume, avait terriblement souffert du mal de mer, décéda dans la soirée. Cela mit passagers et marins dans un effroyable émoi. Gabriel-Mathieu dut placer jour et nuit trois de ses fidèles à côté de l'ultime barrique d'eau. Désormais, il ne faisait son caféier prendre le soleil que très tôt le matin, lorsque les premiers étaient encore endormis ou mal réveillés. Le plant, l'arbrisseau rescapé donc, l'inquiétait fort car il semblait être fragilisé. Il s'était comme replié sur lui-même et avait l'air rabougri. Sans doute lui aurait-il fallu davantage d'ensoleillement mais c'eût été une provocation aux yeux de celles et ceux qui le rendaient responsable du rationnement de l'eau. À la vérité, ces personnes exagéraient car ce qui avait allongé le voyage à l'excès, c'étaient les péripéties qu'il avait fallu traverser : cette ruée de pirates qui avait mis à mal le mât arrière, chose qui avait exigé du gabier deux jours et demi de réparations ; ensuite le terrible calme plat qui avait immobilisé le navire si longtemps qu'on en avait perdu la mesure du temps justement.

Si neuf jours avaient été perdus, c'était d'abord à cause de tout cela, martelait Gabriel-Mathieu à son quartier-maître et aux marins qui lui étaient proches, et non à cause de deux, puis d'un seul misérable plant de café. Neuf jours qui s'étaient ajoutés à ceux qui étaient prévus, ce qui avait forcé *Le Dromadaire* à dépasser sa consommation d'eau. Malheureusement, leur navire n'en avait croisé aucun autre, aucun qui fût d'une nation avec laquelle le royaume de France n'était pas en bisbille en tout cas, puisque juste avant d'arriver à hauteur des Açores, ils avaient aperçu deux trois-mâts arborant le pavillon portugais. Et même dans le cas où la proue ou la poupe d'un navire ami eût apparu à l'horizon, il n'était pas sûr que ce dernier acceptât de se délester d'une partie de ses réserves d'eau. Lui revenait alors cette sentence que répétait, sans que cela retienne l'attention des élèves, l'un de ses maîtres à l'École des gardes de la marine de Rochefort :

— Après l'eau salée, l'eau douce est la meilleure amie du marin, messieurs. Sachez-le !

La sensation de soif, la vraie, celle qui vous colle la langue au palais, assèche votre gosier jusqu'à ce qu'il soit en feu, ralentit les battements de votre cœur ou à l'inverse les augmente jusqu'à cogner votre poitrine, était inconnue du capitaine du *Dromadaire* tout comme des passagers et de la plupart des marins. Parmi ces derniers, ceux qui, ayant écumé les mers comme le quartier-maître Sébastien Janicot ou le chef-matelot Mathurin, en avaient fait l'expérience, avaient gardé un souvenir affreux. Le premier évoqua sa captivité au pays des Barbaresques, lesquels pratiquaient la plus cruelle et la plus raffinée des tortures : offrir leurs gâteaux dégoulinants de miel aux prisonniers qui, à moitié affamés, se précipitaient dessus, puis les priver d'eau durant trois jours. La sensation de soif est décuplée lorsqu'on a avalé du sucre, bien davantage que celle que provoque le sel, au contraire de ce que l'on pense généralement. Janicot avait failli par deux fois passer de vie à trépas et n'avait aucune intention de revivre pareil supplice. Mais, à la stupéfaction générale, le chef-matelot Mathurin éclata d'un rire si sonore qu'il réveilla de leur torpeur tant ceux qui se trouvaient sur le gaillard d'avant que ceux qui avaient trouvé refuge sur le pont arrière. Était-il devenu fou ? La soif avait-elle eu raison de lui et de sa légendaire bravacherie ? Il se dressa de tout son long, resserra la toile qui retenait son pantalon que menaçait de crever un ventre adipeux, s'éclaircit la voix et tonna :

— Bon Dieu de bon sang ! Mais qu'avez-vous tous à chigner, pleurer, vous lamenter, implorer le Très-Haut ?

On le regarda, éberlué.

— Si vous voulez crever de soif, c'est votre affaire !
Moi, Mathurin, qui ai battu les côtes d'Afrique et
des Amériques et qui compte bien, après cette foutue traversée, faire voile vers les Indes d'Orient, je
ne subirai pas votre triste sort. Ha-ha-ha !

Et de s'avancer vers la caloge dans laquelle se
trouvaient la volaille et les lapins, d'attraper une
poule, chose qui provoqua un concert de caquè-
tements et de grognements, et de s'en retourner
au mitan du pont avant, l'air toujours hilare. Puis,
d'un coup de mâchoire, de sectionner une aile du
volatile qu'il souleva pour la placer juste sous sa
tête renversée, sa tête à lui, et de se mettre goulû-
ment à avaler le sang qui en dégoulinait.

— Ça désaltère aussi bien que l'eau douce,
bande d'ignares !

Et de dépecer le volatile avec les mains et les
dents, de l'éviscérer tout en continuant à se
repaître du liquide rougeâtre à l'aspect dégoûtant
qui lui couvrait maintenant le front et les joues.
Quand il n'y en eut plus une seule goutte, il lança
sa victime aux pieds du cuistot Théodore en lui
intimant l'ordre de la lui cuire sur-le-champ et
lâcha un rot d'intense satisfaction. Alors, vous pré-
férez voir vos boyaux se dessécher, imbéciles que
vous êtes ! Vous avez donc peur du sang, pourtant
c'est lui qui coule dans vos veines et c'est grâce à
lui si vous êtes encore vivants. Gabriel-Mathieu,
tétanisé, comprit qu'il se devait de reprendre au
plus vite le contrôle de la situation car si jamais
certains, surmontant leur dégoût, se mettaient
à imiter Mathurin, c'en serait fini de la volaille.

Or, cette dernière ne devait être utilisée qu'avec parcimonie puisqu'elle constituait une réserve de nourriture tout autant que les derniers sacs d'orge et l'ultime barrique de viande salée. Serrant les dents, le capitaine du *Dromadaire* se dirigea d'un pas faussement ferme (en réalité, son esprit vacillait) jusqu'au gaillard d'avant. D'un mot, il demanda à deux matelots de ceinturer leur chef et leur indiqua la cale où se trouvait la geôle. Ceux-ci ne bougèrent pas. Non par volonté de mutinerie, mais parce qu'ils n'avaient tout simplement pas entendu Gabriel-Mathieu.

La soif, la Grand Soif, faisait affreusement bourdonner les oreilles, comme si on avait plongé la tête dans un essaim d'abeilles.

[BRÉSIL! BRÉSIL! Ô BRÉSIL!

Qui aurait osé défier le Dieu canne à sucre? Ses fazendas s'étendant à perte de vue où des milliers d'esclaves venus des îles du Cap-Vert et du pays d'Angole besognant jusqu'à l'épuisement sous la surveillance implacable de contremaîtres à cheval. Ses barons aux titres de noblesse hérités de la Couronne portugaise parfois, inventés d'autres fois au nom d'une ascendance française difficile à vérifier.

Brésil où s'est réfugié le Roy du Portugal et sa cour! Du jamais-vu : le Nouveau Monde barbare, sanguinaire, mal civilisé qui accueille l'Ancien pétri par des siècles de culture, de science, de théologie.

Au début, personne ne croit en cette plante. Et puis à quoi bon puisqu'elle fait la fortune de ces îles françaises des Antilles appelées Martinique, Guadeloupe et surtout Saint-Domingue, lesquelles, assurent les gazettes, produisent le meilleur café du monde? Ce dernier arrive même dans les salons de la noblesse brésilienne qui commence à s'en enticher mais sans aucune intention particulière à son endroit. Toutefois, par simple curiosité, un ambassadeur est diligenté à la Guyane française pour en obtenir un plant.

L'homme porte beau.

De belle taille, les yeux d'un noir de jais, le visage décoré de rouflaquettes artistement taillées, il arrive à la maison du gouverneur, en la ville de Cayenne, en grand apparat. Il parle le français avec un léger accent chuintant qui séduit aussitôt les dames de la haute société conviées à la réception donnée en son honneur. Elles n'ont d'yeux que pour lui. Virevoltent à son entour. Lui font des minauderies à n'en plus finir. Le champagne coule plus qu'à flots et il y en a qui, devenues grises, se lancent dans des airs d'opéra d'une voix cocasse. Mais l'ambassadeur semble faire peu de cas de cet essaim de donzelles empressées et n'a d'yeux que pour le gouverneur, M. de Lamotte-Aigron. Le Brésilien multiplie compliments et autres paroles flatteuses, courbettes et ronds de jambe. Jusqu'à ce que l'on entende tonner la voix dudit gouverneur :

— Non, monsieur! Il n'est pas question que nous vous cédions le moindre plant de caféier.

Et de se retirer dans ses appartements, amenant son épouse, fort jolie dame de La Rochelle, à sauver ce qui peut l'être de la soirée. Frappant des mains, elle invite l'orchestre de chambre à redoubler d'ardeur et prend par le bras l'ambassadeur brésilien qu'elle conduit cérémonieusement jusqu'au balcon de la résidence du gouverneur. On y a une vue plongeante sur la ville de Cayenne et ses milliers de lampions. L'absence de la dame et du gentilhomme dure plus que ne l'autorise la bienséance, jugent les langues vipérines. Musique et alcool permettent toutefois d'éviter d'attirer trop l'attention des convives que ce qui peut être perçu comme un scandale.

À juste titre. Puisque quelques mois plus tard, le Brésil se vante d'avoir planté ses premiers pieds de café. Pieds que le fameux ambassadeur a sans nul doute obtenus par le truchement de l'épouse volage. Quatre ans plus tard, la canne à sucre voit surgir le plus sérieux d'entre ses rivaux. Dix ans plus tard, le Brésil ravit à Saint-Domingue la place de premier producteur du monde.]

[JOURNAL DE BORD

J'en suis venu presque à espérer que *Le Dromadaire* rencontre à nouveau quelque bateau ennemi et soit capturé. Nous nous serions rendus sans combattre car plus personne n'est en mesure d'opposer la moindre résistance à qui que ce soit. Nous avions été vaincus par la rage des éléments, la faim, la soif, la désespérance surtout de n'apercevoir le matin que le même horizon vide qui semblait nous narguer.

Nous étions abandonnés aux immensités océanes.

Sottement, il m'arrivait de penser que si le Nègre Yako n'avait pas perdu sa voix, il aurait pu faire tomber la pluie, enchantement auquel il s'était livré une fois sans que je sache s'il s'était agi d'un pur hasard ou s'il jouissait vraiment du pouvoir de commander aux nuages. Les prières qu'adressaient certains passagers, notamment les Filles du Roy, à Dieu le Père, à son fils et à la Vierge Marie demeuraient sans effet, comme si notre sort leur était indifférent. Pourtant, même si j'étais loin d'être un dévot, j'avais toujours sacrifié – et cela dès ma haute enfance – aux rites de notre Sainte Église catholique, apostolique et romaine et l'entreprise qui était la mienne, celle d'implanter le café dans le Nouveau Monde, ne contrevenait à aucun des dix commandements. Mon ambition, ma seule ambition, était de contribuer au renforcement de la prospérité et donc de la gloire de notre royaume de France, laquelle France était la fille aînée de l'Église. De plus, lors du baptême de mon fils Jean-Baptiste, j'avais tenu à ce que soit honorée une vieille coutume du pays normand : envelopper le bébé dans le voile de mariée de sa mère. Cela avait surpris ma belle-famille créole qui s'était inclinée lorsque je lui eus expliqué que cela revenait à placer le nouveau-né sous la protection de la mère du Christ.

Notes du moment :
— *une véritable pluie de poissons volants s'est abattue sur le pont arrière durant la nuit. Jusque-là, seuls deux ou trois nous avaient fait cet honneur. Le maître-coq s'empresse de les saler car il craint de ne plus avoir de quoi faire du feu.*

— *le chef-matelot m'annonce que nous approchons de la plus grande vitesse que peut atteindre une flûte, soit huit nœuds grâce à des vents constants, ce qui n'est pas toujours le cas sous les Tropiques. Nous feront-ils la grâce de nous conduire à bon port avant que la faim et la soif ne nous terrassent ?*

— *nous avons tous la gorge en flammes. Nous en sommes réduits à mâcher tout ce qui nous tombe sous la main : bout de cordage, vieux vêtement, écharde de bois et même clou.*

À quoi bon continuer à tenir ce journal puisque la fin est imminente ?]

CINQUIÈME CERCLE

Au bout du chemin, tout recommence. L'univers n'a point de bord.

Nos vies non plus.

Nous nous débattons entre l'hier, l'aujourd'hui et le demain, acharnés à découper de l'impalpable, fomentant des projets, entrelaçant un infini de rêves qui, pour certains, affrontent l'obscur éclat des nuits qui n'ont pas de fin.

Ne point défaillir! Car ce serait lâcheté. Trahison de soi-même...

QUAND LA FAUCHEUSE RICANE

Le capitaine du *Dromadaire* se sentit, ce matin-là (au cinquante-deuxième jour de voyage), guilleret. Inexplicablement guilleret. Il mit du temps à comprendre ce qui le mettait dans pareil état car les rouspétances se multipliaient. Non seulement chez les passagers, ce qui n'était pas si étonnant, mais aussi chez certains membres d'équipage. Gonneville, la vigie, refusait désormais de grimper jusqu'à son poste, arguant du fait qu'il n'y avait rien, jamais rien à l'horizon : ni terre ni bateau ni épave ni baleine ni même nuage. Seulement une immense coupole bleu pâle parfaitement immobile alors que leur bateau, lui, avançait bel et bien. Certes, assez lentement, mais il avançait vers l'ouest. Vers ce Couchant, ces Indes occidentales, ces îles françoises de l'Amérique, cette Martinique qui, au fil des jours, s'étaient mués, dans l'esprit de plus d'un, en d'effrayantes chimères. Un passager qui faisait pour la première fois la Traversée du Milieu, jeune homme élégamment vêtu qui s'en allait tenir les comptes d'une grosse plantation de canne à sucre sur les hauteurs de Saint-Pierre, n'avait de cesse de tisonner Gabriel-Mathieu avec cet accent parisien qui avait le don d'exaspérer ce dernier.

— Capitaine, êtes-vous bien assuré de l'existence de ces îles que l'on prétend être le paradis sur terre? Avons-nous des preuves de celle-ci?

— Vous avez déjà goûté au tabac, je présume?

— Prudemment, oui-oui...

— Et il pousse où le tabac?... Même chose pour la pomme de terre, encore que nous ayons réussi à l'acclimater.

Agacé, Gabriel-Mathieu évoqua aussi le cacao, la vanille, toutes ces denrées exotiques que les gens de bien commençaient à fameusement apprécier non seulement dans le royaume de France, mais aussi à travers toute l'Europe. Toutefois, il se garda bien d'évoquer le café. La cage au couvercle de verre qui protégeait l'ultime plant, rescapé de l'ire dévastatrice du colosse, était devenue le point de mire de chacun. Passé le temps de la curiosité de bon aloi, on en était venu à la méfiance, puis, à mesure que le voyage s'éternisait et que l'eau était désormais sévèrement rationnée, à la défiance. Voire à la haine! Cette plante du diable, comme la surnommaient certains passagers, ne serait-elle pas responsable de tous ces malheurs qui s'étaient abattus sur *Le Dromadaire*? N'avait-on pas surpris l'un des marins chargés de veiller sur elle pendant la journée en train de siffloter? Ce qui, en haute mer, portait malheur.

— Point n'est besoin de m'en convaincre, capitaine! mentit le gandin. J'ai lu toutes les chroniques et autres récits de voyages de ceux qui ont eu la chance de vivre dans ces lieux enchantés. Aucune imagination, aussi débordante fût-elle, n'aurait pu inventer toutes ces merveilles qu'ils décrivent.

— Vous admettez donc que votre question est dénuée de sens. Pourquoi me la reposer chaque fois que nous nous croisons?

Le jeune homme ne répondit rien.

Son esprit semblait déjà voguer ailleurs.

Il demeura l'entier du jour, appuyé contre le bastingage, à scruter la direction du couchant et quand le soleil disparut derrière l'horizon, il s'effondra de tout son long. Raide mort! L'insolite gaieté qui s'était emparée de Gabriel-Mathieu ce matin-là s'évanouit en un battement d'yeux. Elle avait été provoquée par la vue d'un paille-en-queue, oiseau qui annonçait que l'on n'était plus si loin de la terre. Il l'avait maintes fois admiré au cours de son premier séjour à la Martinique. Le blanc immaculé de son plumage et ses ailes délicatement striées de noir contrastaient avec la couleur de son bec. Les Créoles le nommaient d'ailleurs « bec-jaune » dans leur parlure. Sa première rencontre avec lui s'était déroulée au cours d'une bien aventureuse excursion – en fait une partie de chasse aux cochons-marrons – dans la presqu'île qui fait comme un bras à la Cabesterre, au nord-est de l'île. Les jeunes Blancs-pays qui l'y avaient entraîné s'étaient montrés passablement maladroits au fusil, plus préoccupés de vider les gourdes remplies de rhum qu'ils avaient emportées. Il se souvint qu'au détour d'une clairière, ils avaient fait une bien curieuse rencontre : quelques

hommes rouges, portant des plumes dans les cheveux, qui s'étaient enfuis à leur vue. L'épaisse
forêt qui couvrait les lieux leur interdit de les poursuivre. Il s'agissait d'Indiens caraïbes, les derniers
à n'avoir pas encore gagné leur bastion de l'île de
la Dominique.

— Quelle sorte de paille-en-queue avez-vous
vu, capitaine ? lui avait demandé Janicot qui semblait ne pas partager son enthousiasme. Quelle
était la couleur de son bec, je veux dire...

Gabriel-Mathieu avait ressenti une telle émotion que ce détail lui avait échappé. Il fouilla dans
sa mémoire. L'oiseau avait bien un bec jaune !

— Vous avez dû rêver, capitaine, continua le
quartier-maître d'une voix neutre. Les becs-jaunes
sont des pailles-en-queue de trop petite taille pour
pouvoir voler aussi loin de la terre ferme. Seuls les
becs-rouges en sont capables. Croyez-en un vieux
marin qui en est à sa neuvième traversée de la mer
Atlantique !

Le décès brutal du coquefredouille devenu fou
avait pétrifié tout le monde.

Gabriel-Mathieu avait fait récupérer au plus vite
ses effets qu'il avait entreposés dans sa cabine. Si
jamais il transportait quelque somme d'argent,
cela pouvait provoquer des gourmades et autres
rixes qu'il aurait été difficile de contrôler. Malgré
la soif qui tailladait marins comme passagers, il
arrivait que, puisant dans leurs ultimes forces, tel
ou tel se livrât à des actes dépourvus de sens. Telle
cette Fille du Roy, laideron affligé de vilaines caca-
mouches sur le visage et qui, de toute évidence,
n'avait pas encore passé sous le ventre de l'âne,

dont on se demandait bien de quel colon elle était la promise, et qui cherchait à défaire les cordages du mât d'artimon. Il avait fallu pas moins de trois hommes pour arrêter cette furie ! Lorsque le gandin rendit l'âme, elle prétendit être sa fiancée et donc être en droit de récupérer ses effets.

— *Jarnidieu !* (Bon sang !) se mit-elle à brailler en patois de Normandie. *Va t'faithe thînze !* (Va te faire foutre !)

Le capitaine du *Dromadaire* ne se rendit compte qu'elle était devenue folle qu'à l'instant où il découvrit que la jeune femme ne s'adressait à personne, mais à une coccinelle que dans son patois elle appelait « *bâet' à bon Diou* ». Accroupie sur le pont avant, comme insensible au soleil qui dardait en ce mitan de matinée, elle injuriait le joli petit insecte rouge à la carapace harmonieusement teintée de cercles noirs. S'il s'était trompé quant au paille-en-queue, là, plus aucun doute n'était permis ! La bête à bon Dieu n'avait pas pu embarquer à Nantes et survivre si longtemps. Ils n'étaient pas loin d'une terre habitée. Elle avait, assurément, été charroyée par le vent. Jarnicot éteignit une nouvelle fois son espérance :

— Capitaine, ces bestioles peuvent se cacher partout et croyez-en un vieux marin, on peut en trouver en haute mer, même après plus d'un mois de voyage comme c'est notre cas.

— En plus, ces bestioles-là, ça porte malheur ! ajouta Mathurin, le chef-matelot, qui avait perdu de sa superbe et surtout de sa gouaille à cause du manque d'eau.

Tandis qu'ils cogitaient sur la bête à bon Dieu,

ils entendirent un grand clapotis à bâbord. La Normande venait de se jeter à l'eau dans un éclat de se rire et, flottant grâce à sa large robe et ses jupons, elle leur adressait des signes d'amitié. Gabriel-Mathieu voulut mettre un canot à la mer, mais le quartier-maître l'en dissuada : aucun matelot n'était en état d'en désamarrer un et encore moins de ramer jusqu'à ce point blanchâtre que désormais l'on apercevait dans une brume de chaleur. Les courants emportèrent inexorablement la prétendue fiancée qui continuait à s'esbaudir tout en agitant les mains d'une drôle de façon. Puis, elle disparut! Gabriel-Mathieu regagna sa cabine, le cœur lourd et accablé par tout un lot de pensées dérangeantes. Il observa la cage qui abritait l'ultime plant de caféier, se demandant s'il ne valait pas mieux la jeter par-dessus bord elle aussi. Peut-être leur portait-elle la malchance. C'est ce dont était persuadé le Nègre Yako qui, quoique déférent envers sa personne, n'avait pas craint de lire l'avenir aux plus crédules d'entre les matelots et passagers. Il se prétendait suprême sorcier du royaume d'Abomey, chose invérifiable, mais une fois, il avait réussi à intimer l'ordre à la pluie de tomber et cela avait tétanisé tout le monde. Au point que personne n'eut le temps de sortir pots en fer-blanc ou casseroles afin d'en recueillir suffisamment, ce qui aurait soulagé les réserves du navire.

Le Nègre Yako avait prédit que *Le Dromadaire* coulerait avant son arrivée à la Martinique à cause de ces récifs, appelé « cayes » en langage des îles, qui n'étaient indiqués sur aucune carte, pour la raison que la route que Gabriel-Mathieu avait choisie remontait trop en direction du septentrion. D'autres fois, quand le mauvais vin que, finalement, le capitaine s'était résolu à faire distribuer à volonté lui était monté à la tête, il clamait que le navire n'avait jamais cessé de tourner en rond depuis leur départ de Nantes. Au lieu d'avancer donc en droite ligne, celui-ci s'ingéniait à dériver durant la nuit, puis à rebrousser chemin au petit matin, à remonter ou redescendre, les égarant chaque jour davantage.

— Pour effacer cette maudition, répétait-il, il suffirait de livrer cette boîte du diable à l'océan!

Ses prédictions troublaient tout le monde quoiqu'il fût le seul Africain à bord et que sa race fût tenue en piètre estime. En effet, lorsqu'il leur arrivait de déambuler sur le pont avant, les Filles du Roy s'écartaient sur son passage ou se bouchaient les narines. Pourtant, Yako était le seul à ne s'être jamais contenté d'eau douce pour se laver. À l'aide d'un seau en bois, retenu par une corde, il recueillait de l'eau de mer dont il s'aspergeait bruyamment en prononçant des mots dans sa langue. Mon Nègre est propre comme un sou neuf! s'exclamait souventes fois Mathurin qui, tout sourires, s'entêtait à refuser la proposition de Gabriel-Mathieu de l'affranchir.

— De toute façon, il retournera au pays d'Angole, avait fini par lâcher, énigmatique, le chef-matelot quand le capitaine du *Dromadaire* lui avait demandé de ramener son esclave à la raison.

Ils mourraient tous à bord de ce navire en perdition.

Ils crèveraient de malefaim, de maladies, d'effroi et surtout de soif. Ah, cette chienne de soif qui peut vous éteindre le plus solide des hommes comme une brise de vent le fait pour une bougie ! Mais le Nègre Yako, lui, Mathurin en était sûr, échapperait à ce funeste destin. Car il n'était pas seulement une force de la nature ni un être à l'intelligence exceptionnelle, mais aussi le fils du dieu Legba qu'il lui arrivait d'invoquer dès que la nuit tombait. Alors que tout un chacun avait regagné sa cabine, hormis la vigie, on l'entendait psalmodier interminablement des choses incompréhensibles, un peu à la manière des Barbaresques. Enfant, il avait été capturé dans un village de l'intérieur du pays d'Angole, conduit à la côte, vendu à des Espagnols qui l'avaient amené à Séville où il avait vécu quelques années au service de celui qu'il appelait, avec une révérence insolite, Don Francisco, puis convoyé aux Amériques, en l'île de Portorique où, là encore, il avait vécu quelque temps avant de finir sur un navire flibustier qui avait été capturé par des Espagnols et convoyé jusqu'à l'archipel des Canaries. Mathurin, qui faisait la course dans les parages, l'avait acheté ou pris de force et ramené en France, à Nantes plus précisément, où tous deux traînaient sur les quais en attendant une embauche.

— Mon Nègre a déjà vécu plusieurs vies mais comme il me le répète, il en a encore deux autres à vivre, capitaine, et donc il ne passera pas l'arme à gauche comme nous autres à bord de ce *Dromadaire* qui s'est, on dirait, perdu dans le désert, martela Mathurin.

La soif brûlait les corps de l'intérieur.

Les desséchait. Les effritait même. Mais il en allait de même de la cervelle. Gabriel-Mathieu fut persuadé que son chef-matelot délirait. D'autres personnes, surtout parmi les passagers, étaient déjà tombées dans pareil état et Doc Monnier, le chirurgien, s'était révélé impuissant à les lénifier. Du reste, il ne disposait plus guère de médicaments, hormis de la poudre de bois-gaïac dont l'écorce avait le pouvoir de soulager les douleurs des syphilitiques, deux d'entre les matelots en faisant partie. Ainsi, il renvoyait sèchement ceux qui continuaient à le solliciter pour des brûlures d'estomac ou quelque mal au ventre. Lui aussi s'était fait à l'idée que leur navire tournait désormais en rond, « toupinait » selon sa propre expression, et qu'il n'y avait rien d'autre à faire qu'attendre la venue de celle qu'il nommait, d'une voix pleine de déférence, la Grande Faucheuse.

— Nous ne serons pas le premier navire fantôme, soliloquait-il. Combien de fois n'est-il pas arrivé, en Méditerranée tout autant qu'en Atlantique, qu'une flottille croise l'un d'entre eux et le spectacle, mes amis, n'est point admirable... Des squelettes partout! Dans toutes les positions. Le capitaine encore debout sur la dunette, sa longue-vue à la main, la vigie plantée à l'en-haut de son mât, les matelots assis, affalés, allongés, recroquevillés...

Cette description faisait froid dans le dos au capitaine du *Dromadaire*.

Si le chirurgien forçait un peu le trait, il disait vrai, chose que corroboraient de nombreux témoignages tant oraux qu'écrits. Les bateaux fantômes existaient bel et bien! Les vrais, pas les fantasmagoriques comme *Le Hollandais volant* qui inspirait tant de crainte et était la source d'innumérables légendes. Un jour ou l'autre, s'il n'avait pas été coulé par quelque tempête ou si les courants ne l'avaient pas ramené au cœur de la mer des Sargasses, on retrouverait *Le Dromadaire* flottant à la dérive avec son lot de squelettes à bord. À moins que, ironie du sort, la fantasque mer des Ténèbres ne se décide un jour à le faire échouer sur les côtes de quelque île des Antilles, peut-être même la Martinique, et qu'à son bord, on découvre la caisse de verre dans laquelle le plant de caféier aurait miraculeusement survécu. Gabriel-Mathieu chassait ces idées troublantes mais elles ne cessaient d'y revenir comme pour le punir d'avoir armé une flûte sur ses propres deniers, constitué un équipage de bric et de broc et nourri l'espoir de développer le café aux îles de l'Amérique alors même qu'une quarantaine d'années avant lui plusieurs tentatives avaient échoué. Voici où l'avaient donc conduit sa témérité et son arrogance! Aux portes de la Grande Faucheuse. Il commença peu à peu à s'en vouloir.

Oui, le Nègre Yako échapperait au funeste destin de ceux qui avaient fait le malheur d'embarquer à bord du Dromadaire. Oui, il regagnerait son pays, sa terre natale, là-bas, dans un royaume qu'il disait se nommer Abomey. On le vit dresser soudain sa haute membrature dans la lumière féroce du jour, lever les bras en direction du ciel tout en se mettant à se trémousser au son d'un tambour imaginaire, appelant ses divinités à l'aide. Il n'y avait pourtant nulle supplication dans le timbre de sa voix. Ni crainte dans ses yeux dont le blanc tourna d'ailleurs au vermeil. Final de compte, il s'immobilisa. Un long, très long moment. La mer, elle-même, cessa de bouger. *Le Dromadaire* se figea. Pourtant, des vents tourbillonnants sifflaient avec une force grandissante jusqu'à obliger marins et passagers à se boucher les oreilles. Mathurin, le chef-matelot, qui se targuait d'avoir assisté à tous les enchantements auxquels se livraient les peuples africains et n'y porter aucun crédit, demeura bras ballants. Une immense stupéfaction se lisait sur ses traits bouffis à cause de son appétit pour l'alcool qu'il était pourtant réputé bien tenir.

Un homme, qui jusque-là s'était toujours montré la discrétion incarnée, s'improvisa abbé et, muni d'une bible, s'avança, en titubant à cause des vents, jusqu'à la statue de chair et d'os qui se tenait sur le pont avant. Yako s'était allongé jusqu'à atteindre la taille d'environ trois mètres !

— *Vade retro, Satanas !* hurla l'homme en pointant du doigt l'Africain.

C'est alors qu'une sorte de colonne de feu jaillit de la mer, sarabanda un instant autour du mât d'artimon du *Dromadaire* avant d'emmailloter Yako qu'elle emporta dans les airs dans un grondement de fin du monde. Gabriel-Mathieu tout comme le chef-matelot Mathurin et le quartier-maître Sébastien Janicot, qui étaient les seuls à être restés à découvert, se ruèrent jusqu'à leurs cabines mais un calme souverain s'établit. Le navire recommença à voguer doucement en direction du couchant, puis un peu plus vite lorsqu'une brise se leva qui sembla caresser les flots, lesquels recouvrèrent leur teinte céruléenne habituelle.

— C'est ce diable d'Africain qui nous a maudits ! grommela Théodore, le maître-coq, qui tenait entre ses bras la frêle Louisa qui, dans l'affolement général, avait échappé à l'attention de son père si sourcilleux.

La caisse contenant le caféier rescapé, ô miracle, n'avait pas bougé d'une maille.

Le soleil traversait son couvercle en verre, baignant celui-ci d'une bienfaisante lumière. Avaient-ils été la proie d'un rêve éveillé ? D'un cauchemar ? Gabriel-Mathieu revint sur ses pas et s'approcha d'elle avec prudence, comme si lui aussi la craignait désormais. Devait-il à présent s'en débarrasser ? La livrer aux abysses comme d'aucuns le souhaitaient ? Mais il se demandait si c'était bien là ce qui déferait le charme maléfique qu'il croyait maintenant, lui aussi, attaché à cette flûte qu'il avait si étourdiment rachetée à Nantes. Il aurait dû se méfier du prix somme toute modique qui lui avait été proposé : onze mille cinq cents livres. Certes, le navire n'était pas en parfait état, mais les quelques réparations qu'il avait dû y faire étaient loin de lui avoir crevé les poches. De plus, l'empressement du vendeur à régler la transaction, s'il l'avait ravi puisque à trop traîner en France, il aurait risqué de se faire attraper, lui paraissait maintenant suspect. Sans compter qu'avec toutes les péripéties que *Le Dromadaire* avait traversées à peine avait-il atteint le golfe de Gascogne, il n'avait pas eu une pensée, pas une seule, pour la personne qui avait pris d'énormes risques pour lui permettre de réaliser son rêve : la belle Hortense, nièce du Dr de Chirac, l'ombrageux médecin personnel de Sa Majesté Louis XV. Que d'égoïsme de sa part ! Et si leur forfait avait été découvert ? Si le chef jardinier, pris de remords, s'en était ouvert au premier ?

— La Grande Faucheuse est ma punition, se surprit-il à balbutier tandis qu'il contemplait la caisse.

Il ne s'était pas rendu compte qu'une main, une main soyeuse, effleurait la sienne et sursauta. Louisa lui faisait face, le regardant dans le mitan des yeux ! Elle s'était comme débarrassée de sa timidité. La créature évanescente qui évoluait dans l'ombre de son père n'était plus. Ce dernier, affalé contre une rambarde, parmi d'autres passagers hébétés, ne bougeait pas.

— Capitaine, déclara la jeune fille, la fin de nos épreuves est proche. Ne vous découragez point !

Et de s'approcher de Gabriel-Mathieu pour l'enlacer avec une infinie tendresse. Sa joue contre la sienne, elle fit le signe de la croix pour tous les deux...

[LE P'TIT NOIR
(1950-1960)

Il s'était d'abord bu à l'abyssinienne, puis à la yéménite, ensuite à l'égyptienne, après à l'ottomane, à la javanaise, puis à la vénitienne, ensuite à la marseillaise, puis à la parisienne avant d'enjamber la mer des Ténèbres et de se boire à la martiniquaise. Cette dernière se répandit en Guadeloupe, à Saint-Domingue, à Cuba, au Brésil et dans le sud des États-Unis avant de gagner l'Asie pour se faire une place à côté de ce nectar impérial qu'est le thé.

Ô café, toi qui as accompli le tour du monde! Onze siècles te furent nécessaires.

Tu as revêtu cent ornements, endossé mille arômes, t'es mélangé au miel, au sucre de canne, à l'opium, à la vanille, à la cannelle, à la cardamome, te refusant toutefois aux alcools forts. Le vin, le rhum et la vodka ne furent pas tes amis et ne le deviendront jamais. C'est que tu n'acceptes que ce qui se dilue en toi, pas ce qui dissout ta saveur.

Tu n'aimes pas non plus galvauder ton nom et tu as relégué tavernes, bistrots, caboulots, cabarets et consorts presque aux oubliettes, t'arrogeant le droit, dans les grandes villes de l'univers et d'abord à Paris, d'éveiller l'esprit des travailleurs qui s'arrêtent un instant à ton comptoir avant de rejoindre leurs ateliers, leurs usines, leurs chantiers ou leurs bureaux. Ils t'interpellent affectueusement, les yeux encore embués d'un demi-sommeil:

— Un p'tit noir, siouplaît!

Tu es devenu l'ami du peuple, celui qui trime l'entier d'une vie pour un salaire inconséquent. Debout près du comptoir ou s'y accoudant, il regarde fixement ta couleur comme si elle recelait quelque secret avant de porter lentement la tasse à ses lèvres. Artisans, ouvriers, employés, sans-emploi et retraités adoptent la même position, le même geste, chaque jour, dans la grisaille des métropoles. Rituel prolétarien. On se parle peu. C'est qu'il n'y a rien à dire. À l'usine ou au bureau, chacun s'acquittera des mêmes tâches et des mêmes opérations dans un état quasi somnambulique. L'espoir de changer de vie n'existe que chez les plus jeunes ou les nouvellement arrivés. Ceux-là déchanteront tôt ou tard et plus tôt que tard. À midi, ils se précipitent à nouveau au café du coin, encore pleins d'enthousiasme, et lancent à la cantonade:

— Un express!

Tu deviens le compagnon de ces vies humbles, si droitement tracées, si implacablement dirigées. Cette armée

274

d'ombres, d'êtres anonymes, qui, jour après jour, mois après mois, année après année, portera le monde sur ses épaules. Tu les tiens éveillés, tu atténues leurs crampes d'estomac, tu stoppes leurs diarrhées, tu freines leurs grippes, tu effaces leurs migraines. Surtout tu chasses leurs chagrins d'amour.

Ô remède-guérit-tout du peuple!]

TERRE ! TERRE ! TERRE !

Les neuf jours qu'avait calculés Gabriel-Mathieu s'étaient écoulés.

Depuis quand ? Combien de temps ? Il aurait été bien en peine de le dire car comme tous ceux qui voyageaient à bord du *Dromadaire*, il avait fini par perdre toute notion du temps. En effet, terrassés par la soif, qui semblait décupler lorsqu'on trempait ses lèvres dans la misérable demi-chopine désormais attribuée à chacun, on s'endormait à n'importe quel moment et n'importe où. On pouvait aussi se réveiller quand le soleil était au zénith après une nuit agitée par des fantômes. Car d'aucuns souffraient désormais de dérèglements de l'esprit. À commencer – chose surprenante pour un si bon vivant et un mécréant affiché – par le cuistot Théodore qui ne se livrait plus à ses habituelles gaudisseries mâtinées de cochoncetés. En fait, il n'y avait pas que les réserves en eau qui avaient dramatiquement baissé. Les vivres également menaçaient de se raréfier, même si Gabriel-Mathieu n'avait pas encore jugé utile de renforcer le rationnement. Tous les lapins, poules et le cochon qui avaient été embarqués s'étaient volatilisés depuis des lustres et l'on devait se contenter de bouillies à base d'orge agrémentées de quelques gouttes d'huile. Or, cette tambouille ne calmait la fin qu'à moitié et les yeux de maints passagers devinrent hagards, au point que certains avaient tout l'air de zombies.

— Capitaine, il faut mettre toutes nos lignes à la mer, avait suggéré le quartier-maître Janicot. Tant pis s'il faut sacrifier de la morue séchée ou des harengs saurés. Des marsouins, il y en a de plus en plus et ce matin, j'ai même vu des dorades et des bonites.

Gabriel-Mathieu avait le plus grand mal à se résoudre à ce qu'il considérait comme la dernière extrémité. Cette morue séchée de Terre-Neuve, il l'avait négociée assez cher, en dépit de plusieurs heures de marchandage, et il acceptait mal l'idée de l'employer comme appât. Quant aux harengs saurés, cela avait été une fantaisie qu'il s'était permise dans l'idée d'organiser un repas du capitaine pour les plus fortunés au moment où le navire franchirait la ligne des Açores. Or, mis à part quelques planteurs, il n'avait embarqué que des Filles du Roy, pauvresses sans éducation, voire des marie-souillons et des aventuriers qui rêvaient d'îles où ruisselaient l'or et l'argent. Cette cérémonie, ce rite plutôt, n'eut pas lieu à cause des péripéties qu'avait traversées *Le Dromadaire*. Il accepta donc l'utilisation de cette marchandise de choix qui, espérait Janicot, permettrait d'attraper un de ces marlins ou un jeune requin qui, eux aussi, rôdaillaient autour du *Dromadaire*. La mer était un véritable garde-manger mais prenait plaisir à faire languir passagers et matelots.

Hélas, trois fois hélas, aucun animal marin ne mordit aux hameçons !

Ou si quelques-uns l'avaient fait, ils avaient tout bonnement arraché les lignes pour s'en aller avec l'appât. Cela rendit comme fou le chef-matelot Mathurin, celui qui avait pérégriné le long des côtes du pays d'Angole et qui, la réserve de vin ayant été consommée, s'était emparé de force de plusieurs bouteilles d'absinthe que l'un des planteurs rapportait comme cadeau à sa famille. Ils les avaient bues au goulot quasiment d'une traite et s'était effondré comme une masse dans un recoin du pont arrière. D'aucuns espéraient qu'il ne s'en remettrait pas car il s'était arrogé le droit de fouiller dans les affaires d'autrui et de s'emparer de ce qui lui plaisait sans que ni le capitaine ni le quartier-maître ne parviennent à lui faire entendre raison. Il avait d'ailleurs brisé la porte de la geôle afin que nul n'ait l'idée de le mettre aux arrêts.

— Qu'on leur baille de la chair humaine comme appâts à ces foutus poissons ! s'écria-t-il un matin clair où tout était paisible, presque anormalement paisible.

Et d'attraper un queniaud d'une dizaine d'années qui voyageait avec sa tante et qui, bouleversé par le mal de mer, ne s'aventurait que rarement hors de la cabine des passagers, et de le soulever à bout de bras en demandant qu'on lui apporte sur-le-champ une hachette ! Le garçonnet se débattit, hurla, pleura, implora, puis, dans un sursaut désespéré, réussit à mordre à l'avant-bras le chef-matelot lequel le lâcha aussitôt. Dégoulinant de sang, incrédule, emporté par une enrageaison sans limite, il se rua sur sa victime à qui il tordit les bras derrière son dos avant de le voltiger à la mer. C'en était trop! Gabriel-Mathieu avait supporté jusque-là les frasques du «violenteur de Négresses», titre qu'il s'était lui-même octroyé, mais cette fois, il avait dépassé les bornes du raisonnable. Il venait de commettre la pire des abominations. Le capitaine du *Dromadaire* se dirigea d'un pas déterminé mais sans précipitation aucune jusqu'à sa cabine, tandis que des Filles du Roy tentaient de calmer la douleur de la tante du petit innocent. La mère de ce dernier le lui avait confié et tous deux s'en revenaient de Paris où le bambin avait reçu des soins médicaux parce qu'il respirait mal. Ce séjour lui avait fait le plus grand bien et, hormis le roulis qui affectait tout le monde, il n'avait été en proie à aucune crise. Il revenait donc guéri à la Martinique!

Gabriel-Mathieu, toujours d'un pas tranquille, s'en revint armé d'un mousquet. Comme s'il venait seulement de prendre conscience de son forfait, le chef-matelot, sa superbe maintenant envolée, s'agenouilla, non point dans une posture d'imploration ou de supplication, mais comme le condamné à mort qui s'est résigné, au pied de l'échafaud, à ce qu'on lui tranche la tête. Son regard était devenu fixe et il marmonnait quelque chose, sans doute quelque prière, lui, le mécréant, celui qui ne vénérait, affirmait-il, que le diable avec lequel il se vantait d'avoir signé un pacte. Le capitaine du *Dromadaire* se planta devant lui un long

moment. Sans mot dire. On fit silence, même la
tante du queniaud que deux Filles du Roy avaient
prise entre leurs bras.

— Fais-le toi-même!

Mathurin sembla émerger d'un rêve profond et
tressaillit en entendant la voix sèche de Gabriel-
Mathieu. Il hésita à tendre la main pour se saisir du mousquet que celui-ci lui tendait. L'arme,
presque neuve, brillait de mille feux. Un soleil
glorieux étendait son emprise sur l'infini de la
mer. De quelque côté que l'on se tournât, on ne
voyait qu'une étendue bleu nuit, irisée d'écume,
qui semblait s'ingénier à repousser l'horizon. Ce
voyage n'aurait jamais de fin. Ou plutôt il conduirait le navire aux Enfers. Tout un chacun à bord
avait fini par s'en convaincre, même ceux qui
continuaient à implorer le Seigneur en leur for
intérieur.

— Ne m'y contrains pas, Mathurin!

Gabriel-Mathieu ne donnait pas un ordre. Il
émettait une évidence. Tout simplement. Pour ce
faire, nul besoin d'élever la voix. Ni de se laisser
gagner par l'énervement ou la colère. Le crime
que venait de commettre le chef-matelot exigeait une sanction immédiate. Même si tout était
perdu pour *Le Dromadaire* et ses passagers. Même
si Dieu avait abandonné ces derniers. Alors,
Mathurin, soudain résigné, se saisit du mousquet,
le pointa contre sa poitrine, à hauteur du cœur,
et appuya sur la gâchette en s'écriant avec un rire
caverneux :

— Satan, accueille-moi, je t'en prie!

Au cinquante-huitième ou cinquante-neuvième

jour – personne, ni Gabriel-Mathieu ni le quartier-
maître Janicot pourtant un vieux loup de mer,
ne savait plus depuis combien de temps *Le
Dromadaire* errait sur la mer des Ténèbres – un
matelot, qui s'était improvisé vigie (sans doute
avait-il perdu la raison), lança à la venvole le mot
magique :

— Terre! Terre!

Raboudinés aux quatre coins du navire, tentant
désespérément de tromper la soif et maintenant la
faim qui les tenaillaient, matelots et passagers ne
réagirent point. Gabriel-Mathieu entendit la voix
de sa cabine où, comme à l'ordinaire, il veillait sur
l'ultime plant de caféier enfermé dans sa caisse.
L'arbrisseau, quoiqu'il fût le seul à se voir attribuer un litre d'eau par jour, faisait grand peine à
voir : ses feuilles s'étaient flétries et son minuscule
tronc ne se tenait plus droit. Son en-haut s'était
plié et son en-bas, curieusement boursouflé, inspirait les plus vives inquiétudes au Dieppois. Il semblait même que les rares fois où il le transportait
à l'air libre afin de prendre un peu de soleil sur le
pont avant ne lui étaient d'aucun secours.

Il allait mourir! Plus aucun doute.

Quoique d'un naturel peu religieux, sans être
pour autant un mécréant, Gabriel-Mathieu se
surprit à prendre sa bible afin d'implorer le Très-
Haut. Ouvrant toujours le Livre saint au hasard,
il lisait à mi-voix le premier passage sur lequel ses
yeux tombaient. Puis le relisait, tentant de l'im-
primer dans sa mémoire, jusqu'à ce qu'il soit
capable de le réciter de tête. Il avait appris ce
rituel quelque peu étrange d'un vieux Nègre qui

travaillait sur sa plantation et qui, s'étant toujours montré un coupeur de canne infatigable, avait bénéficié, l'âge venu, d'une case en gaulettes et d'un minuscule lopin de terre à seule fin d'y finir ses jours. Marie-Colombe, son épouse, s'était virulemment opposée à pareille mansuétude et avait exigé que Gabriel-Mathieu le chasse de la plantation puisqu'il était devenu invendable. En fait, les esclaves qui atteignaient un tel âge (à vue d'œil il bordillait les soixante-dix ans) étaient rares. Vers leur quarantième année (encore que personne ne connût exactement leur âge), la plupart d'entre eux se mettaient à dépérir et ne tardaient pas à « aller au diable-vauvert », comme aimait à répéter son épouse que cela semblait indifférer.

— J'étais persuadé que le paradis, le purgatoire et l'enfer étaient réservés aux êtres humains, arrivait-il à Gabriel-Mathieu d'ironiser. Dois-je en déduire que meubles et animaux s'y rendront eux aussi selon le comportement qu'ils auront eu en ce bas monde ?

Marie-Colombe ne répondait rien. Elle avait horreur de discutailler, de « jouer du plat de la langue », comme elle disait dans sa parlure vieillotte. Surtout de ce qui lui paraissait naturel. Sauf que dans le cas qui les occupait, elle devait s'avouer n'en être pas sûre du tout. Ce qui fait que quand il lui arrivait de faire preuve de gentillesse, en général après l'acte charnel, au beau mitan de la nuit donc, elle susurrait à son époux :

— L'abbé de l'église du Mouillage m'a assuré que presque tous les Nègres iront directement en enfer et...

— Presque?

— Oui car de bons Nègres comme notre Da Irmine nous accompagneront au paradis où il faudra bien que nous disposions de serviteurs.

Gabriel-Mathieu ne savait jamais si son épouse plaisantait ou si elle était une parfaite idiote. Elle n'avait jamais quitté la Martinique et d'ailleurs n'en connaissait que les seules paroisses de Saint-Pierre et du Prêcheur. Celle de Fort-Royal, au sud, lui était inconnue et jamais elle n'émit le moindre désir de la visiter. Il finit par comprendre que hormis la couleur de l'épiderme, les Blancs qui n'avaient jamais traversé l'Atlantique de leur vie étaient d'une espèce différente de ceux qui, comme lui, pouvaient se vanter d'être familiers des deux mondes, l'ancien et le nouveau. Perdu dans ses cogitations, il mit du temps à entendre que quelqu'un tambourinait à la porte de sa cabine. Il déposa vivement sa bible et se redressa. Ce simple mouvement lui arracha une vive douleur à l'estomac : depuis deux jours, il n'avait, tout comme ceux qui voyageaient à bord du *Dromadaire*, put se nourrir que d'un bout de ce marlin qui s'était enfin accroché comme par miracle à l'une des lignes. C'était le quartier-maître.

— Capitaine, la vigie a aperçu une terre à tribord. Il dit vrai! Quand j'ai accouru, j'ai moi aussi vu une large bande brunâtre à l'horizon.

Gabriel-Mathieu sentit une onde de bonheur l'envahir. Il était prêt du but! Dieu ou le Destin lui avaient prêté main-forte au moment le plus crucial, celui où la Faucheuse, qui rôdait autour du *Dromadaire* depuis tant et tellement de jours,

s'apprêtait à fondre sur les derniers passagers.
Des larmes embuèrent son regard qu'il essuya
d'un revers de manche en se précipitant hors de
sa cabine. Au-dehors, cependant, rien n'avait
changé. Seules les voiles, gonflées par un vent
puissant, semblaient encore en vie. Certains matelots étaient avachis à même les ponts avant et
arrière ; d'autres erraient de-ci de-là, balbutiant
des choses incohérentes ou chantonnant d'une
voix stridente. Quant aux passagers, ils s'étaient
enfermés dans leur cabine pour les plus fortunés
et à fond de cale pour les dénantis. Calfeutrés
même en dépit de l'intense chaleur qui régnait en
ce début de matinée.

— Mais... mais elle a disparu, capitaine.

Se saisissant de sa longue-vue, Gabriel-Mathieu
la pointa dans la direction indiquée par Janicot. Il
eut beau la déplacer sur sa gauche, puis sa droite,
très lentement, il ne vit que l'habituel manteau
bleu-vert matinal qui se pliait et se dépliait au gré
de la houle, creusant par moments ces abîmes dans
lesquels plongeaient comme des fétus de paille
les navires les mieux carénés avant de rejaillir en
direction des cieux. La mer avait recommencé à
être mauvaise et les vents tournoviraient comme à
plaisir, emportant toute voix humaine, ce qui obli-
geait à se parler presque corps à corps lorsque l'on
se trouvait hors des cabines.

— Un mirage ?

— Je ne crois pas, capitaine... Peut-être avons-
nous dérivé et atteint les côtes d'Hispaniola.

Le quartier-maître avait une ample expérience
de la navigation, mais Gabriel-Mathieu s'étonnait

toujours de ses maigres connaissances en matière de géographie. La route qu'avait empruntée *Le Dromadaire*, qui avait toujours gardé le cap au sud, rendait impossible toute arrivée dans les Grandes Antilles. Pour en avoir le cœur net, le Dieppois consulta la plus précise des cartes marines qu'il conservait jour et nuit dans l'une des poches intérieures de son paletot. Dans l'autre se trouvaient une boussole et un sextant. Au début du voyage, il s'en était servi de manière journelle, Janicot ayant argué que le ciel nocturne était son domaine. Pour de vrai, ce dernier savait identifier d'un seul coup d'œil les constellations dont les différents noms lui étaient également familiers. Un partage des tâches s'était donc rapidement établi entre les deux hommes et, en dépit de la cascade d'incidents qui avait émaillé leur route jusque-là, il n'y avait aucune raison de penser qu'ils avaient eu tort.

— Si c'est Hispaniola, pourquoi ne la voyons-nous plus ? grinça Gabriel-Mathieu. Si je me fie aux cartes, elle est tout de même trente fois plus vaste que la Martinique.

— Je n'en sais rien, capitaine...

[JOURNAL DE BORD

Cet œil de cornaline posé sur l'horizon est un signe.

Il indique que nous ne sommes plus qu'à quelques encablures d'une terre quelconque car en haute mer, le soleil ne se couche jamais d'aussi douce manière. Est-ce ma Martinique chérie ? Ou bien les courants nous ont-ils charroyés plus au sud, vers l'île de Grenade ou alors Saint-Vincent ? Je frémis car cette dernière, tout comme la Dominique au nord, nous avions fait le malheur de la laisser aux Indiens caraïbes qui, se mêlant aux Nègres marrons, avaient constitué une nouvelle race qui était encore plus féroce que les Sauvages. On les avait surnommés les Caraïbes noirs et il se disait que même les flibustiers les plus intrépides évitaient de croiser leur route.

La fin de nos épreuves approche. Plus de deux mois d'une affreuse traversée au cours de laquelle les embûches se sont ajoutées aux embûches, comme si une force invisible cherchait à tout prix à m'empêcher d'accomplir mon destin. Ce n'est pas un grand mot. Je ne fais pas preuve de forfanterie. Il m'aura été donné d'être le premier homme à avoir transplanté le café aux Amériques. Oui, le tout premier! Et cela demeurera gravé à jamais dans les livres d'histoire.

Décompte des ressources restantes :

– *moins d'un tiers de la dernière barrique d'eau douce, ce qui correspond à encore un jour et demi de navigation, si nous rationnons cette dernière à nouveau.*

– *une trentaine de kilos d'orge et de fèves, c'est-à-dire de quoi tenir trois jours ou peut-être quatre.*

– *plus du tout de médicaments.*

– *passagers désespérés et matelots incapables d'exécuter les ordres.*

Quelle faute suis-je en train d'expier?

À en croire le vieux curé qui autrefois, lorsque j'étais enfant, venait dire la messe dans la chapelle de notre manoir, à Neufvillette, il arrivait que des gens paient les erreurs ou les méfaits de leurs ancêtres. Les miens se seraient-ils livrés, dans un lointain passé, un passé inconnu en tout cas de ma mère, à d'insoufrables forfaits et si oui, contre qui?]

— Terre! Terre! À bâbord!

La stridence de l'annonce de la vigie extirpa matelots et passagers de leur torpeur. Les Filles

286

du Roy furent les premières à se précipiter vers le bastingage, l'une d'entre elles s'emmêlant les pieds dans le falbala de ses jupes et chutant lourdement. Elle ne poussa aucun cri de douleur et se releva dans l'instant. Maintenant, on pouvait distinguer nettement les crêtes d'un alignement de montagnes dont l'une en forme de cône, considérablement plus élevée que ses voisines. Sans l'avoir jamais vue, personne n'ignorait son nom : la montagne Pelée. Des légendes à son sujet couraient dans tous les ports atlantiques du royaume de France et au début du voyage du *Dromadaire* un Gabriel-Mathieu amusé avait dû en démentir les plus abracadabrantes auprès de ceux qui n'étaient jamais venus aux isles d'Amérique. Comme celle qui assurait qu'à son sommet vivaient des créatures à deux têtes qui, à minuit, descendaient sur la ville de Saint-Pierre dans le but d'y capturer des bébés, lesquels constituaient l'essentiel de leur nourriture.

Une véritable euphorie s'empara des passagers qui, quoique assoiffés et affamés, se mirent à hurler et à danser de joie. Certains, les mains jointes, remercièrent Dieu, lui adressant moult prières, lui promettant désormais de le servir jusqu'à la fin de leurs jours. Gabriel-Mathieu, se faisant aider par deux matelots, transporta la cage au couvercle de verre sur le pont avant, chose qu'il n'avait plus osé faire depuis des jours. L'arbrisseau rabougri reprit peu à peu des couleurs grâce à l'ardeur du soleil et se redressa. Il avait survécu à tant d'avanies ! Mais il lui faudrait rapidement de l'eau, or le port de Saint-Pierre, dont on apercevait la forme toute en arc de cercle, se trouvait encore à une trentaine de miles nautiques. Le vent soufflait très faiblement, comme c'était le cas dans cette partie de l'île. Même s'ils n'accosteraient pas avant le lendemain, à la tombée de la nuit, le seul fait d'apercevoir ce collier de lumières qui décorait la côte ragaillardit les plus abîmés d'entre les passagers. Gabriel-Mathieu et son quartier-maître cependant avaient une terrible nouvelle à leur annoncer : il ne restait plus une seule goutte d'eau dans l'ultime barrique, celle qui, à fond de cale, tenait lieu de réserve. Quant à la nourriture, elle ne consistait plus qu'en quelques biscuits devenus si durs qu'ils étaient à peine mangeables.

— Mettons un canot à la mer ! suggéra le chirurgien Meunier dont deux patients étaient presque à l'article de la mort et qui ne supportait plus d'avoir à fermer les yeux de celles et ceux qui lui passaient entre les mains. Au jugé, Saint-Pierre n'est qu'à une heure de distance pour de bons rameurs, ce me semble.

Cette idée avait bien traversé l'esprit du capitaine du *Dromadaire* et de son second, mais malheureusement, il n'y avait pas de vent, même le plus ténu. Il faudrait donc quatre solides gaillards pour ramer jusqu'à la côte et en revenir, chose introuvable au sein d'un équipage exsangue. Sans même souligner le fait que moult contrebandiers espagnols louvoyaient dans les parages, certains étant de mèche avec des négociants indélicats de Saint-Pierre qui n'hésitaient pas à braver la règle de l'Exclusif, celle qui imposait à la colonie de ne commercer qu'avec sa métropole et elle seule. Au cas où ils se faisaient prendre sur le fait, ils étaient passibles d'emprisonnement, voire de saisie de leurs biens, ce qui apparemment ne décourageait pas les intrépides. À leur décharge, se souvenait, non sans amertume, Gabriel-Mathieu, la venue des navires français était bien trop erratique pour satisfaire les besoins de l'île, notamment en matière d'outillage.

Quelques passagers se rallièrent à la suggestion de Doc Meunier et insistèrent auprès de Gabriel-Mathieu pour qu'il mette un canot à la mer en dépit du fait qu'il faisait à présent une nuit d'encre. Une nuit emplie de gros nuages, accrochés par le sommet de la montagne Pelée, qui par intervalles masquaient complètement la lune. On aurait juré que le seul fait d'apercevoir enfin la terre et donc la fin de leur cauchemar avait décuplé la sensation de soif chez certains. Ils se mordillaient les doigts ou mâchonnaient un pan de leur chemise de façon frénétique, comme s'ils avaient perdu toute raison. Les matelots, quant à eux, semblaient indécis. Obéir à leur capitaine ou bien rallier le camp de ceux qui voulaient coûte que coûte mettre fin à leur supplice ? Seules les Filles du Roy se tenaient, impavides, presque joyeuses, à la proue du navire, chantonnant des romances dans les patois de leurs provinces à la gloire de leur futur bien-aimé dont elles ne savaient pas encore à quoi il pouvait ressembler. Catins ramassées sur les ports ou orphelines soustraites à l'hôpital, elles avaient le sentiment que toute autre existence ne pourrait être que meilleure que celle qu'elles avaient vécue jusque-là. Alors, même si la soif et la faim les taraudaient comme tout un chacun, elles se réjouissaient déjà de la fin prochaine de ce calvaire qu'avait été la traversée de la mer des Ténèbres.

— Ces dames peuvent attendre et pas vous? s'indigna presque Gabriel-Mathieu désignant les jeunes filles du doigt.

— Sauf votre respect, capitaine, se hasarda Théodore, le maître-coq, la femme a besoin de moins d'eau que l'homme et...

— Regagnez vos postes! Si demain matin le vent continue à nous faire défaut, j'enverrai des éclaireurs.

Le ton de Gabriel-Mathieu ne souffrant aucune contestation, chacun regagna sa chacunière, certains passagers ronchonnant ou jurant entre leurs dents. Un bruit les fit sursauter. Celui de quelque chose qui venait de tomber à la mer. Puis, elle se mit à nager à grandes brasses, luttant contre le fort courant contraire qui immobilisait *Le Dromadaire* depuis qu'il était arrivé en vue de la rade de Saint-Pierre. Il s'agissait de Doc Meunier qui s'écria qu'il préférait gagner la terre ferme à la nage au lieu de crever de soif sur ce maudit bateau. Interdit, Gabriel-Mathieu coquilla les yeux pour tenter d'apercevoir le sillage laissé par l'intrépide chirurgien, homme pourtant réservé, point du tout bravache ni hâbleur. L'exact contraire de ces écumeurs des mers dont il faisait pourtant partie pour avoir abondamment navigué d'abord en Méditerranée, puis en Atlantique.

— Des requins! Là-bas, regardez!

Le cri d'un passager arracha Gabriel-Mathieu à ses cogitations. La lune avait réussi à se faufiler un instant entre les épais nuages qu'effilochait par endroits le sommet de la montagne Pelée, ce qui permit d'apercevoir une nuée d'ailerons empressés qui tourneviraient autour de ce qui ne pouvait être que le corps du chirurgien. La baie de Saint-Pierre était réputée pour ses squales qu'attiraient non seulement l'abattoir qui y déversait ses carcasses d'animaux, mais aussi ses baigneurs imprudents, surtout la marmaille, et parfois quelque pêcheur nègre dont l'embarcation avait chaviré. Un à un, tête baissée, comme accablés par la cruauté du destin, les passagers regagnèrent leurs pénates. La deuxième partie de la nuit était entamée et puisque l'on se trouvait à l'approche du mois de juin, il ferait jour très tôt, comme c'est le cas sous les Tropiques.

Et l'astre du jour vint !

Tout un charivari de canots entoura *Le Dromadaire* et des voix pleines d'allégresse en hélèrent le capitaine. À bord, tout le monde avait succombé à un lourd sommeil que n'avait pas réussi à troubler le concert d'oiseaux marins qui virevoltaient autour des mâts. Le quartier-maître Sébastien Janicot fut le premier à réaliser que le cauchemar était terminé. Que les quelque deux mois d'épreuves qu'ils avaient surmontées ne seraient très bientôt qu'un mauvais souvenir. Il cogna à la porte de la cabine de Gabriel-Mathieu qu'il fut stupéfait de découvrir déjà habillé, rasé de près et coiffé. Ce dernier avait revêtu un costume de capitaine flambant neuf qui lui baillait très belle allure.

— Janicot, dit-il en lui tendant les bras, je ne sais comment vous remercier.

Les deux hommes s'étreignirent mais le quartier-maître se dégagea dans l'instant, ses vêtements crasseux et déchirés par endroits risquant de tacher le bel uniforme de Gabriel-Mathieu.

— Capitaine, balbutia-t-il, j'ai fait grâce à vous le plus extraordinaire des voyages. C'est donc à moi de vous dire merci.

Au-dehors régnait un grand vacarme. Les occupants des canots étaient montés à bord et matelots ainsi que passagers leur firent fête. Un homme qui se présenta comme lamaneur demanda à parler au capitaine. Il serait celui qui guiderait *Le Dromadaire* parmi les cayes, ces récifs traîtres qui, au large de la baie de Saint-Pierre, représentaient un notable danger pour les navires de quelque importance. Un autre homme, élégamment attifé, se fit connaître comme envoyé par la capitainerie et tendit à Gabriel-Mathieu une liasse de documents qu'il lui fit contresigner.

— Vous avez pris des risques insensés en voyageant seul, capitaine, continua-t-il. La course a repris de plus belle et des flibustiers de l'île de la Tortue font régner la terreur au large des Antilles.

Et voyant qu'il n'obtenait pas de réaction, il esquissa un sourire :

— Mais je suis heureux à l'idée que vous nous apportez toutes sortes de bonnes choses de notre cher royaume de France, n'est-ce pas ? Ici, nous manquons de tout, enfin de presque tout... Fers à cheval, scies, marteaux, coutelas, faucilles, meules nous font défaut depuis des mois.

L'homme demanda à inspecter la cargaison tandis que le lamaneur, aidé du quartier-maître Sébastien Janicot, s'employait à conduire le navire à bon port. Les occupants des canots n'ayant pas apporté d'eau mais quelques bouteilles de rhum pour célébrer l'événement, on en but au goulot et sans restriction, y compris les Filles du Roy, parmi lesquelles deux-trois tombèrent dans une saoulaison qui les fit danser la carmagnole. Gabriel-Mathieu résista à la démangeaison d'en goûter. Quoique son gosier, complètement sec, le brûlât, il retourna discrètement dans sa cabine pour partager avec son plant de caféier l'ultime ration d'eau qu'il avait gardée par-devers lui. Une timbale en fer-blanc dont le contenu n'aurait même pas pu étancher la soif d'un nourrisson. Il l'avait dissimulée sous son lit et recouverte à l'aide d'un mouchoir. L'arbrisseau, qui depuis l'avant-veille donnait des signes de faiblesse, frémit sous la rousinée d'eau. Survivrait-il à ce nouveau climat qui, s'il était chaud comme celui d'Arabie, était tout de même nettement plus humide? Et si, par extraordinaire, il y parvenait, est-ce que les colons accepteraient de se détourner quelque peu de la canne à sucre et du cacaoyer pour s'adonner à une culture qui demandait qu'on attendît quatre années avant d'en récolter les premiers fruits?

Quand *Le Dromadaire* fut à quai, son capitaine se résolut enfin à regarder en face cette ville de Saint-Pierre d'où il était parti quelques années plus tôt et qui lui parut bien changée. En mieux! Elle avait embelli et les maisons du quartier du Mouillage étaient pour certaines en pierre de taille, ce qui

était une nouveauté et indiquait que leurs propriétaires étaient des gens cossus. De haut parage
en tout cas. Celui à qui il avait, peut-être impru-
demment, confié les rênes de sa plantation, le
fantasque Mulâtre qu'était Théramène Claudius,
son voisin dans le quartier Sainte-Philomène de
la paroisse du Prêcheur, l'accueillit comme un
frère. Il lui avoua qu'il avait longtemps cru que
le Dieppois ne reviendrait pas à la Martinique,
mais il s'était, toutefois, occupé au mieux de ses
esclaves, dont deux des plus âgés étaient décédés
entre-temps, ainsi que de ses champs.

— Mais cette diablesse de Da Irmine est encore
en vie, pesta-t-il.

Gabriel-Mathieu avait attendu que toutes les
marchandises soient débarquées, ce qui prit près
d'une journée, pour faire descendre sa caisse.
S'étant procuré de l'eau, il avait copieusement
arrosé son occupant, dans la discrétion de sa
cabine.

— C'est donc... ça? écarquilla les yeux Théramène en désignant l'arbrisseau.

S'il appréciait le café comme la plupart des
habitants de la colonie, il n'avait aucune idée de ce
à quoi pouvait rassembler l'arbre qui le produisait.
En grain, moulu ou torréfié, celui-ci était acheté
aux Espagnols ou aux Anglais qui en faisaient
commerce avec les Portugais le long des côtes
d'Afrique. Gabriel-Mathieu lui avait fait promettre
de tenir secret le projet qu'il avait de l'implanter à
la Martinique et avait été ravi de constater que le
Mulâtre avait tenu parole. Le sachant craintif des

foudres du Très-Haut tout galapiat qu'il fût, il lui avait seriné cette sentence de la Bible :

— « Celui qui ne peut retenir son esprit en parlant est comme une ville toute ouverte, qui n'est point environnée de murailles. »

Ce dernier lui avoua cependant qu'il avait évité de débagouler à son sujet, non pas parce qu'il se sentait tenu de respecter un quelconque serment, mais parce qu'il savait que personne ne le croirait. Qui, en effet, serait assez fou pour délaisser la canne à sucre, capable de vous enrichir en six-quatre-deux, à la condition de bien mener ses Nègres, pour se tourner vers une culture dont personne ne savait rien ? Théramène demeura accroupi devant la serre, interminablement, les yeux fixés sur l'arbrisseau, partagé entre l'incrédulité et le fou rire. Puis, il prit le parti de s'esclaffer :

— Ah là-là ! Vous, les Blancs-France, quand une idée vous trotte dans l'esprit, rien ne peut l'y enlever. Si cette bouture maigrichonne survit, je voudrais bien voir où tu vas la planter.

— Le caféier a besoin d'air frais et d'ombre, du moins cette variété-là, donc je ferai couper quelques cacaoyers pour lui faire de la place. Sinon, cette maladie qui les rongeait, qu'en est-il depuis ?

— Depuis ton escapade là-bas, elle n'a fait qu'empirer ! C'est affreux... Au point que la plupart des planteurs envisagent d'abandonner le cacao, et puis son prix n'est plus tellement avantageux.

Les deux hommes attendirent qu'il fît nuit noire et que les quais fussent désertés pour faire descendre la caisse du *Dromadaire*, aidés du fidèle esclave de Théramène, un bougre qui n'ouvrait quasiment jamais le bec ni ne se plaignait ni ne riait et qui lui obéissait à la lettre. Son maître lui fit comprendre en créole qu'il devait conduire lentement la charrette dans laquelle ils embarquèrent, le bruit des sabots sur les pavés risquant de troubler le sommeil des honnêtes gens. Gabriel-Mathieu sursauta en entendant à nouveau cet idiome qui, jadis, lui était devenu familier et qui à présent résonnait comme quelque chose d'étranger à ses oreilles. Il comprit qu'il ne deviendrait jamais un « habitant » comme on disait aux îles, c'est-à-dire quelqu'un déterminé à s'y installer et à y vivre l'entier de sa vie. Il aimait profondément la Martinique mais en son for intérieur, une petite voix lui murmurait qu'il retournerait un beau jour dans sa Normandie natale, une fois qu'il aurait développé la culture du café dans l'île.

Ses esclaves ne dormaient pas bien qu'il fût minuit dépassé.

Da Irmine, la vieille nounou, avait conservé son air revêche qui contrastait avec ses manières maternelles. Elle s'appuyait sur une canne maintenant et claudiqua péniblement en s'avançant vers lui dans la cour de terre battue de la Grand'Case qu'éclairaient deux lanternes. Elle toisa Gabriel-Mathieu, fit la moue, roula de gros yeux avant de lui empoigner les épaules.

— Hon! Te voilà bien maigre-zoquelette, maître! Qu'est-ce qu'ils baillent à manger là-bas, hein? Il paraît qu'il y fait tellement froid qu'ils n'ont ni ignames ni choux caraïbes ni maïs ni manioc ni bananes ni rien. Pauvre Gabriel-Mathieu de Clieu, nous allons arranger ça vitement-pressé! Dans moins d'une semaine, tu seras remis sur pied, tu verras.

Il la serra entre ses bras avec une affection qui le surprit lui-même car tout le temps qu'il avait passé en France, il avait peu songé à sa plantation et à ceux qui y travaillaient. Tout entier occupé à trouver le moyen de convaincre le roi de la nécessité de faire planter le café à la Martinique, il avait comme effacé de son esprit ses champs de canne à sucre, ses cacaoyers, la rivière qui les traversait et dont l'eau était si diaphane qu'on ressentait le besoin de s'y baigner à n'importe quel moment de la journée. Gabriel-Mathieu retrouvait tout cela avec exaltation.

— Qu'est-ce que tu nous as ramené de là-bas, maître? s'écria Da Irmine à l'instant où trois esclaves s'employaient à faire descendre la caisse de la charrette. Je n'y vois plus très clair, mais j'espère que ce n'est pas un animal de ton pays! Ici, on a déjà assez d'emmerdations avec les bêtes-longues. Gros-Gérard est mort le mois dernier à cause d'une piqûre d'une de ces saletés.

Gabriel-Mathieu avait également oublié que la Martinique était infestée de serpents fers de lance et qu'il ne se passait pas un mois sans que quelqu'un, le plus souvent un coupeur de canne, n'en soit la victime. Il ne savait quoi répondre à la vieille nounou. Malgré le peu d'années au cours desquelles il s'était absenté, il avait comme perdu les mœurs et habitudes locales. Il monta avec elle, la tenant presque à bout de bras, le perron de la Grand'Case. En dépit de la demi-obscurité, il se rendit compte que cette dernière avait été parfaitement entretenue en son absence. Da Irmine le laissa à la porte, se refusant à entrer alors qu'avant, elle s'autorisait à y déambuler partout, y compris dans la chambre à coucher de Gabriel-Mathieu et de Marie-Colombe. Cette dernière avait regagné, au départ de son mari pour la France, en l'an 1717, le domicile de son auguste père, messire de Mallevault, comme il exigeait qu'on l'appelât, avec leur jeune fils, Jean-Baptiste, qui sans doute ne le reconnaîtrait pas. Il comptait se rendre dès le lendemain à l'Habitation Parnasse, sur les hauteurs sud de Saint-Pierre, afin d'y récupérer sa famille. Ce ne serait pas chose facile car son beau-père avait vu d'un très mauvais œil ce qu'il avait considéré comme une fuite, quoique Gabriel-Mathieu exhibât la permission qui lui avait été attribuée par le Conseil supérieur de la Martinique en tant que capitaine à pied. S'il s'était fait planteur, il n'avait pas pour autant renoncé à l'uniforme, comme c'était le cas pour beaucoup, et le rôle qu'il jouait dans la Milice lui avait valu moult félicitations du gouverneur.

— Un capitaine d'infanterie qui obtient une permission se doit d'en faire profiter sa famille, avait-il tonné quelque temps. Vous me rédigez votre testament séance tenante, monsieur !

C'est Marie-Colombe qui avait sauvé la mise à son mari : elle n'avait aucune envie de se rendre dans un pays où il faisait tout le temps frisquet et où il tombait parfois de la neige, chose qu'elle avait peine à imaginer. En vrai Créole, elle était viscéralement attachée à sa Martinique et l'idée d'affronter l'océan pendant un mois et demi, sinon plus, lui faisait froid dans le dos. Son mari ne lui avait pas révélé le vrai but de son voyage. Il avait simplement argué du fait que sa mère se faisant vieille, il souhaitait l'embrasser une dernière fois avant qu'elle ne gagne l'autre monde. Cet argument finit par convaincre messire de Mallevault. Gabriel-Mathieu était donc bel et bien revenu et le cadeauterait d'une magnifique pipe en bruyère ainsi qu'une bible à couverture de cuir pour sa belle-mère, la très effacée Léontine, née de Lavarandière de Virginie, avec laquelle il n'avait pas dû échanger plus de trois phrases depuis qu'il avait épousé Marie-Colombe. Par une indiscrétion, au cours d'un banquet organisé par la Milice, il avait appris que ce patronyme ô combien pompeux, à double particule, était un faux : beaucoup de Blancs, désireux d'échapper à l'impôt de capitation sur les esclaves, s'inventaient, une fois arrivés aux Isles de l'Amérique, des quartiers de noblesse.

La chambre du maître de maison était d'une propreté étonnante. La moustiquaire qui recouvrait son lit à baldaquin le surprit désagréablement toutefois car si les Créoles supportaient celle-ci sans difficulté, elle lui donnait chaud. Très chaud même. Ce qui fait qu'il disposait toujours une cuvette remplie d'eau sur sa table de chevet avec laquelle, à l'aide d'un mouchoir, il s'aspergeait le front durant les nuits les plus torrides de la saison du carême. Marie-Colombe en souriait ou s'en agaçait. Tout dépendait de son humeur du moment. Car il n'y avait pas que les serpents fers de lance à menacer l'existence des habitants de la Martinique, des moustiques, en effet, y diffusant toutes espèces de fièvres malignes parmi lesquelles la plus redoutable, à savoir la fièvre jaune. Dans cette partie nord-ouest de l'île, dépourvue de marécages, on y était certes moins exposé qu'à Fort-Royal, mais se précautionner dès la brune de ces insectes enquiquineurs était quand même une nécessité.

Gabriel-Mathieu n'avait pas sommeil, quoique tous ses membres fussent accablés de fatigue. Il s'allongea sur son lit sans se déshabiller ni même ôter ses bottes, se contentant de se déjaboter à cause de la chaleur. Demain, dès avant le devant-jour, il s'en irait à l'en-haut de ce petit morne boisé qui se trouvait dans la partie la plus au nord de sa propriété et qu'il n'avait pas jugé utile de faire défricher en dépit de l'insistance de son commandeur d'habitation. Ce dernier se faisait fort de planter et donc de produire plus de canne à sucre chaque année, entretenant une sourde rivalité avec les proches voisins de Gabriel-Mathieu, en particulier le Mulâtre Théramène Claudius. Quoiqu'ils fussent tous deux des hommes de couleur libres, ils s'évitaient et personne ne savait quel différend les opposait.

L'ancien capitaine du *Dromadaire* (il avait mis la flûte en vente dès sa débarquée à Saint-Pierre) ne parvint pas à trouver le sommeil. Le souvenir des innombrables péripéties que, presque deux mois durant, il avait traversées se bousculaient dans sa tête. Il avait beau s'évertuer à les chasser, rien n'y faisait! Il revoyait la tête du chef des pirates qu'il avait sectionnée avec cette hachette d'abordage qui lui était comme tombée sous la main. Celle-ci avait roulé sur le pont, grotesquement revêtue de son tricorne, les yeux ne présentant plus que leur blanc et la stupeur des combattants. Tant des pirates que de l'équipage. Et ce silence, sans doute bref, mais vécu dans l'interminable. Les cris éteints des assaillants. La soudaine immobilité de l'océan et du vent. Et lui, Gabriel-Mathieu, statufié. Puis, la déroute des forbans, pourtant plus nombreux et mieux armés. Et Brutus, le maître-canonnier, qui gueulait de manière tout à fait incongrue :

— Branle-bas de combat! Branle-bas de combat!

Épisode difficilement racontable à peine d'être pris pour un affabulateur. Comme d'ailleurs tous les autres épisodes qui le hantaient, là sur sa couche moelleuse, dans sa maison, alors même que tout s'était achevé au mieux. Il tairait donc sa langue devant son épouse, sa belle-famille, ses amis de la Milice qui lui avaient fait fête, persuadés, eux aussi, qu'il ne reviendrait pas. Il ne dirait rien du désastre qu'ils avaient moult fois frôlé à bord. Même pas, surtout pas à ce grandiseur de Théramène qui s'empresserait d'aller les rapporter, en les enjolivant, à la petite cour de boit-sans-soif qui avait coutume de l'entourer à la case-à-rhum de Justina. Gabriel-Mathieu l'entendait déjà fanfaronner :

— Messieurs-dames de la compagnie, laissez-moi vous dire qu'à la place du chevalier de Clieu, j'aurais tranché la tête de dix pirates et non de leur seul chef. Vous me connaissez tous ici et vous savez que je n'ai jamais reculé d'une maille devant les Caraïbes et les Nègres marrons. Jamais!... Si je n'étais pas attaché à mes cannes, sachez que j'aurais fait carrière dans la Milice et qu'à l'heure présente, j'aurais atteint au moins le grade de colonel. Plus vaillant bougre que Théramène Claudius, y a pas dans la colonie!

Un concert de cocoricos fit sursauter Gabriel-Mathieu. Il sourit et s'assit sur son lit, écartant la moustiquaire qui lui dissimulait les persiennes de la fenêtre de sa chambre, celle qui donnait sur la cour de terre battue. Le jour était là, glorieux dans ses premières lueurs. À côté de l'édredon, la caisse en bois de chêne au châssis de verre. La caisse et son précieux plant de café. Da Irmine s'était encolérée quand il avait enjoint à trois esclaves de l'entreposer dans sa chambre. Elle avait même tempêté contre « cette grosse boîte sale et cabossée » qui l'obligerait à nettoyer le parquet. Elle disait vrai : les servantes s'occupaient de toutes les pièces, sauf de la chambre à coucher du maître, qui était le domaine réservé de la vieille nounou. Elle avait voulu savoir ce que la boîte, recouverte par une toile si peu reluisante, contenait. Gabriel-Mathieu l'avait abruptement éconduite, attitude qu'il n'avait jamais eue avec celle qui réglait la bonne marche de la maisonnée avec un doigté et surtout une autorité que ne lui disputait pas Marie-Colombe.

Se saisissant de la carafe d'eau en terre cuite posée sur sa table de nuit, Gabriel-Mathieu s'approcha de la caisse, le cœur chamadant. Et si, final de compte, l'arbrisseau avait rendu l'âme? Son ultime chance de pouvoir offrir au royaume de France cette nouvelle culture qui ferait d'elle la reine du Nouveau Monde s'évanouirait d'un seul coup. C'est d'une main circonspecte qu'il ôta la toile qui recouvrait la caisse. Dans la demi-clarté du jour naissant, il ne put réprimer son soulagement : le plant rescapé se portait à merveille. Comme si de ne plus subir le roulis l'avait revigoré. Alors, avec une infinie douceur, Gabriel-Mathieu l'arrosa, se risquant même à toucher du bout de ses lèvres l'une de ses feuilles.

— Je suis celui qui aura emmené le café aux Amériques, se dit-il. L'histoire retiendra mon nom. Même si, par malheur, je ne devais plus revenir dans ma chère Normandie, la seigneurie de Derchigny, à Neufvillette, sera inscrite pour l'éternité dans tous les livres.

Un ohé le fit sursauter. Il s'en alla ouvrir la fenêtre toute grande, recevant une ondée de lumière qui lui brûla les yeux. Le jour était là.

— Adieu, la maisonnée! Salut-salut la compagnie!... Sache que je suis fier de toi, si fier que dorénavant, je vais t'appeler amiral Gabriel-Mathieu, déclamait Théramène en gesticulant. Alors comme ça, chaque jour de ton voyage, tu as combattu la déveine et à chaque fois, tu l'as vaincue. Personne à Saint-Pierre ni à Fort-Royal n'a encore accompli pareils exploits. Je suis fier de toi, oui! Le gouverneur de la Martinique ne peut pas ne pas te décorer, tonnerre de Brest!

Gabriel-Mathieu se mordit les lèvres. Il avait fait jurer à ses matelots de ne rien raconter de leur aventure. Ils s'étaient tous pliés à ce qui, à leurs yeux, était une bien curieuse requête et cela sur la Sainte Bible que tenait Janicot au pied de la dunette, dès que la terre avait été en vue. Dès que la rade en arc de cercle de Saint-Pierre et sa bel-leté avaient soulagé chacun à bord, surtout ceux qui étaient sur le point de mourir de soif. Mais dans les tavernes de la ville, le rhum aidant, ça avait débagoulé et à présent plus un seul détail du périple du *Dromadaire* ne devait être inconnu des habitants et même de leurs esclaves. Sa belle-famille, son redoutable beau-père surtout, devait être déjà au courant et nul doute qu'il encourrait les foudres de ce dernier.

Théramène n'y était pour rien. Gabriel-Mathieu lui fit bon accueil. Il aurait désormais grand besoin de son aide...

FINAL DE COMPTE

L'ultime plant de caféier que j'ai si difficultueusement rapporté du royaume de France s'est rétabli.

À notre débarquée, il était aussi mal en point que nous, matelots et passagers du *Dromadaire*. Si mal en point que lorsque le capitaine du port de Saint-Pierre monta à notre bord, il écarta ma requête d'un revers de main. Il y avait des êtres humains qui étaient presque mourants aux quatre coins de notre navire. Des femmes aux yeux retournés à l'envers qui râlaient, incapables de se tenir sur leurs jambes. Des hommes d'une maigreur effrayante, le visage couvert de vilaines taches grises qui, pour certains déliraient et pour d'autres avaient sombré dans un état d'hébétude totale.

— Je me garderai bien de vous demander ce que contient votre caisse, monsieur, m'avait-il lancé, d'un ton courroucé, mais elle sera la dernière chose à être descendue à terre. Nos planteurs manquent de clous, de marteaux, de scies, de potins en fer-blanc pour cuisiner, de salaisons pour nourrir leurs esclaves. J'espère que vous transportez tout cela, n'est-ce pas ?

Or, si des passagers blancs créoles rentrant au pays avaient bien embarqué des outils à bord du *Dromadaire*, ce n'était qu'en modeste quantité et de toute façon pour leur usage personnel. Pour ma part, j'avais affrété cette flûte sur mes propres derniers, personne ne m'avait passé commande de quoi que ce soit et je n'avais donc de comptes à rendre à qui que ce soit. Ce capitaine du port était nouvellement arrivé à la Martinique et ne m'identifia pas. Je fus sauvé par deux de ses adjoints qui me tombèrent presque dans les bras.

— Il s'est fait bruit, dit l'un d'eux, que vous aviez regagné définitivement l'Europe et des gens avaient commencé à lorgner sur votre plantation.

J'avais frémi.

— Mais rassurez-vous, monsieur de Clieu, s'empressa d'ajouter l'autre. Le régisseur que vous avez choisi n'est point un homme déshonnête. Votre canne a été plantée et récoltée comme si de rien n'était.

J'avais placé toute ma confiance dans un homme. Un seul. Ce Mulâtre bavardeur et vive-la-joie de Théramène Claudius dont la propriété jouxtait la mienne. On m'avait, chez les Grands Blancs, quelque peu sermonné, me proposant des personnes de notre race, puis voyant que je ne cédais pas, des rumeurs avaient couru selon lesquelles je serais un défenseur de la race jaune, ces rejetons de Blanc créole et de Négresse esclave qui, parce qu'ils devenaient des hommes libres pour la plupart à leur majorité, faisaient montre d'une arrogance année après année plus insupportable. En réalité, je ne faisais confiance qu'à ceux dont j'avais pu éprouver la loyauté et force m'était de reconnaître que dans la race des Blancs créoles, ils avaient été assez peu nombreux. Théramène m'en voulait toutefois de lui avoir menti. J'avais fait le serment de revenir au bout de six mois et n'avais pas tenu parole.

— J'espère que vous m'avez ramené de bonnes choses de là-bas, me lança-t-il froidement.

Il baissa la garde lorsque je lui tendis la redingote en velours et les bottes en peau de chamois que j'avais achetés sur les conseils de mon ami perruquier. Je savais le Mulâtre piaffeur qui hantait les bals organisés par les gens de couleur, lesquels en profitaient pour faire étalage de leurs plus beaux atours. Surtout les Négresses libres qui arboraient d'extravagants anneaux et des robes aux teintes criardes qui convenaient à merveille à l'ébène de leur peau. Théramène y godelurait, se targuant d'être le père d'une tiaulée d'enfants dont parfois il ne connaissait même pas le nom. Ce faisant, il ne faisait qu'imiter la plupart des Blancs créoles, que ces derniers fussent riches ou modestes.

— Merci, mon ami! exulta-t-il. Dorénavant, je serai plus fier que... comment il s'appelle déjà celui à qui tu m'accuses tout le temps de ressembler?

— Artaban...

— C'est ça! Artaban! Je ne sais pas qui c'est ce couillon ni où il vit ou a vécu ni ce à quoi il passe ou a passé sa vie, mais il faut qu'il sache qu'il n'arrivera même plus à la cheville de Théramène Claudius.

Le Mulâtre se montra cependant plus sérieux lorsque nous entreprîmes de choisir l'endroit où nous planterions l'unique plant de caféier, même s'il ne cessait de pester contre ce qu'il appelait la fainéantise de ce dernier. Quatre ans avant de donner des cerises! Mais tonnerre de Brest, la canne, le cacao, le tabac, le maïs, ça pousse et ça se récolte chaque année. Je le rassurai : une fois que l'arbre aurait atteint l'âge adulte, il se mettrait au diapason des autres cultures. De plus, il faudra le surveiller continuellement, Gabriel-Mathieu! Les bêtes des bois n'ont jamais vu cette plante et peuvent être tentées de la manger. Ne t'inquiète pas, Théra, je la protégerai avec ce qui reste du couvercle en verre de la caisse jusqu'à ce qu'elle se fortifie! Et puis, s'il le faut, je mettrai un esclave à veiller sur elle pendant la journée et un autre pour la nuit. Mais, Gabriel-Mathieu, ton seul arbre baillera quoi au bout des quatre ans s'il parvient à survivre? Juste la quantité de café nécessaire à ta famille et tes amis, peut-être pour en vendre sur le marché de Saint-Pierre, mais pas suffisamment pour en expédier en France. Avec ses rejetons, je pourrai en mettre d'autres en terre, beaucoup d'autres, Théra. Quoi? Il faudra donc que tu attendes huit ans, Gabriel-Mathieu, avant d'espérer obtenir une récolte sérieuse. Huit ans! Mais tu as perdu la tête, mon ami! Tu es plus fou que je ne le pensais. Eh ben, le fou aura raison, Théra!

Aujourd'hui, au soir de mon âge, alors que j'ai depuis longtemps dépassé ma quatre-vingtième année – j'aurai donc vécu deux fois plus que mon

308

père –, je repense à tout cela. Je revois des visages, j'entends à nouveau des voix familières, je repense aux assauts de désespoir qui gâchaient mon sommeil, je revois surtout les caféiers qui, par milliers, avaient fini par envahir au fil des ans les régions pentues des paroisses du Prêcheur, de Saint-Pierre et du Morne-Rouge. Et même les contreforts des pitons du Carbet! Ah, certes, les riches planteurs de canne à sucre, possesseurs de centaines d'esclaves, m'avaient regardé de haut, de très haut, et s'étaient refusé tout net à essayer cette nouvelle culture, à commencer par mon beau-père de l'époque, le très imbu de sa personne messire de Mallevault. Ce dernier avait tonné :

— Là-bas, en France, ils reçoivent du café qui vient d'Égypte, donc d'un pays plus ou moins proche. Qui peut imaginer qu'ils se tourneront vers un bien lointain café des Antilles? Gabriel-Mathieu, abandonnez cette chimère, je vous prie!

J'avais été sauvé par tous ces habitants qui détenaient peu d'esclaves ou dont les terres étaient à la fois reculées et trop pentues. Ils vivotaient sur de modestes plantations de canne à sucre et le café, qui exigeait beaucoup moins de main-d'œuvre, leur fut une réelle bénédiction. En peu d'années, mon arbrisseau rescapé de l'effroyable traversée de la mer des Ténèbres proliféra tant et tellement et surtout fut d'un si bon rapport que des moyens planteurs de canne s'y intéressèrent à leur tour, puis quelques gros. La Martinique se mit à envoyer des quintaux et des quintaux de la modeste baie rouge d'Abyssinie au royaume de France où, autre miracle, les connaisseurs jugèrent que son arôme était bien plus subtil que celle du Levant et son goût moins âpre. Au décès de mon épouse Marie-Colombe qui me prit par surprise, décès « en fraude de la médecine » comme on dit aux îles pour moquer les médiocres capacités de la gent médicale qui y exerce, l'idée me vint d'écrire à Hortense, la nièce du Dr de Chirac grâce à qui tout cela avait été possible. Je lui avais tourné le dos comme un goujat, une fois mon butin récupéré au Jardin des plantes médicinales du Roy, et n'avais nullement jugé bon de lui bailler de mes nouvelles. À ma décharge, les péripéties que j'avais traversées à bord du *Dromadaire*, puis l'inquiétude dans laquelle je vivais jusqu'au moment où l'arbrisseau se mit enfin à pousser, m'avaient tellement préoccupé que d'aucuns, à Saint-Pierre, notamment au sein de ma belle-famille, considéraient que je couvais une sorte de folie douce.

Qu'était devenue Hortense ?

Mon larcin avait-il finalement été découvert ? Le directeur du jardin avait-il éventé mon secret ? Toutes ces questions, qui autrefois ne faisaient que m'effleurer, se firent lancinantes après le départ de mon épouse pour l'autre monde. C'est que le succès du café de la Martinique, puis des autres îles où il fut plus tard implanté comme la Guadeloupe et Saint-Domingue, ne pouvait pas n'avoir pas alerté les Grands du royaume. Quant aux « Amériquains », ces riches planteurs qui préféraient s'annonchalir à la cour au lieu de s'occuper de leurs plantations mais étaient tenus au courant, par leurs régisseurs, des moindres faits et gestes de la colonie, ils avaient immanquablement été informés que le sieur Gabriel-Mathieu de Clieu, natif de Dieppe et Créole de fraîche date, y avait introduit une plante jusque-là inconnue qui désormais et contre toute attente rivalisait avec le roseau sucré. Chacun n'avait pas pu ne pas se demander comment j'avais réussi pareil exploit. Certaines nuits ces interrogations, évidemment sans réponse, hantaient mon sommeil.

Ce qui fait qu'un beau jour, je me résolus à réparer, ne serait-ce que modestement, le tort que j'avais probablement causé à la sémillante nièce du Dr de Chirac, médecin personnel du roi. Un bateau était en partance pour Nantes et l'occasion m'était offerte de lui adresser une lettre. J'avais continué à tenir mon « Journal de bord », remisant mon « Bréviaire des Amériques » dont je n'avais plus besoin dans le galetas de la Grand'Case, endroit où je rangeais tous les documents liés à ma personne mais aussi et surtout à ma plantation. Ma plantation de café ! Car j'avais fini par abandonner la canne à sucre pour replanter des cacaoyers dont l'ombre était bienfaisante aux descendants de l'arbrisseau qu'en l'an 1720 j'avais si difficultueusement fait gagner le Nouveau Monde. Il avait fallu attendre dix longues années avant que la Martinique n'expédie sa première cargaison en France ! Dix années de doutes, d'espoirs. Entretemps, en l'an 1726, la Guadeloupe l'avait elle aussi adopté et c'est d'ailleurs dans cette île que je devais mettre fin à un veuvage qui, l'âge aidant, me pesait. Marie-Rigolet était native de la verdoyante paroisse de Trois-Rivières, en la Basse-Terre, et me bailla deux autres enfants. Je ne savais pas à cette époque-là qu'un jour – à nouveau dix années plus tard – je deviendrais gouverneur de son île.

Au final, je n'écrivis jamais de lettre d'excuses à la nièce du Dr Pierre de Chirac.

Le temps a ce pouvoir tout bonnement effrayant d'effacer tant les joies que les douleurs. Mais aussi le visage des gens, y compris celui de nos êtres chers. Peu à peu, celui de ma mère, pourtant adorée, s'était effacé de ma mémoire. Sa voix aussi. J'en vins à comprendre que nos défunts ne désertent pas nos vies mais qu'ils les habitent de leur absence. Tous les matins, au réveil, je songeais à elle et parfois dans le cours de la journée, sans crier gare. J'avais pourtant réalisé le rêve de ma vie et cela, au-delà de mes espérances puisque, en guise de récompense, notre bon roi Louis XV me confia le gouvernement général des Isles du Vent. J'étais devenu le chef suprême de toutes nos colonies de l'Amérique méridionale ! Cela n'empêchait pas le destin de me frapper à nouveau : Marie décéda à son tour après une courte maladie. Comme pour Marie-Colombe, le visage et la voix de celle-ci s'estompèrent à mon grand dam. J'avais pourtant pris soin qu'on lui fasse son portrait et celui-ci trônait sur un édredon dans ma chambre à coucher. Mais bien qu'il fût fort ressemblant, au fil des années, la femme que j'avais connue et aimée, celle qui m'avait offert l'ineffable joie d'avoir une fille, Marie-Madeleine-Rachel, et celle qui me souriait sur le tableau étaient devenues différentes. De plus en plus différentes. Le tableau finit même par évincer Marie. La vraie Marie, en chair et en os.

Le veuvage m'étant à nouveau devenu insupportable, j'épousai une belle Créole de la Guadeloupe du nom de Luce-Nicole du Bourg d'Esclainvilliers. Après tout le rude climat des îles ne m'avait pas trop abîmé comme c'était le cas pour la plupart des Européens. J'avais, à mon corps défendant peut-être, fini par me transformer en Blanc créole au point que là-bas, c'est-à-dire en France, comme aime à dire ce dernier, on n'avait eu de cesse de me confier des responsabilités à chaque fois plus importantes. Mon cher café ayant pris son essor et ma chère Martinique bénéficiant du grand honneur d'avoir été la toute première terre d'Amérique où il fut planté, je pouvais désormais m'adonner à d'autres missions. Je les accomplis de mon mieux, si bien que les autorités du royaume décidèrent de me rappeler afin de me couvrir de récompenses les unes plus gratifiantes que les autres.

Me voici donc définitivement revenu à Derchigny, dans le manoir de mes pères, dans cette Normandie qui, tout au long du demi-siècle que j'ai passé aux Isles de l'Amérique, m'a toujours été, à mon insu parfois, d'un insigne réconfort dans les épreuves que j'ai traversées. Sinon comment expliquer que j'aie pu atteindre l'âge vénérable de quatre-vingt-six ans alors qu'autour de moi, tant à la Martinique qu'ici, tous mes proches ont gagné l'au-delà ? Pourtant la Grande Faucheuse m'a frôlé tant de fois, comme si elle avait pour mission de me pister, de me traquer même. À chaque décès de mes épouses, j'éprouvais un sentiment d'injustice. Un double sentiment d'injustice : d'abord, parce qu'elles étaient créoles et donc mieux adaptées au climat des Indes ; ensuite, parce qu'elles étaient bien plus jeunes que moi. À la vérité et en y réfléchissant au crépuscule de ma vie, je réalise que plus le café prenait son essor, plus il rivalisait avec la canne à sucre et donc plus mon grand rêve prenait corps, au point que Sa Majesté Louis XV m'accorda tous les honneurs possibles, y compris le grade fameux de lieutenant de vaisseau, moi qui n'étais pourtant point un homme de mer, moins ma vie personnelle prospérait. Certes, celle-ci m'avait baillé de beaux enfants que j'adorais, mais elle s'était dans le même temps acharnée à me ravir une à une mes épouses. Comme pour me punir ! Or, quel crime avais-je pu commettre ? Quel interdit avais-je bravé ? À moi seul, sans vantardise aucune, j'avais renforcé la puissance du royaume de France en lui permettant d'être celle qui avait introduit dans le Nouveau Monde cette plante, le caféier, qui y était totalement inconnue. Certes, cinquante et quelques années plus tard, Espagnols et Portugais nous damèrent le pion mais cela pour une raison qui ne tenait ni à ma personne ni à celle du Roi-Soleil et de son descendant : une bulle papale qui, un siècle auparavant, avait arbitrairement divisé l'Amérique entre ces deux nations ibériques. Leurs territoires étant donc considérablement plus vastes que les nôtres, une fois qu'ils se mirent à planter le café, ils nous dépassèrent sans conteste.

Je relis ce passage d'une lettre que j'ai adressée il y a peu, au mois de mai 1774 si ma mémoire de vieillard ne me joue pas des tours, à un nobliau de Touraine qui, ayant réussi à devenir l'un des courtisans favoris de notre bon roi, s'était permis de questionner ce qu'il estimait être des faveurs de Sa Majesté à mon endroit :

Plus occupé du bien public que de mes propres intérêts, sans être découragé par le peu de succès des tentatives que l'on avait faites pour introduire et naturaliser le café dans nos îles, je fis des démarches pour en obtenir un pied au Jardin du Roy Elles furent longtemps infructueuses, je revins à la charge sans me rebuter : enfin la réussite couronna ma constance. J'en eus l'obligation à M. de Chirac, premier médecin du roi, qui ne put résister aux instances réitérées d'une dame de qualité dont j'employai le crédit auprès de lui.

J'ignore si ce fâcheux a saisi l'ironie de mon propos. Tout ce que je sais, c'est qu'à l'approche des derniers de mes jours, ma conscience est tranquille. J'aurai été, sans forfanterie aucune, le Christophe Colomb du café. Il n'est offert qu'à un nombre infime d'hommes d'accomplir le rêve de leur vie et pour beaucoup, hélas, ce que l'on appelle l'humaine condition aurait mérité le qualificatif d'inhumaine. Seul le décès de chacune de mes trois épouses me laisse d'ineffaçables blessures. Le souvenir de la Martinique aussi m'occupe l'esprit, mais comme tous ceux que je porte en moi, je le vois se dissoudre jour après jour dans cette ineffable tourmente qu'est la vieillesse...

Fort-de-France
(mai 2018-juillet 2019)

DU MÊME AUTEUR

Aux Éditions Gallimard

ÉLOGE DE LA CRÉOLITÉ, avec Patrick Chamoiseau et Jean Bernabé, *essai*, 1989.

ÉLOGE DE LA CRÉOLITÉ/*IN PRAISE OF CREOLE-NESS*. Édition bilingue, *essai*, 1993.

RAVINES DU DEVANT-JOUR, *récit*, 1993. Prix Casa de las Americas 1993 (Folio n° 2706).

LES MAÎTRES DE LA PAROLE CRÉOLE, *contes*, 1995. Textes recueillis par Marcel Lebielle. Photographies de David Damoison.

LETTRES CRÉOLES. Tracées antillaises et continentales de la littérature. Haïti, Guadeloupe, Martinique, Guyane 1635-1975, *essai*, avec Patrick Chamoiseau. Nouvelle édition, 1999 (Folio essais n° 352).

LE CAHIER DE ROMANCES, *mémoire*, 2000 (Folio n° 4342).

Voir aussi Ouvrage collectif : ÉCRIRE « LA PAROLE DE NUIT ». La nouvelle littérature antillaise, *nouvelles*, *poèmes*, *réflexions poétiques*, édition de Ralph Ludwig, 1994 (Folio essais n° 239).

Aux Éditions du Mercure de France

LE MEURTRE DU SAMEDI-GLORIA, *roman*, 1997. Prix RFO (Folio n° 3269).

L'ARCHET DU COLONEL, *roman*, 1998 (Folio n° 3597).

BRIN D'AMOUR, *roman*, 2001 (Folio n° 3812).

NUÉE ARDENTE, *roman*, 2002 (Folio n° 4065).

LA PANSE DU CHACAL, *roman*, 2004 (Folio n° 4210).

ADÈLE ET LA PACOTILLEUSE, *roman*, 2005 (Folio n° 4492).

CASE À CHINE, *roman*, 2007 (Folio n° 4882).

L'HÔTEL DU BON PLAISIR, *roman*, 2009 (Folio n° 5132).

LA JARRE D'OR, *roman*, 2010 (Folio n° 5441).

RUE DES SYRIENS, *roman*, 2012 (Folio n° 5659).

LE BATAILLON CRÉOLE, *roman*, 2013 (Folio n° 5924).

MADAME ST-CLAIR, REINE DE HARLEM, *roman*, 2015 (Folio n° 6338).

L'ÉPOPÉE MEXICAINE DE ROMULUS BONNAVEN-TURE, *roman*, 2018.

GRAND CAFÉ MARTINIQUE, *roman*, 2020 (Folio n° 6923).

Chez d'autres éditeurs

En langue créole

JIK DÈYÈ BONDYÉ, *nouvelles*, Grif An Tè, 1979 ; traduit en français par l'auteur, « La lessive du Diable », Écriture, 2000 ; Le Serpent à Plumes, 2003.

JOU BARÉ, *poèmes*, Grif An Tè, 1981.

BITAKO-A, *roman*. GEREC, 1985 ; traduit en français par J.-P. Arsaye, « Chimères d'En-Ville », Ramsay, 1997.

KÔD YAMM, *roman*, KDP, 1986 ; traduit en français par G. L'Étang, « Le Gouverneur des dés », Stock, 1995.

MARISOSÉ, *roman*, Presses universitaires créoles, 1987 ; traduit en français par l'auteur, « Mamzelle Libellule », Le Serpent à Plumes, 1995.

DICTIONNAIRE DES TITIM ET DES SIRANDANES, *ethnographie*, Ibis Rouge, 1998.

LA VERSION CRÉOLE, *didactique*, Ibis Rouge, 2001.

DICTIONNAIRE DES NÉOLOGISMES CRÉOLES, *lexicographie*, Ibis Rouge, 2001.

MÉMWÈ AN FONSÉYÉ. LES QUATRE-VINGT-DIX POUVOIRS D'UN MORT, *ethnographie*, Ibis Rouge, 2002.

LE GRAND LIVRE DES PROVERBES CRÉOLES, *ethnolinguistique*, Presses du Châtelet, 2004.

DICTIONNAIRE CRÉOLE MARTINIQUAIS-FRANÇAIS, *lexicographie*, Ibis Rouge, 2007.

BLOGODO, LEXIQUE DES ONOMATOPÉES DU CRÉOLE MARTINIQUAIS, *lexicographie*, Caraïbéditions, 2013.

En langue française

LE NÈGRE ET L'AMIRAL, *roman*, Grasset, 1988. Prix Antigone.

EAU DE CAFÉ, *roman*, Grasset, 1991. Prix Novembre.

LETTRES CRÉOLES : TRACÉES ANTILLAISES ET CONTINENTALES DE LA LITTÉRATURE, avec Patrick Chamoiseau, *essai*, Hatier, 1991.

AIMÉ CÉSAIRE. Une traversée paradoxale du siècle, *essai*, Stock, 1993 ; Écriture, 2006.

L'ALLÉE DES SOUPIRS, *roman*, Grasset, 1994. Prix Carbet de la Caraïbe (Folio n° 5103).

COMMANDEUR DU SUCRE, *récit*, Écriture, 1994.

BASSIN DES OURAGANS, *récit*, Les Mille et Une Nuits, 1994.

LA SAVANE DES PÉTRIFICATIONS, *récit*, Les Mille et Une Nuits, 1994.

CONTES CRÉOLES DES AMÉRIQUES, *contes*, Stock, 1995.

LA VIERGE DU GRAND RETOUR, *roman*, Grasset, 1996 (Folio n° 4602).

LA BAIGNOIRE DE JOSÉPHINE, *récit*, Les Mille et Une Nuits, 1997.

RÉGISSEUR DU RHUM, *récit*, Écriture, 1999.

LA DERNIÈRE JAVA DE MAMA JOSEPHA, *récit*, Les Mille et Une Nuits, 1999.

LE GALION : CANNE, DOULEUR SÉCULAIRE, Ô TENDRESSE !, *album*, en collaboration avec D. Damoison (photos), Ibis Rouge, 2000. Prix du Salon du livre insulaire.

MORNE-PICHEVIN, *roman*, Bibliophane, 2002.

LA DISSIDENCE, *récit*, Écriture, 2002.

LE BARBARE ENCHANTÉ, *roman*, Écriture, 2003.

LA LESSIVE DU DIABLE, *roman*, Le Serpent à Plumes, 2003.

NÈGRE MARRON, *roman*, Écriture, 2006.

CHRONIQUE D'UN EMPOISONNEMENT ANNONCÉ. LE SCANDALE DU CHLORDÉCONE AUX ANTILLES FRANÇAISES, *essai*, L'Harmattan, 2007.

CHLORDÉCONE : DOUZE MESURES POUR SORTIR DE LA CRISE, *essai*, L'Harmattan, 2007.

LE CHIEN FOU ET LE FROMAGER, *roman*, HC-éditions, 2008.

BLACK IS BLACK, *roman*, Alphée, 2008.

LES TÉNÈBRES EXTÉRIEURES, *roman*, Écriture, 2008.

L'ÉMERVEILLABLE CHUTE DE LOUIS AUGUSTIN ET AUTRES NOUVELLES, *nouvelles*, Écriture, 2010.

CITOYENS AU-DESSUS DE TOUT SOUPÇON..., *roman*, Caraïbéditions, 2010.

DU RIFIFI CHEZ LES FILS DE LA VEUVE, *roman*, Caraïbéditions, 2012.

L'EN-ALLÉE DU SIÈCLE (Les Saint-Aubert, tome 1), *roman*, Écriture, 2012.

BAL MASQUÉ À BÉKÉLAND, *roman policier*, Caraïbéditions, 2013.

ALFRED MARIE-JEANNE, UNE TRAVERSÉE VERTICALE DU SIÈCLE, *essai*, en collaboration avec Louis Boutrin, Caraïbéditions, 2015.

DÉCEMBRE 2015 : UNE NOUVELLE PAGE DE

L'HISTOIRE DE LA MARTINIQUE, *essai*, en collaboration avec Louis Boutrin, Caraïbéditions, 2016.

DEUX DÉTONATIONS, *roman*, Caraïbéditions, 2020.

DU MORNE-DES-ESSES AU DJEBEL, *roman*, Caraïbéditions, 2020.

Traductions

UN VOLEUR DANS LE VILLAGE, de James Berry, *récit traduit de l'anglais*, Gallimard Jeunesse, coll. « Page Blanche », 1993. Prix de l'International Books for Young People 1993.

AVENTURES SUR LA PLANÈTE KNOS, d'Evans Jones, *récit traduit de l'anglais*, Éditions Dapper, 1997.

LES VOIX DU TAMBOUR, de Earl Long, *roman traduit de l'anglais* (Sainte-Lucie), en collaboration avec Carine Gendrey, Dapper, 1999.

MOUN-ANDÉWÒ A, d'Albert Camus, *roman traduit en créole à partir du français*, Caraïbéditions, 2012.

Travail universitaire

KRÉYÔL PALÉ, KRÉYÔL MATJÉ... Analyse des significations attachées aux aspects littéraires, linguistiques et socio-historiques de l'écrit créolophone de 1750 à 1995 aux Petites Antilles, en Guyane et en Haïti, *thèse de doctorat ès lettres*, Éditions du Septentrion, 1998.

Composition PCA
Impression Maury Imprimeur
45330 Malesherbes
le 7 décembre 2021
Dépôt légal : décembre 2021
1ᵉʳ dépôt légal dans la collection : mars 2021
Numéro d'imprimeur : 259280

ISBN 978-2-07-292451-4 / Imprimé en France.

440845